孩子们必读的诺贝尔文学经典

花 环

【挪】S.温塞特◎著 谢幕娟◎译

·温塞特卷·

北京联合出版公司
Beijing United Publishing Co.,Ltd.

图书在版编目（CIP）数据

花环 /（挪）温塞特著；谢幕娟译. —— 北京：北京联合出版公司，2015.2（2023.2重印）
（孩子们必读的诺贝尔文学经典）
ISBN 978-7-5502-4481-8

Ⅰ. ①花… Ⅱ. ①温… ②谢… Ⅲ. ①长篇小说－挪威－现代 Ⅳ. ①I533.45

中国版本图书馆CIP数据核字（2015）第010850号

花环

作　　者：（挪）温塞特/著；谢幕娟/译
选题策划：王成国　郎爱民
责任编辑：王　巍
封面设计：尚世视觉
版式设计：许　可

北京联合出版公司出版
（北京市西城区德外大街83号楼9层　100088）
福州俊丰彩印有限公司　新华书店经销
字数260千字　650毫米×950毫米　1/16　17.75印张
2015年2月第1版　2023年2月第2次印刷
ISBN 978-7-5502-4481-8
定价：35.00元

未经许可，不得以任何方式复制或抄袭本书部分或全部内容。
版权所有，侵权必究。
本书若有质量问题，请与本公司图书销售中心联系调换。
电话：010-64243832　4006586676

目录 Contents

第一部分　乔拉恩加德 / 1

　　第一章 / 2

　　第二章 / 19

　　第三章 / 35

　　第四章 / 45

　　第五章 / 57

　　第六章 / 70

　　第七章 / 77

第二部分　花环 / 91

　　第一章 / 92

　　第二章 / 100

　　第三章 / 112

　　第四章 / 130

　　第五章 / 140

　　第六章 / 150

　　第七章 / 163

　　第八章 / 171

目录
Contents

第三部分　拉夫拉恩斯·比杰加尔弗森 / 183

第一章 / 184

第二章 / 190

第三章 / 201

第四章 / 224

第五章 / 232

第六章 / 239

第七章 / 246

第八章 / 259

第一部分
乔拉恩加德

 第一章

1306年，当桑德布的小伊瓦·格杰斯林进行财产分割时，他将希尔的房产留给了女儿拉格恩弗里德和女婿拉夫拉恩斯·比杰加尔弗森。在此之前，他们住在斯科格，拉夫拉恩斯的庄园则位于奥斯陆附近的弗洛，不过现在他们搬去了希尔露天高坡上的乔拉恩加德。

拉夫拉恩斯有着挪威人说的"拉格曼德之子"血统。这一血统可追溯到瑞典一个名叫劳伦提斯·奥斯特格特拉格曼的人，据说他诱拐了比杰尔博伯爵的妹妹——一个名叫本格塔的姑娘——并随她一起从弗雷塔隐居地逃到了挪威。赫尔·劳伦提斯是服侍在哈科恩老国王身边的人，他深得国王的欢心；国王于是将斯科格的庄园赏给了他。好景不长，赫尔仅在挪威生活了八年，便久病不治而亡。赫尔的妻子出嫁前是伏尔康家的女儿，挪威人尊称这一家族出身的女儿为"国王的女儿"，赫尔死

后，成了寡妇的她便回家和亲戚和解。后来，她又嫁给了一个有钱人，去了外国。由于她和赫尔没有孩子，所以劳伦提斯的哥哥凯缇尔便继承了斯科格庄园。而凯缇尔正是拉夫拉恩斯·比杰加尔弗森的祖父。

拉夫拉恩斯很早就结了婚；到希尔时，他还只有二十八岁，比他的妻子还要小三岁。年纪轻轻，他已是国王身边的人，并且有着良好的教养；但结婚之后，因为拉格恩弗里德是一个脾气相当暴躁、性格忧郁的人，在一堆南方人中间过得郁郁不乐。在连着失去三个小儿子的厄运打击之下，她变得深居简出。拉夫拉恩斯于是把家的很大一部分搬到了加德布拉恩德斯达尔，这样他便在自己的庄园里过起了安静的日子，妻子就能离她的亲戚朋友更近一些。到加德布拉恩德斯达尔时，还有一个名叫克里斯汀的小女儿陪在他们身边。

但在加德布拉恩德斯达尔安定下来之后，绝大多数时候他们只是安静地过着自己的生活，不太与人来往。拉格恩弗里德看起来也不是很喜欢她的那些亲戚，经常只是出于礼节才会见见他们。还有一部分原因是，拉夫拉恩斯和拉格恩弗里德很是虔诚且敬畏上帝，他们经常满怀诚意地去教堂，并且乐于给神的仆人以及一些因为教堂事务而远行的人或去尼达罗斯①朝圣的人提供食宿。两个人对教区神父敬重有加，神父住在罗玛恩德加德，是他们最亲密的近邻。但其他的人就觉得他们已经为上帝的王国花费了足够多的什一税和物品钱财，所以没必要再这么严苛地遵守斋戒戒律和祷告，或者收留牧师僧人——除非是需要用到他们的时候。

另外，乔拉恩加德的人很受敬重和喜爱，尤其是拉夫拉恩斯，因为大家都知道他是一个强壮勇敢的男人，却又有着一个平和的灵魂，诚实而温和；行事低调谦虚但又尊严有礼貌，称得上一个极其能干的农民，还打得一手好猎。拉夫拉恩斯会猎捕狼和生性特别残暴的熊，还有各种害虫。没过几年，他就拥有了相当大的一片土地，不过对佃农们而言，他是一个和善可亲、乐于助人的主子。

---

① 尼达罗斯，金特伦翰，挪威的千年古都。

拉格恩弗里德甚少露面，很快人们也就不太谈起她。拉格恩弗里德第一次回到加德布拉恩德斯达尔时，很多人都感到震惊，因为人们对于拉格恩弗里德的记忆是从她住在桑德布开始的。拉格恩弗里德从来都算不得漂亮，但那时候她看起来还是优雅快乐的；可如今她的容貌大不如前，甚至会让人以为她比丈夫要大十来岁而不是三岁。人们认为她把不幸失子看得太过严重了，因为她在其他方面的境况要比绝大多数女人都好得多——她家财万贯，地位高尚，而且和丈夫恩爱和睦——这些是所有人都看得到的。拉夫拉恩斯从来不会跟其他女人厮混，所有事情必得问过她的意见；无论她是清醒还是酒醉，绝不会对她恶言相向。再说了，要是上帝怜悯的话，在她那个年纪再生孩子也并非不可能。

不过，拉夫拉恩斯比较难在乔拉恩加德找到愿意到他们家服侍的年轻人，因为女主人成天郁郁寡欢，而且他们家特别严格地遵守斋戒戒律。但拉夫拉恩斯家的仆人其实在庄园里过得相当滋润，也很少被主人生气地责骂或惩戒。拉夫拉恩斯和拉格恩弗里德在所有事情上都以身作则。男主人当然也有他自己寻乐的方式，他或许会去舞会跳一支舞；又或者不眠的夜晚，当年轻人聚在教堂草地上时领头唱支歌。但在乔拉恩加德当差的下人多数都是些年龄较大的人，他们喜欢这个地方，所以愿意待很长时间。

一天，七岁的女儿克里斯汀陪父亲到他们的高山牧场去。

那是初夏的一个美丽早晨。克里斯汀站在他们夏天睡觉的阁楼上。她看见外面阳光明媚，耳旁传来父亲和下人们在院子里谈话的声音。她兴奋极了，就连母亲给她穿衣服她都不得安生；克里斯汀穿好所有的衣服后，跳啊蹦啊。她以前从来没到山上来过，只在穿过峡谷去瓦吉时才被允许跟着大人一起去拜访母亲在桑德布的亲戚；她跟着母亲还有仆人们走进附近的树林去摘草莓，那是拉格恩弗里德用来酿酒的。拉格恩弗里德还会用越橘和小红莓做一种酸麦芽浆，四旬斋期间就会用这种酸麦芽浆替代黄油抹在面包上吃。

拉格恩弗里德盘起克里斯汀一头长长的金发，把头发卷进她旧旧的蓝色帽子里。然后在女儿脸颊上亲吻了一下，克里斯汀便朝父亲跑了去。拉夫拉恩斯已经踏上马鞍；他把女儿抱上马坐到他的身后，此前他已把叠成枕头样的披肩盖在身后的马腰上。马背上的克里斯汀可以跨坐并且紧紧扯住父亲的腰带。然后父女两人和拉格恩弗里德告别，但拉格恩弗里德又连忙拿着克里斯汀带头巾的披风从走廊上奔下来，她把披风交给拉夫拉恩斯，并交代他千万要照顾好孩子。

白天的阳光明亮耀眼，前一天晚上的滂沱大雨让阳光下的溪流和着山坡的拍子，四处唱起水花的歌，而山坡的下面则萦绕着几缕薄雾。不过山顶的上面，白色羽毛样的云朵高高地爬上蓝天，拉夫拉恩斯和他的随从们说，过会儿天气一定会很热。拉夫拉恩斯带了四个随从，个个全副武装，因为那个时候山里面总是会有各种奇怪的人——虽然他们不太可能遇得到，要知道他们可是浩浩荡荡的一群，而且也只是打山林里穿过一段不远的路。克里斯汀很喜欢这些随从。其中三个年纪有点大，但第四个，来自费恩斯布莱克恩的阿恩·哥德森，还是一个半大小伙子，他也是克里斯汀最好的朋友。阿恩就骑行在拉夫拉恩斯的后面，因为他需要给克里斯汀介绍一路上见到的各种东西。

一行人在罗玛恩德加德的建筑物中骑行，路上碰见神父埃里克，双方互相致意问候。神父站在那儿数落女儿——女儿替他打理房子——前天，女儿把新染的纱晾在了外面；而昨晚的一场大雨让这些新纱尽毁。

教堂就坐落在神父家对面的山头上，教堂不大，但庄严美丽，打理地井井有条，而且新涂了一层焦油。拉夫拉恩斯和他的随从们在墓地大门外靠近十字架的地方脱帽鞠躬。然后克里斯汀的父亲转身上马，和克里斯汀一道向拉格恩弗里德招手。他们看到她正站在农舍前面的草地上，正要回家；拉格恩弗里德挥动她亚麻面纱的一角，向丈夫和女儿挥别。

克里斯汀以前差不多天天都在这座山坡教堂和公墓边玩耍；不过今天她要出远门，以至于家周围这些司空见惯的景物也变得新鲜而陌生起来。低处乔拉恩加德庭院内外的成片房屋似乎都变得小了，颜色也更灰了。河流反射着阳光晶莹闪亮，它一路跌跌撞撞流向远方，而山谷就在它的前面铺开；山谷底部是青青的牧场和沼泽，带菜园草地的农舍则在灰色险峻大山的下方,沿坡而设。

克里斯汀知道老普特斯加德离山谷的尽头还很远。那是白胡子老人西格德和乔恩生活的地方,每次到乔拉恩加德来他们总是逗她玩。她喜欢乔恩,因为他能用木头给她雕出最漂亮的小动物,有一次还给了她一枚金戒指。但上一次圣灵降临节(复活节后的第七个星期日)乔恩爷爷过来,送给了她一个精美绝伦的骑士木刻,小克里斯汀觉得这是她收到的最好的礼物。她坚持要每天抱着骑士木刻睡觉,但第二天早上醒来,她就看到木刻骑士站在床前的阶梯上——她和父母一起睡。父亲告诉她,骑士听到第一声鸡鸣就起床了,而克里斯汀知道是母亲在她睡着后把骑士拿开的。她听到母亲说,木刻要是晚上翻转过来,就会硌人,弄得他们不舒服。

克里斯汀害怕老普特斯加德的西格德,她也不喜欢西格德把她抱坐在膝上;因为他总是说,等她长大了,他就要在她的怀里睡觉。西格德的两个妻子都死在他的前面,他说自己肯定也会比第三个妻子活得长;所以克里斯汀就能成为他的第四个妻子。每当小克里斯汀被吓地哇哇大哭的时候,拉夫拉恩斯就会大笑着说,他觉得玛吉特不会那么快被鬼神带走的,如果真发生那样的事情,西格德来求婚,他也会拒绝的——克里斯汀不需担心这个。

路旁有一块很大的石头,离教堂北边大概是一箭射的距离,石头周围是茂密的桦树和山杨树林。那也是他们玩教堂游戏的地方,神父埃里克最小的外孙托马斯会笔直站着,像他的祖父一样做弥撒;要是大石凹陷处有积水,他还会洒圣水,进行洗礼仪式。但去年秋天的一天,事情有了变化。先是托马斯和克里斯汀还有阿恩"结婚"——阿恩年纪也还不算大,所以有时候也会和这些孩子们一起玩。然后阿恩捉来一只乱逛的小猪,他们便给小猪洗礼。托马斯把污泥当做圣油抹在小猪身上,然后让小猪蘸一点石头凹陷处的积水,模仿他祖父的样子用拉丁语做弥撒,还责骂他给的祭品太少了。这惹得孩子们哈哈大笑,因为他们都听大人们讲过埃里克的贪得无厌。孩子们笑得越欢,托马斯就越是别出心裁。接着他又说,这个"孩子"是在四旬斋(一个为期40天追思耶稣在旷野受试探的节期）期间降生的，所以必须在神父和教堂的面前赎罪。有几个年龄大点的孩子笑得都吼起来了，但克里斯汀却满心歉疚，她抱着小猪站在那儿，泪水差点夺眶而出。倒霉的是正当这时候，埃里克刚好骑马经过，他刚从一个生病的教徒家回来。埃里克知道孩子们的打算后，他翻身下马，突然把圣船递给跟在他身边的大孙子本特恩。本特恩差点把装了圣体的银鸽子船掉到地上。神父冲向孩子们，抓着谁就打谁。小猪从克里斯汀的手中滑落，它沿着马路一边跑一边嚎叫，身后还拖着洗礼穿的圣衣，神父的马也被惊了。神父打了摔倒在地的克里斯汀一个耳光，还重重地踢了她几脚，她的屁股后来因此疼了好几天。拉夫拉恩斯听到动静的时候，他觉得埃里克对克里斯汀下手太狠了，因为她还只不过是个孩子呀。拉夫拉恩斯说他要跟神父说这件事，但拉格恩弗里德请求他不要这么做，因为孩子玩这样亵渎神明的游戏确实应该得到惩罚。拉夫拉恩斯于是也就没再多说什么了，但他重重地打了一顿阿恩，比以往任何一次都重。

　　这也是阿恩骑行到巨石旁边时用手拉克里斯汀袖子的原因。因为拉夫拉恩斯在，阿恩也不敢言语什么，他只是微笑着朝克里斯汀扮了个鬼脸，用手拍了拍背。但克里斯汀羞愧地低下了头。

　　脚下的路一直延伸到茂密的树林深处。他们一行人在哈默山的树影中骑行穿梭；村庄变得越来越窄、越来越黑，而拉格河的水流声却变得越来越响、越来越雄浑。初见拉格河，他们看到的是清透碧绿的流水混着不时泛起白色的浪花，在陡峭的石壁间翻腾。山谷的两边是茂密深绿的山林；里面黑压压的一片，似乎要朝人靠过来，好似一个峡谷，而清凉的风在峡谷间呼啸而来。他们骑过横跨罗斯特溪的人行桥，很快就看到了山谷下面横跨拉格河两岸的桥。就在那座大桥的下面有一个池子，据说里面住着一位河怪。阿恩想告诉克里斯汀河怪的事，但拉夫拉恩斯严令禁止他在森林里讲这些事情。走到桥头时，拉夫拉恩斯从马上跃下，一只手牵着马的缰绳，另一只手则放在孩子的腰上。

　　河的另一边，有一条专门的马道笔直通往高地，所以一行人都翻身下马，牵着马走路前进；但拉夫拉恩斯把克里斯汀推往前坐到马鞍上，这样她就能拉住鞍的前桥,所以克里斯汀是唯一一个被允许单独骑在加尔德斯韦恩①身上的人。

他们越往上走,就见到越多灰色的山峰,而连绵群峰间白雪融尽的顶峰出现一片蓝色。克里斯汀现在可以站在高处透过叶缝瞥见峡谷北边的山庄。阿恩把目之所及的农场一一指给克里斯汀看,还告诉她那些农场的名字。

走到一个草坡的高处,一行人看到了一间小房子。于是,他们在分叉的篱笆旁停下。拉夫拉恩斯大叫了几声,声音在山谷间一次次回响。只见两个男人从一个小牧场上奔下来。原来,他们是那家人的儿子。两个儿子都是烧沥青的好手,拉夫拉恩斯想雇用他们给他提炼一些沥青。房子的女主人从地窖拎来了一大盆冷的牛奶,因为天气很热,大家都希望能喝到凉一点的东西。

"我看到你的女儿是跟着你一块吧,"寒暄过后,女主人说道,"我想我见过她。你应该把她的帽子取下来。大家都说她有一头特别漂亮的头发。"

拉夫拉恩斯按女主人说的做了,克里斯汀的头发一直垂到马鞍。克里斯汀有着一头金色的秀发,很厚,就像一把成熟了的麦穗。

女主人伊斯利德摸了摸她的头发说:"现在我知道传言一点不假了,你的小女儿真的有一头漂亮无比的秀发。她是一朵百合,看起来就像是骑士的女儿。她也有一双温柔的眼睛——她像你,不太像格杰斯林。哦,愿上帝让她给你带来快乐,拉夫拉恩斯·比杰加尔弗森!看看你是怎么骑加尔德斯韦恩的吧,身子坐得笔直,就像是国王的近臣一样。"她一边打趣,一边在克里斯汀喝牛奶的时候替她托着盆。

克里斯汀高兴得红了脸,因为她知道父亲被认为是方圆百里最英俊的男人,和随从站在一起时他看起来就像一个骑士,即使他的穿着打扮更像是一个农民,这也是他在家的习惯。拉夫拉恩斯穿着一件绿色手织布做的短束腰外衣,很宽松的样子,外衣脖子处有个开口,看得见里面

---

① 加尔德斯韦恩,拉夫拉恩斯的马。

的汗衫。下身则是穿着一条紧身裤，脚蹬一双没有上色的皮革鞋，头上戴着一个老式的宽檐羊毛帽子。他身上仅有的配饰就是皮带上的一个抛光银扣，还有汗衫脖颈处别着的一个金银丝胸针。另外，还看得见金项链的一部分，项链下面挂着的是一个十字架，配着一颗大水晶。十字架可以打开，里面是一小块寿衣布和斯科夫德圣伏露·艾林的一缕头发，因为拉格蒙德的儿子们有一点她的血脉。无论拉夫拉恩斯是在森林里还是在工作，他都会把十字架放在汗衫的里面紧贴着胸膛，以免遗失。

即便拉夫拉恩斯身上穿着的是粗糙的手工织布衣服，但他还是比许多穿金戴银的王公贵族或骑士看起来更高贵。拉夫拉恩斯长相英俊，身材高大，有着宽阔的胸膛和窄窄的臀部（当时以窄臀为美）。他那小小的头和脖子相得益彰，另外，拉夫拉恩斯还有着小而窄的脸部特征，让人看着格外喜欢——饱满的脸颊增一分太胖减一分太瘦，圆圆的下巴线条甚是优美，嘴巴亦是好看的形状。拉夫拉恩斯白皙的肤色配上灰色的眼睛以及厚而直且丝绸一般顺滑的金色头发简直是完美。

拉夫拉恩斯站在那儿和伊斯利德讲她的事情，还问了下托蒂斯的事情，托蒂斯是伊斯利德的亲戚，那个夏天刚好在帮拉夫拉恩斯照料乔拉恩加德的山地牧场。托蒂斯刚生了孩子不久，伊斯利德正等机会找一条穿过森林的安全的路，这样她就能把托蒂斯的孩子从山上抱下来受洗。拉夫拉恩斯说伊斯利德可以跟他们一起走；他计划第二天早上返回，有这么多大男人陪着她和那个受洗的小孩会比较安全，也更让人放心。

伊斯利德对他表示了感谢。"说老实话，这正是我所期待的。我们都知道，无论您什么时候过来，都会帮我们这些住在山上的穷人一个忙。"说完，她便走开去收拾衣服和一件披风。

事实上，拉夫拉恩斯喜欢和这些谦卑的人在一起，虽然他们过着一贫如洗的生活，住在租来的村子边缘的高地房子里。和这些人在一起时，他总是很高兴，而且喜欢开些善意的玩笑。拉夫拉恩斯同他们聊森林动物的奔跑移动，聊高原上的驯鹿，还有这些地方发生的所有离奇事情。他给予这些人言语和行动上的帮助，向他们伸出援助之手；他帮忙救治生病的牛，帮他们打铁、做木工活。有时拉夫拉恩斯甚至会在他们必须敲烂一块巨石或者拔出一个大树根时施展他的拳脚。这也是这些人如此热忱欢迎拉夫拉恩斯·比杰加尔弗森和加尔德斯韦恩——拉夫拉恩斯的坐骑，一匹身形巨大的红色种马——的原因。加尔德斯韦恩是一匹漂亮的马，皮毛光滑，有着白色的鬃毛和尾巴，还有闪亮的眼睛——以力量大和桀骛不驯闻名全村。但对拉夫拉恩斯，它却乖得像只羊。而拉夫拉恩斯经常说，他就像喜欢一个小兄弟一样地喜欢这匹马。

拉夫拉恩斯首先想料理的就是赫姆哈根的灯塔。在一百年前或更早时候的艰难岁月，山谷附近的地主们在山里面竖了几个灯塔，类似于海港上用来警示来往船舶的篝火。但这些村庄里的灯塔并不受军方组织管；农民工会负责灯塔的维修，而农民们轮流照看它们。

当他们到达第一个山地牧场时，拉夫拉恩斯将除驮马在外的所有马匹都放到带栅栏的草场上，然后他们继续沿着陡峭的山路往上走。走不久，便走到一块荒凉的地方。只有巨大的松树定定地站在那儿，通体白色，仿佛一具尸骸，旁边就是一片沼泽地——现在克里斯汀看到了那映衬着天空的光秃秃的灰色山顶。他们爬过一段绵延的碎石坡，有时前进的路会被一条小溪阻断，所以拉夫拉恩斯必须抱着克里斯汀过去。山上的风格外清新，荒地上满缀着黑色的浆果，但拉夫拉恩斯说他们没有时间停下去采摘浆果。阿恩则是这儿蹦一下，那儿跑一下，为克里斯汀摘浆果，还告诉她在森林的下面能看到哪些牧场——因为当时的豪弗利恩斯旺到处都是森林。

现在他们刚好走到最后一个光秃秃的圆顶山峰下面，所以能看到直指苍穹的成片大树，还有险峻悬崖隐蔽处的房子，那是给照看山林的人住的。

翻过山岭时，风迎面吹来，猛烈地灌进衣服里——在克里斯汀看来，似乎是有人住在那儿，正跟他们打招呼。克里斯汀和阿恩穿过泥沼地时，山林的大风仍在呼啸。孩子们坐在壁架的最里面，克里斯汀睁着大大的眼睛——她从来没有想过这个世界可以这么无垠，这么广阔。

四周都是大树覆盖的茂林大山；而克里斯汀的村庄只是大山之间的一个小洞，相邻的村庄看起来更像是一个个小窟窿；村庄的数目不在少数，但和大山一比，村庄就显得少了。金黄火焰一般的地衣铺在灰色山顶的四周，在森林地毯的上面若隐若现；远处的地平线上，屹立着蓝色的山峰，峰顶的白雪闪着微光，似乎要与那炫白而略带灰蓝的夏天白云融为一体。但在东北方向不远处——就是牧场森林的上面——屹立着一座座雄伟的石头蓝大山，而山顶还有新雪的痕迹。克里斯汀猜想它们应该属于拉恩坎普，也就是她以前听说过的野猪山脉，因为它们确实很像是一群背对着村庄的朝远方走去的野猪。不过阿恩说，只需要半天的骑行便可抵达野猪山脉。

　　克里斯汀之前以为只要到达家乡的峰顶，她就能够像俯视自己的村庄一样俯视另一个有农场、有房舍的村庄；当她看到人们住的地方相距这么远时，她的内心便涌出了这样一种奇异的感觉。克里斯汀看到山谷底部有黄色和绿色的小点，高山森林的小片沼泽空地上坐落着星星点点的房舍；她一个一个地数房舍，但还没数到三打，就数不下去了。而那些星星点点的房舍在无垠的原野间几乎可以忽略不计。

　　克里斯汀知道统治森林的是狼和熊，而且每块岩石的下面都住着食人妖、地精和小精灵。她突然害怕起来，因为没有人知道岩石的下面究竟住着多少妖怪精灵，但肯定比基督信徒要多得多。于是克里斯汀大声呼唤父亲，但呼啸的风声吞没了她的声音，拉夫拉恩斯没能听到女儿的呼唤——他正和随从们一同推动巨石，巨石打算用来支撑做灯塔的木材。

　　但伊斯利德走到孩子们身边，告诉克里斯汀瓦吉·瓦斯特菲尔德的位置。阿恩则指格拉菲尔德给克里斯汀看，那儿的人挖沟捕捉驯鹿，而且为国王捕捉老鹰的猎人都住在石头房子里。阿恩也想着将来有一天能做这样的事情——但他也想学习训练猎鸟——他把手高举过头顶，好似一只飞向高空的展翅雄鹰。

　　伊斯利德摇了摇头。

　　"那种生活可没什么好的，阿恩·哥德森。如果你成为一个猎鹰人，你的母亲一定会很伤心，我的孩子。除非是与更差劲的人混在一起，否则没有人能靠做那种事生活下去。"

拉夫拉恩斯也朝他们走了过来,他听见了最后一句话。

"是的,"他说,"很可能一家人都在做那个,但既不需要纳税也不需要上缴什一税。"

"我想你肯定是见过世面的人,对吗,拉夫拉恩斯?"伊斯利德说,"你曾到过大山深处。"

"啊,怎么说呢,"拉夫拉恩斯有些勉强地答道,"那可能是——可我觉得自己并不应该跟你讲这个。在我看来,无论在大山里面找到的是哪种安宁,我们也一定不能嫉妒那些在村庄里为安宁而孜孜以求的人。我也曾见过黄色的牧场和漂亮的干草场,而那儿的人鲜少知道山谷的存在。我也见过成群的牛羊,但我不知道它们是否属于人类或者另有所属。"

"说得对,"伊斯利德说,"人们总是责怪熊和狼捉走了山地牧场的牛,但山坡那边还有更坏的强盗。"

"你说他们更坏?"拉夫拉恩斯一边若有所思地问道,一边抚摸了下女儿的帽子。"在拉恩坎普以南的山中,我曾遇到过三个小男孩,其中最大的差不多和克里斯汀同龄,他们都有着金黄的头发,身上穿着兽皮做的上衣。看到我时,他们就像小狼一样龇牙咧嘴,然后就一溜烟地跑了。要说他们的穷主人受不住诱惑偷走一两只奶牛,这也是不足为奇的。"

"那,狼和熊也都有自己的小家伙,"伊斯利德气恼地说,"而你选择不饶恕它们,拉夫拉恩斯。无论是成年的狼和熊,还是年幼的小狼小熊,你都不原谅。但它们从来都没有学过法律或基督教义,就和那些你希望他们过得好的干坏事的人一样。"

"你认为我希望他们过得好,是因为我希望他们比最坏更好一点点?"拉夫拉恩斯轻扯嘴角,说道,"跟我来,我们去看看今天拉格恩弗里德给我们准备了什么吃的。"说完他拉着克里斯汀的手,转身走了。拉夫拉恩斯俯向克里斯汀,轻轻地说:"我想起了你那三个小弟弟,小克里斯汀。"

他们往守山人的房子里张望,房子里空气不流通,弥漫着一股霉菌的味道。克里斯汀快速打量了一圈屋子，屋子里只有靠墙处摆着一张土制凳子，地板中间有一个灶台，还有几桶沥青，几捆松树棒和桦树枝条。拉夫拉恩斯觉着他们应当到户外用餐，在桦树坡过去不远的地方他们找到了一个美丽的小草原。

他们把驮马身上的东西都解下来，摊开在草地上。拉格恩弗里德的包裹里装了许多的好东西——酥软的面包和lefse（挪威的土豆烤饼），黄油、奶酪、猪肉以及风干的驯鹿肉、猪油、水煮牛胸，两大罐德国麦芽酒和一小罐蜂蜜酒。大家麻利地把肉切开，互相传着吃，只有年龄最大的哈尔夫丹生起了一堆火，在森林里有火还是比没有火要好。

伊斯利德和阿恩拉来一些石南属植物和桦树树枝，把它们都投入火中；大火把桦树枝条上的叶子一把吞噬，噼噼啪啪地直响，而溅起的小小的白色火炭落向熊熊燃烧的主火焰。黑色的浓烟袅袅飘向干净高远的天空。克里斯汀坐在那儿，看着这一切；大火似乎很高兴能在户外自由地燃烧。这和家里面火炉里的火可不一样，在家烧饭的时候，还需要人在一旁打光呢。

克里斯汀倚着父亲坐在那儿，一只手放在父亲的膝盖上。她想吃什么，拉夫拉恩斯就给她夹什么，而且是夹最好的部分；麦芽酒也是随意她喝，偶尔还让她啜饮几口蜂蜜酒。

"她一定会醉得走不成道。"哈尔夫丹大笑着说，但拉夫拉恩斯只是用手轻轻掐了掐克里斯汀肉肉的小脸蛋。

"我们这儿背她的人可有的是。这对她而言还好一些。你也喝，阿恩。对于你们这些还在长的小家伙，上帝赋予你们的才能一定会给你们带来好处，而不是伤害。麦芽酒能让你有甜甜的红色血液，它会让你睡得香。它可不会引得你生气或犯傻。"

随行的大男人们个个喝得很猛。伊斯利德也没有节制自己，很快他们讲话的声音、咆哮还有那大火燃烧的噬噬声在克里斯汀听来都变得远了；她觉得自己的头越来越重。她也注意到所有人都试图引拉夫拉恩斯给他们讲打猎途中遇到的那些稀奇古怪的事情。但拉夫拉恩斯只讲了一点点，克里斯汀觉得如此舒服和心安。除此之外，她还吃了很多的东西。

父亲正拿着一块酥软的大麦面包。他用手指把面包小块捏成马的形状，然后又扯了一小块肉放在面包马上，仿佛是一个人骑着马。然后父亲让面包马骑过他的大腿，一直骑到克里斯汀的嘴里。没过多久，克里斯汀已是累得不行，她甚至连打哈欠或咀嚼的力气都没有——然后她翻身躺到地上，进入了梦乡。

克里斯汀醒来的时候，她发现自己躺在父亲温暖且没有光线的怀抱中——他用帽子盖着两个手。克里斯汀坐起身来，她抹去脸上的汗珠，取下帽子，这样汗湿的头发就能被风吹干。

当时天色肯定已经晚了，因为原本白晃晃的阳光已经转成了闪烁的黄光，影子也被拉长且朝向东南方。山林里再没有一丝风，各种蚊子蝇虫也绕着睡着的人嗡嗡地飞。克里斯汀笔直地坐着，一边抓挠着手上被蚊子叮咬的地方，一边往周围张望。高处的山顶闪烁着白光，间或看得见绿色青苔和阳光下金色的地衣；而那经过风吹雨打的灯塔木料则直直地指向天空，好似某种怪兽的骨骸。

克里斯汀不安起来——看到所有人都在大白天光中睡觉实在是奇怪。在家的时候，无论晚上什么时候醒来，都会有母亲紧贴着她睡在一旁，另一旁则是挂在墙上的绣帷。无论外头是刮风还是下雨，这样她都能知道房子的门和出烟口都已经在夜色中紧闭了；她还能听到安然躺着的人的小动静以及皮毛枕头间的声音。但这些围着一小堆黑白灰烬蜷缩着躺在山坡上的人好似已经死去；他们有些是俯面躺着，有些双膝弯曲仰面而躺，而他们口中发出的声音着实吓到了克里斯汀。她的父亲在一旁鼾声震天，而哈尔夫丹吸了一口气，鼻子哼哼了几声。阿恩则是侧躺着身子，脸埋在手臂下面，他那油亮的淡棕色头发散发在石南属植物上。阿恩躺得那么笔直，克里斯汀甚至担心他是不是已经死了。她不由弯下身子碰了碰他，睡梦中的阿恩这才动了一下。

突然，克里斯汀想起他们或许已经睡了一整夜，现在很可能是第二天的早上。她一下子就警觉起来，使劲摇晃父亲，但他只是哼唧了几声又继续睡他的觉去了。克里斯汀自己也觉得头特别沉，但她不敢躺下去睡觉。所以她向火堆爬去，用一根棍子往里插了插——里面还有一些闪着微光的余烬。克里斯汀又往里面加了一些随手拿到的石南属植物和小枝条，但她并不想冒险走出熟睡的大人们围成的这个圈去找更大的树枝。

突然，从附近的地里传来雷鸣般的巨响。克里斯汀的心猛地一沉，她吓得直冒冷汗。透过树林她看到一个红色的身影，那是加尔德斯韦恩从高山桦树林中站了起来，清澈明亮的大眼睛盯着克里斯汀。这让她大大松了一口气，于是她跳着朝加尔德斯韦恩跑了去。阿恩骑的棕色马也在那儿，和驮马一起。克里斯汀觉得十分安全；她走了过去，轻拍三匹马的侧腹，但加尔德斯韦恩低下了头，这样她就能抚摸到它的脸颊，并拉住它的金白色额毛。加尔德斯韦恩那软软的口套在克里斯汀的手中蹭。

三匹马在桦树坡上从容漫步，吃青草，而克里斯汀就跟着它们一块儿走，因为她觉得只要有加尔德斯韦恩在身边，她就不会有危险——它以前可是赶走过熊呢。那儿的蓝莓长得那样多，克里斯汀觉得口渴，而且嘴里没味儿。那种时候她可再不想喝什么麦芽酒，但那甘甜多汁的蓝莓果就和美酒一样醉人。在那儿，她还看到了覆盆子；于是她牵着加尔德斯韦恩的缰绳，让它跟着自己一块儿走，而加尔德斯韦恩也顺从地跟着小克里斯汀走。克里斯汀朝着坡下越走越远，只要她一叫，加尔德斯韦恩就会跑到她的身边，其他的马也跟着加尔德斯韦恩。

克里斯汀听到附近有溪水的哗啦流动的声音。她循声来到小溪旁，在一块石板上躺下，然后用溪水清洗那被蚊子咬过的脸和手。石板下面有一个深黑不见底的池子，里面的水是静止的；另一边，几株小桦树和柳树丛的后边有一块峻石直指天空。静止的溪水水清如镜，克里斯汀靠过去看着水中的自己。她想看看伊斯利德说她长得像父亲是不是真的。

克里斯汀看到水里的自己有一张圆圆的脸和大大的眼睛，她微笑、点头、弯腰，直至她的金黄头发与水中倒影相接。

旁边生长着一簇簇粉红色的缬草花，传来阵阵幽香；山溪旁的这种花比家乡河边的这种花开得更红，也更漂亮。克里斯汀摘了几朵花，然后小心翼翼地把花朵和草叶缠卷，直到卷成一个最漂亮、最粉嫩、最牢固的花环。克里斯汀将花环戴到头上，然后跑到池子边照自己的模样，她打扮地就像一个要去参加舞会的妙龄少女。

克里斯汀俯下身去，她看见自己的身影从深处慢慢浮现，愈来愈近，也愈加清晰。然后，她在水镜上看到有人正站在那桦树林的另一边，身子倚向她。克里斯汀猛地变成了跪姿，上身笔直，然后定睛看向溪流的对面。一开始她以为自己看到的只是石刻的脸，石刻下面是树丛做的基座。但突然间她在那树叶间认出了一张脸——那儿有一个女人，长着一张苍白的脸和瀑布一样亚麻色的头发。她那大大的淡灰色眼睛和引人注目的粉红色鼻子让克里斯汀想起加尔德斯韦恩。女人身上穿着某种叶绿色的闪亮的东西，树枝掩映着她的身形直至丰满的胸部，她的胸前满缀着胸针和闪亮的项链。

克里斯汀盯着眼前的景象。然后女人抬起手给她看一个金色花朵编成的花环，并用花环向她招手。

在她的身后，克里斯汀听到加尔德斯韦恩发出惊恐的嘶叫。克里斯汀转过头。只见加尔德斯韦恩向后面张望，发出一声响亮的尖叫，然后掉过头向山丘跑去，动静相当大。其他的马也跟着它跑。它们笔直朝碎石坡冲去，脚下的岩石被踩得崩塌碎裂，枝条和树根也咔嚓咔嚓地作响。

克里斯汀用最大的声音大喊。"父亲！"她尖叫着，"父亲！"然后，她跳起身来，也跟着马朝山坡跑去，一下也不敢再回头看。克里斯汀爬上碎石坡，可被自己的裙边绊得滑倒，她站起来继续向上爬，流血的双手使劲抓着东西向上，磕得青紫的膝盖在地上挪移，她叫加尔德斯韦恩，又叫父亲——汗水浸透了她的整个身体，水滴一样流进她的眼睛；她的心怦怦怦地猛跳，仿佛要从胸腔蹦出来；喉咙里溢出恐惧的抽泣声。

"哦，父亲，父亲！"

然后，克里斯汀听到父亲的声音从上面的某个地方传来。她看见父亲大步流星地从碎石坡上奔下来——那明亮的、被阳光照得白晃晃的碎石坡。高山桦树和山杨依然静静站在山坡的两侧，它们的叶子反射出银色的闪光。山上的草地如此安静、如此明亮，但她的父亲无心流连这些美景，只是直奔她而来，嘴里叫着她的名字；克里斯汀一屁股坐到地上，意识到自己得救了。

"圣母玛利亚！"拉夫拉恩斯跪倒在女儿的身旁，他一把将女儿拉进自己的怀里。拉夫拉恩斯的脸色苍白，嘴巴是奇怪的样子，这让克里斯汀更加害怕；直到看见父亲的表情，她才意识到自己刚才有多危险。

"孩子，我的孩子……"拉夫拉恩斯拿起克里斯汀血肉模糊的双手，愣愣地看着；他还注意到女儿的头上戴着一个花环，于是用手碰了碰。"这是什么？你怎么会跑到这儿来，小克里斯汀？"

"我跟着加尔德斯韦恩来的，"克里斯汀靠在父亲的胸前抽泣道，"因为你们全都睡着了，所以我特别害怕，但那时加尔德斯韦恩出现了。然后就有一个人在溪边朝我招手……"

"谁在招手？是一个男人吗？"

"不是，是一个女人。她手上拿着一个金色的花环，朝我招手——我觉得她是一个矮小的少女，父亲。"

"天哪！"拉夫拉恩斯一边轻叹，一边用手在克里斯汀和自己胸前画十字。

他一路搀扶克里斯汀上到山坡，一直走到草丘旁，然后他一把抱起克里斯汀。克里斯汀紧紧地搂着父亲的脖子，啜泣着。不管父亲怎样安慰她，她就是止不住地抽泣。

很快，他们就走到了之前喝酒的地方，伊斯利德听着事情的经过时，紧紧地将克里斯汀的双手叠在一起。

"哦，那一定是精灵少女——我跟你们说，她一定是想引诱这个漂亮的小女孩走进她的山中。"

"别说了，"拉夫拉恩斯严肃地说道，"我们不应该像在森林里一样讲这些东西。你永远不知道躲在石头下面倾听我们每一句话的是什么。"

拉夫拉恩斯从汗衫里面将挂着十字架圣物箱的金链子取下来，挂到克里斯汀的脖子上，并让十字架链紧贴肌肤。

"你们所有人都得管好自己的嘴巴，"他命令道，"因为一定不能让拉格恩弗里德知道克里斯汀面临过这样的危险。"

然后他们将跑进树林的马拉了出来，快速朝其他马所在的牧场入口走去。所有人都跨上自己的马，朝乔拉恩加德奔驰而去，剩下的路途已经不远。

一行人抵达的时候，太阳已经要落山了。牛群都被关进了牛栏，托蒂斯和其他看管人员正在给奶牛挤奶。走进屋子，粥已经备好了，因为牧场的人早前通过灯塔知道他们要来。

直到这时，克里斯汀才停止哭泣。她坐在父亲的大腿上，从他的调羹里喝粥和吃奶油。

第二天，拉夫拉恩斯骑马去山上较远的一个湖，那是一些牧人养公牛的地方。克里斯汀本想和他一起去，但现在他让克里斯汀留在住处。

"托蒂斯和伊斯利德，在我们回来以前，你们一定要确保门窗锁好烟囱关紧；这既是为着克里斯汀，也是为摇篮里那个还未受洗的小婴儿。"

托蒂斯害怕极了，她不敢再带着孩子留在那儿；自从分娩一来，她还没有去过教堂。她想马上离开这儿到村子里去。拉夫拉恩斯说他觉得这可以理解；他还说第二天晚上，托蒂斯可以跟着他们一起下山离开。拉夫拉恩斯想着应该可以让乔拉恩加德的一个年龄更大的寡妇上来顶托蒂斯的差。

托蒂斯将甘甜新鲜的草垫到凳子上的兽皮下面；青草的味道香浓好闻，拉夫拉恩斯给克里斯汀讲上帝的祈祷和万福马利亚时，她差点睡过去。

"恐怕近期我是不会再带你到山上来了。"拉夫拉恩斯轻拍着克里斯汀的脸颊说。

克里斯汀惊得立马醒了过来。

"父亲，难道秋天的时候你不带我去南方了吗？你答应过我的。"

"那个我们还可以再打算。"拉夫拉恩斯说，克里斯汀于是在柔软的羊皮毯上沉入了香甜的梦乡。

 第二章

每个夏天，拉夫拉恩斯·比杰加尔弗森都会骑马到南方去，料理在弗洛的庄园。在克里斯汀的记忆中，父亲的这段出行俨然已是每年的里程碑：离开好几周时间，然后是父亲回来时自己的欢欣雀跃；父亲每次回来都会带给她许多新奇的礼物——来自国外的上好布料可以用来做嫁衣，无花果，葡萄干，还有来自奥斯陆的姜饼——以及许多离奇的事情可以说。

但这一年，克里斯汀察觉到父亲的旅程有些不寻常。行程一拖再拖。老普特斯加德的老人不期而至，坐在桌旁和父亲母亲讲遗产继承、自由财产、回购权以及远距离打理一个庄园的艰辛等事情；还讲了主教职位以及国王在奥斯陆的城堡，为了修建国王的城堡，无数邻近地区的农民被拉去做了工。老人没有时间和克里斯汀玩，所以她被打发去伙房

和女仆们一块玩。克里斯汀的叔叔,也就是桑德布的唐德·伊瓦森也比以往来得更勤——但他从来都不会逗克里斯汀,更不会陪她玩。

克里斯汀渐渐也开始明白是怎么一回事了。原来从到希尔起,他的父亲一直寻思着要收购村子里的土地,现在安德斯·加德蒙德森先生主动提出用他母亲祖传的庄园弗摩交换拉夫拉恩斯在斯科格的庄园。斯科格的庄园离安德斯家很近,而安德斯也是国王的家臣之一,且很少来村子里。不过这项交易从很多方面来说,拉夫拉恩斯还是能占到便宜的。但拉夫拉恩斯的兄弟亚斯蒙德·比杰加尔弗森也对收斯科格这块地感兴趣——他现在住在哈德兰德,且在那儿有一个庄园,那是一场婚姻带给他的——而亚斯蒙德是否会放弃他的祖业继承权还不一定。

不过有一天,拉夫拉恩斯跟拉格恩弗里德说他今年想带克里斯汀到斯科格去。他说,如果他们真要放弃那栋庄园,那克里斯汀怎么也应该看看她自己出生的地方以及先辈们居住的房子。虽然让这么小的孩子赶这么远的路而且自己不能陪同前去让拉格恩弗里德有些不安,但拉夫拉恩斯的这个请求于情于理都不算过分。

自打见过精灵少女后,起先的一段日子里克里斯汀仍然十分恐惧,所以黏母亲黏得很紧;她甚至只要看到那天在那山上的随从或知道这件事情的人,就会被吓到。她很庆幸,父亲不准任何人再提起这件事。

但过了一段时间,克里斯汀又很想讲讲这件事。她在心里给一个人讲了——她也不确定那是谁——奇怪的是,时间过去得越久,她的记忆越清晰,对于那个漂亮的女子也记得更真切。

但最奇怪的是,每一次只要想起那个精灵少女,她就会产生一种去斯科格的渴望,而且她越来越担心父亲不愿带她一同前去。

终于有一天早上,她在储物间上面的小阁楼醒来,看到老加恩希尔德和她的母亲正坐在门边,她们正盯着拉夫拉恩斯的一捆松树皮毛。加恩希尔德是一个走家串户帮人将皮毛缝成帽子和其他衣物的寡妇。克里斯汀从她们的谈话中知道,自己将得到一件用松树皮拉线用貂皮缝边的新披风。克里斯汀突然意识到这是为她的出行准备的,她立马从床上蹦下来,欣喜若狂。

母亲走到克里斯汀的身旁，摩挲着她的脸庞。

"我的女儿，要离我这么远，你就这么高兴吗？"

拉格恩弗里德在丈夫和女儿启程的那天早上，又说了同样的话。天还没亮，拉夫拉恩斯和克里斯汀就起来了；外面还是黑漆漆的一片，克里斯汀探头瞥向门外时，看到房屋还笼罩在浓浓的雾中。浓浓的晨雾就像灰色的烟雾一样绕着灯笼在屋门前翻腾。仆人们在马厩和储物间之间来回穿梭，伙房里的女人手捧一锅锅热气腾腾的粥和一盘盘的蒸肉。冒晨寒出发前，他们将吃上一顿悉心准备的大餐。

屋内，装有行李的皮革包裹再次被打开，一些忘带的东西也全部放了进去。拉格恩弗里德提醒丈夫这一路得替她留心的事情，还聊了聊沿途会经过的亲戚和熟人——拉夫拉恩斯得替她问候几个人，还得记着问询她提到的其他人。

克里斯汀跑进跑出，她同屋子里的每个人说了再见又说再见，一刻也不得安生。

"克里斯汀，要离开我这么远这么长时间，难道你就这么高兴吗？"她的母亲问道。克里斯汀听完，觉得悲伤又气馁，她真希望母亲没有说过这句话。但她还是尽最大的努力给以得体的回复。

"不，亲爱的母亲，我只是很高兴能和父亲一起出门。"

"嗯，我想也是。"拉格恩弗里德叹息着说道。然后，她吻了吻克里斯汀，还用手摸了摸她身上新做的衣裳。

最后，拉夫拉恩斯和克里斯汀都踏上了马鞍，所有随行的人也都整装待发。克里斯汀骑得是莫维恩，那曾经是她父亲的马。莫维恩是一匹老马，聪明而平稳。拉格恩弗里德将装有告别酒的银高脚杯递给丈夫，一只手搭在女儿的膝上，并要克里斯汀牢记她交代的所有事情。

一行人穿过庭院，踏入灰蒙蒙的晨曦中。牛乳似的白雾盘旋在村庄的上空。不过白雾很快便消散了，阳光洒满大地。露珠滑落，绿色的干草已到了第二季的收割期，而牧场在白色的雾霭中闪着微光，映衬着苍白的留梗地，还有那黄色的树以及长着红色闪亮果实的花楸。蓝色的群峰依稀可见，它们也渐渐从晨雾和蒸汽中钻了出来。行至草坡时，大雾已开始退散,在草坡上空飘移;一行人便迎着最灿烂的阳光穿过了村庄——克里斯汀和父亲走在队伍的最前面。

一个阴暗且下着雨的黄昏,他们抵达了哈玛。克里斯汀坐在父亲的马鞍前头,因为她已经非常疲倦,眼前的一切都变得模糊——右边是闪着白光的湖泊,而下行时那深色的树正不停地滴水,路旁湿湿的地里有一片阴森的黑色房子。

克里斯汀不再一天一天地数日子。她觉得自己的这段旅程可能永远都结束不了了。他们拜访沿途的亲戚朋友。她认识了一些住在大庄园里的孩子,在陌生的房子、谷仓和庭院里嬉戏玩耍,那条带丝袖的红色裙子她穿了很多次。天气好的时候,白天他们会在路旁休息。阿恩为克里斯汀弄了一些坚果,吃完饭后,克里斯汀还被允许在装衣服的皮革包裹上面睡觉。有一户人家还给了他们全丝的枕头,用来枕着睡觉。还有一个晚上,他们歇宿在路旁的一家旅馆,而无论克里斯汀什么时间醒来,她总是能够听到另一张床上传来一个女人轻微而绝望的哭声。不过每晚,克里斯汀总是能靠着父亲宽厚温暖的背舒服地睡觉。

克里斯汀猛然惊醒。她不知道自己身在何处,但梦里听到的奇怪铃声和嗡嗡声仍在继续。她一个人躺在床上,房间里有一个正在燃烧的火炉。

克里斯汀呼唤父亲,拉夫拉恩斯听到后从他坐的火炉旁站了起来,走到她身边,而他的身旁则坐着一个体格魁梧的女人。

"我们在哪里?"克里斯汀问。

拉夫拉恩斯笑了笑说:"我们现在到哈玛了,这是玛格丽特,是鞋匠法提恩的妻子。你可得好好和人家打个招呼,因为我们一到这儿你就睡着了。不过现在玛格丽特会帮你穿衣。"

"已经早上了吗?"克里斯汀问道,"我以为你现在正要上床睡觉呢。你不能帮我穿衣吗,父亲?"她请求,但拉夫拉恩斯相当严厉地说,她必须要谢谢玛格丽特愿意帮忙。

"看看她为你准备的礼物!"

是一双红色鞋子,鞋带是丝绸做的。女人微笑地看着克里斯汀喜悦的脸庞,然后帮她换上新鞋和放在床上的长筒袜,这样她就不用光脚踩上脏兮兮的地板了。

"那是什么声音?"克里斯汀问道,"就像教堂的钟声,但钟声此起彼伏。"

"那是我们的铃铛,"玛格丽特笑道,"你有没有听过我们这儿的大教堂呢?你马上就要去那儿了。钟声就是从那儿传来的。回廊里会敲钟,教堂的十字架旁也会敲响钟声。"

玛格丽特在克里斯汀的面包上抹了厚厚的一层黄油,又在她的牛奶中添了蜂蜜,这样吃起来就会更饱一些——她只有很少的时间吃东西。

屋子外面仍然是黑乎乎的,且打了霜。雾气甚是冷人,一点点侵入克里斯汀的身体。来往人群和牛马的脚步好似铸铁一样敲击着地面,克里斯汀的新鞋子有些小了,卡得她脚疼。在一个地方,克里斯汀踩进了一条狭窄街道中间车辙的冰霜中,这让她的双腿又湿又冷。后面是拉夫拉恩斯将她背回了家。

克里斯汀望向黑暗,但她只能看见一点城镇的影子——她瞧见了房子的黑色回廊以及映衬着灰色天空的树的轮廓。之后,他们到了一块结着白霜的草地上,克里斯汀认出草地的另一边有一幢山一样大的灰白色建筑。周围有高大的石头建筑环绕着它,灯光从墙上的观测孔射出来,到处都是。钟声停了一阵,很快又重新响了起来。那钟声是如此地有力量,她感觉脊柱一阵冰凉的颤抖。

走进教堂的前厅时,克里斯汀觉得好似进了一座大山;周遭是一片黑暗和寒冷。他们穿过门廊,传来古老熏香和香烛那令人心生凉意的香气。克里斯汀站在一个有着高高天花板的大房子里,里面是一片黑暗。她的眼睛无法看透那黑暗,头顶四周全都笼罩在黑暗中,只是远远地看到前面圣坛处有一点光。圣坛旁站着一个神父,他说话的回声在屋子里以一种奇怪的方式回荡,就像空气在膨胀然后有人在耳旁说悄悄话一样。拉夫拉恩斯手蘸圣水为自己和克里斯汀画十字,然后继续向前走去。虽然他一步一步走得很小心,但他的脚步踏在石头地板上仍是十分响亮。他们经过巨大的石柱,往石柱中间望时仿佛是看进一个黑洞。

走到靠近圣坛的地方，拉夫拉恩斯跪下身来，克里斯汀也在他的身旁跪下。她的眼睛还在适应那黑暗。石柱之间的圣坛交替闪着金色和银色的微光，但面前的圣坛则是只有镀金烛台中的烛光在闪耀，圣船亦在闪着光芒，而后头的宏伟画作同样在闪光。克里斯汀再一次想起了大山——教堂里面的情景和她想象中的一样，辉煌宏伟，只不过想象中会有更多的亮光。突然，克里斯汀的面前出现了那个矮小精灵少女的面孔。但当她抬眼看去时，看到的只是头顶耶稣的画像，那么大、那么严肃，被高高地钉在十字架上。克里斯汀感到害怕。头顶的耶稣看起来并不温柔，也不悲伤；在家乡那温暖的棕色木制的教堂中，耶稣的双手张开悬挂，双手和双脚都被钉子刺穿，溅血的头低垂在刺冠的下面。面前的这个耶稣站在一个阶梯上，他的双手死板地张开，头挺得笔直；他的头发闪着金色的光芒，头顶有金色的头冠装饰；而他的脸朝向上方，脸上是严厉的表情。

神父做祈祷和唱诗的时候，克里斯汀试图跟着他做，但他的话又快又听不清楚。在家的时候，克里斯汀听得清每一个字，因为西拉·埃里克有着最清晰的嗓音，而且他还教过克里斯汀那些圣辞在挪威语里的意思，这样在教堂里的时候就能更好地理解上帝的思想。

但在这儿克里斯汀却做不到这样，因为她总是不由自主地注意黑暗中的东西。墙上高高地开着窗户，渐渐地也有日光透了进来。在他们跪倒的地方旁边，有一个奇怪的绞刑架一样的东西；上面放着成堆的淡色石头，水槽和工具也放在那儿。过了一会儿，克里斯汀听到人们到来的声音，周围都是脚步声。她的目光再一次停留在墙上那严肃的耶稣画像上，她试图把自己的注意力集中在做祷告上。但石头地板冰冷刺骨，从腿部往上一直到臀部的部分已经变得僵硬，膝盖也跪得生疼。到后来，克里斯汀感觉周围的一切都在旋转，因为她实在是太累了。

然后，拉夫拉恩斯站了起来。仪式结束了。神父走过来和拉夫拉恩斯打招呼。他们说话的时候，克里斯汀在一级阶梯上坐下，因为她看到一个圣坛男孩也坐在阶梯上。那个男孩打着哈欠，这让克里斯汀也跟着打起了哈欠。当那个男孩注意到克里斯汀正盯着他看的时候，他用舌头顶起脸颊并对着克里斯汀做斗鸡眼。接着他又从衣服里面抽出一个小袋子,把里面的东西倒在石头地面上:鱼钩、铅块、小块皮革和一对骰子;这期间他一直对克里斯汀做着鬼脸。这让克里斯汀很吃惊。

后来,神父和拉夫拉恩斯也注意到他们了。神父笑着告诉那个男孩,他应当上学去,但拉夫拉恩斯的眉头却皱了起来,走过去牵起克里斯汀的手。

教堂里面也渐渐变得亮堂了。拉夫拉恩斯和神父走在木制绞刑架下面聊伊恩加德大主教的建设工作时,克里斯汀则是睡眼惺忪地紧紧拉着父亲的手。

他们在教堂里面四处穿梭,最后走进了大厅。那儿有一个石头阶梯通到西塔。克里斯汀疲惫地拖着步子爬上阶梯。神父打开一扇门,门后面是一个漂亮的小偏教堂;不过当时拉夫拉恩斯说他进去做忏悔的时候,要克里斯汀在门外的阶梯上坐着等他。后来,她也进去亲吻了圣托马斯的神龛。

就在那时,一个穿着土棕色修士服的老修士从教堂里面出来。他停了一会儿,微笑的看着克里斯汀,然后从墙上的小洞里拉出几个麻布袋和一些家织破布。老修士把这些都摊在地上。

"坐到这里来,这样就不会冷着了。"他说完,便继续光脚往阶梯下面走去。

当神父说的马提恩神父出来的时候,克里斯汀已经睡着了。教堂里传来悠扬动听的歌声,而小教堂里面的圣坛也点着蜡烛。神父让克里斯汀在父亲身旁跪下,然后他拿起圣坛上的一个小金圣物箱。他悄悄告诉克里斯汀,里面是坎特伯雷大主教圣托马斯的一小块沾血的衣物布料,然后他用手指向那神圣的画像,于是克里斯汀便要亲吻他的双脚。

他们下阶梯时,美妙的歌声仍然在教堂里回荡。马提恩神父告诉他们,学校的孩子唱歌时会有风琴演奏。但他们没有时间去听,因为拉夫拉恩斯饿了;他在忏悔前实施了斋戒。于是,他们便朝修士的宾客室走去,想到那儿吃点东西。

外面,早晨的阳光在远处米乔莎湖的陡峭湖岸上洒下一片金光,那褪了色的小树林看起来就像金色的尘埃飘在深蓝色的森林之上。湖面上卷起涟漪，白色的水沫仿佛在跳舞。风带来一阵令人神清气爽的凉意，也让那色彩斑斓的树叶飘向了冰霜覆盖的山丘。

主教城堡和圣十字兄弟居所中间的地方出现了一群骑马的男人。拉夫拉恩斯退到一旁，双手抚胸低头鞠躬，他的帽子几乎要扫到地面；克里斯汀意识到这个戴皮帽子坐在马上的男人肯定就是主教本人，于是她也连忙毕恭毕敬地鞠起躬来，头也差不多要触到地面。

主教放慢马步并向他们回以致意，他招手要拉夫拉恩斯过去，并和拉夫拉恩斯说了一会儿话。

拉夫拉恩斯回来后对神父和克里斯汀说："主教邀请我去他的城堡共进晚餐。马提恩神父，你能否派个修士陪同我的女儿到鞋匠法提恩家中去，并告诉我的随从们午后祈祷时分要哈尔夫丹带着加尔德斯韦恩在这儿等我？"

神父说这很容易安排。于是那个在阶梯上和克里斯汀说过话的赤脚修士走上前来，和他们打招呼。

"我们的招待所有一个男人跟鞋匠有生意来往，他能够帮你带话，拉夫拉恩斯·比杰加尔弗森。至于你的女儿，她可以和那个男人一同回去，也可以留在这儿直到你回来。我会照料她的。"

拉夫拉恩斯对他表示感谢并说："要麻烦你帮我照顾这个孩子，真是不好意思，埃德温兄弟。"

"埃德温修士最喜欢把小孩子拢到一起了，"马提恩神父大笑着说，"这样就有人听他说教讲道了。"

"是的，我没有勇气给哈玛这些博学的绅士们布道，"埃德温修士微笑着说，并无冒犯的意思，"我只是比较擅长和孩子们还有农民打交道，但这也不能成为给摔跤的公牛带上口络的理由。"

克里斯汀恳求地看了父亲一眼，她只想跟埃德温修士一起走。所以拉夫拉恩斯谢过他，父亲和神父跟着主教随从离开的时候，她把手放进赤脚修士的手中，然后一起朝修道院走去。修道院由一只木房子和一个淡色石头教堂组成，沿水而设。

埃德温修士轻轻地握了握克里斯汀的手,两个人不由相视而笑。埃德温高而且瘦,但肩膀相当佝偻。克里斯汀觉得他看起来就像一只老鹤,因为他的头很小,小小的闪光而平滑的脑袋上顶着一丛茂密的白发,脖子细长且布满皱纹。他的鼻子也像鹰钩鼻子那么大、那么尖。但他身上有一种东西,让克里斯汀只要看到他那长长的满是皱纹的脸,便觉得心安和高兴。埃德温水蓝色的眼睛周围有一圈红红的,他的眼睑就像是许多薄薄的棕色膜片组成,从中长出千百道皱纹。还有他那凹陷的脸颊,看得清红红的脉络,这些脉络与延伸至小薄嘴唇的皱纹彼此交叉延伸。但他脸上的皱纹仿佛只是因为对人始终微笑的缘故。克里斯汀觉得她从来没有见过一个看起来这样愉悦或者说这么善良的人。埃德温的内心似乎有一种能照亮世界的秘密的欢乐,只要他一说话,克里斯汀便能分享到这欢乐。

他们沿着苹果园的栅栏走,还有几个黄红的苹果挂在树梢。两个穿黑白长袍的修士正在园子里钩那些枯干的豆茎。

修道院和普通的农舍并无两样,安置克里斯汀的宾客房屋很像一个简陋的农房,虽然里面摆着许多床。其中一张床上躺着一个老人,火炉旁坐着一个女人,她的手中抱着一个还在襁褓中的婴儿;还有两个年龄稍大的孩子,一个男孩和一个女孩,他们站在克里斯汀的近旁。

男人和女人都在抱怨,因为他们还没有吃午饭。"他们不想再给我们东西吃,所以你在城中奔忙的时候,我们只能坐在这儿挨饿,埃德温修士。"

"别生气,斯特纳尔夫,"埃德温修士说,"过来这里,克里斯汀,和大家打下招呼。今儿这个漂亮的小姑娘要留在这儿和我们一起用餐。"

埃德温告诉克里斯汀,斯特纳尔夫是在一次会面回家的途中生了病,他之所以能待在修道院的招待所而不是收容所,是因为他有一个女性亲戚住在收容所,而那个亲戚相当尖酸刻薄,他实在是忍受不了。

"但我知道,他们已经不耐烦我待在这儿了,"那个老人说,"你不在的时候,埃德温修士,没有人照顾我,他们很有可能会让我回收容所去。"

"哦，在我完成教堂的工作之前，你一定会好起来的，"埃德温修士说，"到时你的儿子就会来接你的。"他从火炉上取下一壶热水并让克里斯汀拿着，然后过去料理斯特纳尔夫。老人变得越来越温顺，过了一会儿一个修士走了进来，给他们拿来了吃的喝的。

埃德温修士对着食物做祈祷，然后在床尾处挨着斯特纳尔夫坐下，这样他就能帮着老人进食。克里斯汀则坐在女人身旁，给那个小男孩喂东西吃，因为他太小了都够不着粥碗，每次他想蘸进装麦芽酒的碗都会弄得到处都是。女人来自哈德兰德，她和丈夫孩子一同过来看望她在教堂当修士的兄弟。但她的兄弟当时在各个村庄间云游，所以她总是抱怨坐在这儿浪费时间。

埃德温修士轻声和女人说话。他说，留在大主教所在的哈玛，怎么能说是浪费时间呢？这儿到处都是宏伟的教堂，整天都有修士做弥撒唱圣歌。而且城里那么漂亮，甚至比奥斯陆还要惹人喜爱，虽然比奥斯陆小一点儿。但在这里，几乎每个农户家都有一个园子。"等到春天，你就知道了，"埃德温修士说，"整座城都开满了白花。那时候，野蔷薇也会开花了……"

"可是，那对我又有什么好处呢？"女人语带怒气地说，"在我看来，这儿的圣地比神圣多。"

埃德温不由得笑着摇了摇头。他在自己的草垫子下摸索，从下面拿出了一堆苹果和梨子，他将这些苹果梨子分给了孩子们。克里斯汀从来没有吃过这么甘美的水果。每一口，都是甘汁四溢。

埃德温修士起身前往教堂，他说克里斯汀也可以跟着一起去。他们穿过修道院的院子，经过一条小偏门进到教堂的唱诗班中。

这个教堂也在施工建设中，中殿和教堂十字形翼部的交合处架着脚手架。埃德温修士告诉克里斯汀，大主教伊恩加德正翻新和装潢唱诗班。主教十分富有，他用自己所有的财富来装饰城中的教堂。他是一个很好的主教，待人和蔼。奥莱福修道院的修士也是好人：独身禁欲、博学、谦虚。虽然是一个不怎么有钱的修道院，但他们待埃德温修士很好。埃德温的家位于奥斯陆的米罗利特修道院，但他得到允许前来哈玛主教教区化缘。

"过来这儿。"埃德温说着将克里斯汀领到脚手架的下面。他爬上梯子，重新摆放了高处的几块木板。然后他又爬下梯子扶克里斯汀上去。

克里斯汀看见上面的灰色石墙上有奇怪的闪烁的光点，有的像血一样红，有的像麦芽酒一样黄，还有蓝色的、棕色的和绿色的。她想看看身后，但埃德温小声对她说："不要回头。"等他们爬到高高的木板上时，埃德温才轻轻地扳转克里斯汀的身子，然后克里斯汀看到了一幕美得让她屏息的辉煌景象。

在克里斯汀的正对面，也就是中殿的南墙上挂着一幅闪闪发亮的画，那画仿佛是由宝石做成的。墙上的斑斓光点便是这画反射出去的；她和埃德温静静地站在那光辉中。她的手变成了红色，如同浸在酒中一样；埃德温的脸也似乎镀了一层金，身上的黑色斗篷反射着图画的光彩。克里斯汀询问式地看了埃德温一眼，但埃德温只是点头微笑。

那种感觉就好像是隔着很远的距离注视天堂一样。在一片黑格子的后面，克里斯汀一点点地认出了耶稣自己，他穿着最贵重的红色披风；圣母玛利亚则是一袭天蓝色的长袍；还有那些圣男圣女也都身着黄色、绿色和紫色的闪亮服饰。通明房子的周围缠绕着许多长着闪亮叶子的树枝条干，而他们便是站在那房子的门拱和房柱下。

埃德温拉着克里斯汀靠近脚手架边缘一点。

"站在这儿，"他轻声说，"这样上帝披风上的光芒便能落在你的身上。"

从下面传来一阵淡淡的教堂焚香，冷石的气味也飘着涌向他们。虽然教堂最下面光线较为昏暗，但透过窗户的太阳光却是直洒在中殿的南墙上。克里斯汀渐渐明白，刚才那幅天堂景象一定是某种窗玻璃绘画，因为它刚好填补了墙上的那种开口。其他的窗户都是空白或者关紧的，木制窗框镶嵌着格子图案玻璃。一只鸟飞了过来，落在窗台上，啁啾了几声然后飞走了。唱诗房墙的外面能听见金属撞击石板的声音。除此之外，一切都是寂静；只有风吹拂的声响，在教堂的墙间小声唏嘘，然后消失不见。

"哦，哦，"埃德温修士叹息道，"挪威没有人能做到这样。他们或许会涂出尼达罗斯的玻璃，但也不是这样的。可在南方，克里斯汀，在南方的大教堂里，那儿的窗棂有这个教堂的大门那么大。"

克里斯汀回想了下家乡教堂悬挂的画。圣奥莱福和坎特伯雷圣托马斯的圣坛的前窗格上有画，神龛的后面也有。但现在回想起来，那些画很是无趣，而且也不会闪出耀眼的光芒。

埃德温和克里斯汀爬下梯子，继续朝唱诗班走去。那儿有一个光光的圣坛，石顶上头堆放着金属、木头和陶制的小盒子和杯子；还有奇怪的小刀，一些铁块，旁边放着笔和画刷。埃德温告诉克里斯汀这些都是他的工具。他擅长雕刻绘画和神龛，唱诗房里的椅子上的精美画作也是他的作品。那是为修士教堂圣坛的前窗准备的。

埃德温将色粉混合并放到一个小陶瓷杯子里搅拌，克里斯汀便在一旁看着，然后帮他将东西抬到墙边的一张凳子旁。埃德温从一张画转到另一张画，他为圣男圣女的白色头发涂抹出优美的红色线条，头发的钩卷和波浪都清晰可见。克里斯汀一步不离地跟着他，一边看一边问问题。埃德温则跟她讲解正在画的东西。

有一幅画画的是基督耶稣坐在一把金色的椅子上，而圣尼古拉斯和圣克莱门特则站在他身旁的一个华盖下。画的两边描绘的是圣尼古拉斯的生活。有一处画的是婴儿时的他坐在母亲的膝盖上；他别过脸不去吃母亲凑上来的乳房，他是如此圣洁，即便还在摇篮中，星期五的时候也只接受一次哺乳。旁边的一幅画画的是他将钱袋放在房子的门前，那儿站着三个穷得没有人愿意娶的少女。克里斯汀看到罗马骑士的孩子那蜷曲的头发，还看到骑士扬帆起航，手里握着一个假冒的圣餐杯。骑士许诺给圣主教一个金子做的圣餐杯，那个圣餐杯在他的家族已有千余年历史，以此作为他的孩子重新获得健康给上帝的回报。但此后他却想方设法欺骗圣尼古拉斯，想用一个假冒的金圣餐杯来蒙混过关。这也是那个男孩手拿着真正的圣餐杯沉入海中的原因。圣尼古拉斯把骑士无恙的孩子放入了水中，当骑士到达圣尼古拉斯教堂里的时候，圣尼古拉斯也上了岸，骑士将假的圣餐杯呈给圣尼古拉斯。这一切都用金色和其他各种最光彩夺目的色彩在图画中表现了出来。

在另一幅画中，圣母玛利亚抱着圣婴耶稣坐在她的膝头。耶稣一只手伸到圣母的下巴处，另一只手拿着一个苹果。旁边站着的是圣萨尼瓦和圣克里斯提娜。他们优雅地倚在一旁，白里透红的脸分外惹人喜爱，头发是金色的，上面还戴着一个金色的头冠。

埃德温修士画头冠上的玫瑰和叶子时，用左手抓住自己的右手腕。

"我觉得，那条龙画得太小了，"克里斯汀看着那个和她同名的圣人形象说，"感觉它不可能吃得下一个少女。"

"确实，它吃不下，"埃德温修士说，"它就是这么大点。只有在我们心怀恐惧的时候，龙或其他属于魔鬼的生物才会看起来很大。但要是一个人用这样的热诚和渴望去寻找上帝，他就能找到上帝的力量；而魔鬼的力量便会因此而大受其损，他所有的武器也会变得小而无用。恶龙和邪恶思想会不断缩小，直到比圣餐杯或一只猫或一只乌鸦大不了多少。正如所见，困住圣萨尼瓦的整座山其实很小，都可以给她当裙子穿。"

"但他们不是应该在山洞里吗？"克里斯汀问道，"圣萨尼瓦和塞尔耶一众人？难道那不是真的吗？"

修士斜眼看了看克里斯汀，脸上再次露出微笑。

"这可以说是真的，也可以说不是真的。对于那些找到圣体的人而言，这就是真的。而在圣萨尼瓦和塞尔耶一众人看来，这就是真的，因为他们心怀谦卑而且相信世界比所有罪过的人更强大。他们从没想象过自己或许比这个世界更强大，因为他们不喜欢这样。只是他们不知道自己可以征服所有的山峰，并可以像扔小石子一样将那些山峰扔进大海。孩子，世间没有任何人任何东西可以伤害我们，除了我们心中的爱和惧。"

"但要是有一个人不怕也不爱上帝呢？"克里斯汀惴惴地问道。

修士的手抚上克里斯汀的金黄头发，轻轻地让她的头后仰，然后盯着她的脸看。埃德温的眼睛很蓝,睁得大大的。

"没有这样的人,克里斯汀,没有不爱又不怕上帝的人。只是因为我们的心有一半是对上帝的爱,而有一半是对魔鬼的怕,还有对这个世界和自己血肉之躯的爱,所以我们面对生死的时候会特别地痛苦。要是有人对上帝和上帝的存在不怀任何渴望,那么他定会在地狱过活,而我们自然也不会理解他找到了内心的欲望。只要他不渴望寒冷,那团火就不会烧灼他;只要他不渴望平和,他也就不会感受到那罪恶之蛇的咬啮。"

克里斯汀仰头看埃德温的脸,她完全不懂他说的话。

埃德温修士继续说:"这是因为上帝对我们的仁慈,他知道我们的心如何分裂,所以他下到人世间来和我们生活在一起,为的就是以血肉之躯去感受魔鬼的权力和光荣对我们的诱惑,以及魔鬼鞭打、嘲笑、用尖锐的钉子钉进我们手脚时这个世界的残忍。通过这种方式,他为我们指明了道路,并允许我们感受到上帝的爱。"

修士低下头看着克里斯汀那紧张而忧郁的脸。不动声色地笑了笑,然后用一种完全不同的语气说:"你知道第一个意识到我们的上帝允许他自己降生人世的人是谁吗?是公鸡。公鸡看见天上的星星,然后说——那时所有的动物都能讲拉丁语——它大声叫道,'Christus natus est!'"

埃德温修士的最后一句话是啼出来的,像极了公鸡的啼叫,这惹得克里斯汀哈哈大笑。大笑让她感觉好了很多,因为埃德温之前讲的那些奇怪的事情就像一个严肃的负担一样压在她的身上。

修士也笑了起来。

"真的是这样,公牛听到时也跟着吼叫起来,'Ubi, ubi, ubi!'"

"山羊也咩咩叫着,'Betlem, Betlem, Betlem!'"

"而绵羊也迫不及待地想见见我们的圣母和圣婴,所以它立刻也叫了起来,'Eamus, eamus!'"

"躺在麦秆上的新生小牛仔也腾地站起来,单脚独立。'Volo, volo, volo!'"它叫着。

"难道你以前没有听过这个？是的，我早应该知道的。我这才想起他是一个聪明的牧师，你那儿的牧师是西拉·埃里克，他受过良好的教育，但他很有可能不知道这个，因为除非去过巴黎，不然是不会知道这些的……"

"那么，你曾去过巴黎吗？"克里斯汀问。

"上帝保佑你，小克里斯汀，我去过巴黎，也去过世界其他的地方，但你也不会因此而对我有更好的看法，因为我就像一个傻瓜一样害怕魔鬼且对这个世界充满爱意和渴望。但我还是用尽我全身的力气想抓住这十字架——十字架将要掉入海中时，人必须像挂在木板上的水壶一样紧紧抓着它。

"那么你呢，克里斯汀？你想怎样献出自己那漂亮的卷发，就像我在这儿画的鸟儿一样为我们的圣母服务？"

"家里除了我再没有其他的小孩子，"克里斯汀答道，"所以我很可能结婚，我想。母亲已经用嫁妆充实了我的柜子和行李箱。"

"是的，我看到了，"埃德温修士抚摸着她的额头说，"这就是现在人们派遣孩子的方式。他们将又跛又瞎、又丑、又不坚定的女儿献给上帝；或者觉得上帝给了自己太多孩子时，就让他带一些走。但他们还是会猜想住在修道院中的男人和女人为什么并不都是圣灵之人……"

埃德温修士将克里斯汀带进圣器安置所，并将放在架子上的修士们看的书指给她看。那些书里面有最漂亮的画。但当一个修士走进来时，埃德温修士说他只是来找一头驴的画想拿去复制。

然后他又对自己摇头："你看见我的恐惧了吧，克里斯汀。但他们对这个屋子里的书如此紧张。如果我有真的信仰和爱，我就不会跟阿苏尔福兄弟撒谎了。但那样子我就只能取这些老旧的皮革手套，然后把它们挂到那边的阳光中。"

克里斯汀与埃德温修士一道去到客房，找了些东西吃；不然，克里斯汀便是一整天坐在教堂中，看着埃德温工作同他说话。拉夫拉恩斯回来接克里斯汀之前，克里斯汀和埃德温都忘了还要带信给鞋匠。

在哈玛度过的日子是这段长长的旅行中让克里斯汀印象最为深刻

的。奥斯陆无疑比哈玛要大,但她已经见识过一个城市,所以奥斯陆对她也就不那么特别了。她也并不觉得斯科格有乔拉恩加德那么漂亮,虽然斯科格的建筑物更好一些。她很高兴自己不用生活在这儿。庄园依山而建,下面就是伯特恩·弗角德,那灰黑色显得郁郁的森林,而房子对面的天空则一直延伸到森林的顶端。斯科格没有家乡那种陡峭的塔一样直入云霄的山峰,也没有能够让视野柔和或让人觉得世界既不会太大也不会太小的山。

回家的旅途寒冷逼人,当时已近基督降临节,刚进入村庄不远,天便下起了大雪。他们只得用借来的雪橇滑过绝大部分的路程。

最后庄园的交换是这样子决定的,拉夫拉恩斯将斯科格的庄园交给亚斯蒙德兄弟,但保留自身及后代回购的权利。

 第三章

克里斯汀长途旅行回来后的第一个春天,拉格恩弗里德又生了一个女儿。父母无疑都希望能生个小男孩,但他们也没有为此而困扰多久,他们同样对小阿尔夫希尔德满满的都是爱。阿尔夫希尔德长得格外好看,身体健康,脾气好,快活而温柔。拉格恩弗里德非常爱她的小女儿,即便女儿两岁了她还是坚持亲自哺乳。出于这个原因,拉格恩弗里德听从西拉·埃里克的建议不再参加日常严格的斋戒活动,并且只要孩子还吃她的奶,她就会吃各种补充营养的东西。饮食更营养,加之阿尔夫希尔德带给她的快乐,拉格恩弗里德渐渐也红润丰满了起来;而拉夫拉恩斯觉得结婚的这些年里,他从来没有见过妻子这么开心、这么美丽、这么平易近人过。

克里斯汀也觉得有个小妹妹是件特别高兴的事。她此前从来没有想

过母亲郁郁寡欢的性格会让家里的生活变得沉闷。她只是按照事情应有的样子去想事情：母亲严格教管或惩戒她，而父亲则逗她、陪她玩。现在母亲对她比以前更温柔了，而且给了她更多自由；母亲爱抚她的次数也比以前更多，所以克里斯汀并没有注意到母亲和她待在一起的时间也少了。她同其他人一样喜爱阿尔夫希尔德，只要可以抱着小妹妹或荡她的摇篮就觉得高兴。过了一段日子，小阿尔夫希尔德更加好玩，因为她开始蹒跚学步牙牙学语，克里斯汀也能同她一起玩。

就这样，乔拉恩加德这一家人过了三年好日子。财富通过多种方式增长，拉夫拉恩斯进行了许多建设，也对庄园做了改造。他刚到乔拉恩加德来时，房子和马厩又旧又小，因为格杰斯林曾将这个农舍租给过好几代人。

第三年的圣神降临周，拉格恩弗里德的兄弟桑德布的唐德·伊瓦森和他的妻子加德利得带着三个小儿子来拜访他们。一天早上，大人们都坐在阁楼的画廊聊天，孩子们就在庭院里玩。当时拉夫拉恩斯已经在那儿开工建一栋新房子，孩子们便贪玩地爬上建房子用的木料，那都是用马车拖过来的。格杰斯林三兄弟中的一个打了阿尔夫希尔德，阿尔夫希尔德哇哇哭了起来，于是唐德便走下去责骂自己的儿子，并将阿尔夫希尔德抱到手上。阿尔夫希尔德是你能想象的最漂亮、最温顺的孩子，虽然她的叔叔平时不怎么喜欢孩子，但对她也是分外怜爱。

就在那时，一个男人从谷仓前的空地上牵来一头巨大的黑公牛横过庭院，那头公牛很不听话，不知怎的它从牵牛人的手中挣脱了。唐德立马跳到木材堆的最高处，将年纪较大的孩子赶到他的前头，一只手抱着阿尔夫希尔德，另一只手抱着他最小的儿子。突然脚下的一根圆木突然滚了下去，阿尔夫希尔德就从他的怀里摔了下去。圆木也跟着滚动，直到重重地砸到阿尔夫希尔德的背这才停下。

拉夫拉恩斯连忙从回廊上冲下来。他跑过去想抬起那圆木。可突然公牛朝他猛冲了过去。他抓住公牛的角，却被公牛掀翻在地；之后他又努力扯住公牛的鼻孔，将它提到半空，并死命拉扯住公牛直到唐德回过神来，屋子里跑出来的人也连忙扔环套住牛。

拉格恩弗里德双脚瘫软,她想抬起那圆木。拉夫拉恩斯用力将圆木抬高,这样拉格恩弗里德就能把孩子拉出来抱到怀中。大家抚摸阿尔夫希尔德时,她抽泣得很厉害,只是拉格恩弗里德却大声地哭叫起来:"她还活着,谢谢上帝,她还活着。"

阿尔夫希尔德没有被压坏实在是一个大奇迹;圆木下落的时候刚好有一端搭在草地上的一块岩石上面。拉夫拉恩斯直起身,血从他的口中流出,他胸前的衣服也被公牛的角撕成了碎条。

托蒂斯拿着一块兽皮做的毯子跑了出来,她和拉格恩弗里德小心地将阿尔夫希尔德裹进去,但只要稍稍碰一下,阿尔夫希尔德便好像是受到很大的苦楚。拉格恩弗里德和托蒂斯将她抱到冬天住的房子里。

克里斯汀脸色苍白、全身僵硬地站在木材堆上;小男孩们紧紧地拽着她,都吓得哭了起来。农场所有的下人们这会儿都聚集到院子里来了,女人们号啕大哭。拉夫拉恩斯命令他们帮加尔德斯韦恩和另一匹马装好马鞍,拉夫拉恩斯跨身上马时差点摔在了地上。于是,他让阿恩骑马去请神父过来,而哈尔夫丹则骑马去南边找一个住在两河交汇处的睿智女人。

克里斯汀看到父亲的脸灰白一片,他流了很多血,淡蓝色的衣服上全部都是红棕色的血点。突然,他直起身来,从一个下人的手里夺过一把斧头,并大步朝之前那头公牛冲了过去,当时几个下人正扯着公牛。他用斧头砍向公牛两个牛角之间的位置,公牛一下子就栽倒在地上,但拉夫拉恩斯还是不停地锤砍它,直到公牛的血和脑浆溅的到处都是。然后他猛地一阵咳嗽,一屁股坐到了地上。唐德和一个下人连忙将他扶进了屋。

克里斯汀以为她的父亲死了,她一边大声尖叫一边跟在父亲的后面跑,撕心裂肺地叫着父亲。

冬屋里的阿尔夫希尔德被放在父母的床上。所有的枕头都被扔到了地上,这样她才能躺平。那种样子看起来就好像是她已经躺在了麦秆铺的死亡之床上。但她不停地大声呻吟着,拉格恩弗里德俯向她、抚摸她、轻拍她,伤心欲绝,因为她什么都做不了。

拉夫拉恩斯躺在另一张床上。他爬起身，蹒跚着走到屋子的另一边来安慰妻子。

突然拉格恩弗里德跳起来大吼："不要碰我！不要碰我！上帝，上帝啊，我太没用了，你真应该把我打死——难道我带给你的厄运永远都无法结束吗？"

"你从来没有……我亲爱的，这不是你造成的。"拉夫拉恩斯说着将一只手放在妻子的肩头。拉格恩弗里德面对丈夫的轻抚不由耸动了肩膀，她那淡灰色的眼睛在干瘦且面色如土的脸上显得分外闪光。

"不用怀疑，她的意思就是说这一切都是我造成的。"唐德·伊瓦森粗暴地说道。

他的妹妹厌恶地看了他一眼，回答说："唐德知道我什么意思。"

克里斯汀奔向父母，但他们都把克里斯汀推到一边。只有拿一壶热水过来的托蒂斯轻轻揽过克里斯汀的肩将她带到一边，并说："回你的房间去，克里斯汀。你在这儿会碍事。"

托蒂斯想照顾坐在窗梯上的拉夫拉恩斯，但他说自己伤得不重。

"可是你不能缓解一点阿尔夫希尔德的痛苦吗？上帝帮帮我们吧，听到她的呻吟，就连山上的石头也会动容啊。"

"神父或那个睿智女人伊恩格杰尔德没来之前，我们都不敢碰她，"托蒂斯说。

刚好这时，阿恩走了进来，报告说西拉·埃里克没在家。

拉格恩弗里德愣愣地站了一会儿，绞着自己的手。然后她说："传话给哈根的伏露·阿希尔德。只要能把阿尔夫希尔德救过来，什么都不重要了。"

没有人注意克里斯汀。她爬上床头柜后面的椅子，屈起双脚，头枕着膝盖。

此时，她觉得自己的心仿佛是被人用拳头重重地击碎了。他们要去请伏露·阿希尔德来！她的母亲从来没有想过要派人去请伏露·阿希尔德来，即便是在她自己差点因生阿尔夫希尔德而死掉她也没想过，克里斯汀发高烧病得不行的时候也没有动过这个念头。人们说伏露·阿希尔德是一个女巫；奥斯陆主教和大教堂的修士们已经对她盖棺定论。如果她不是因为出身高，类似于女王伊格伯杰格的姐妹，她早就被绞死或用火烧死了。人们说，阿希尔德下毒害死了自己第一个丈夫，然后又用巫术得到了现在的丈夫黑尔·比杰恩。黑尔年轻地简直可以当她的儿子。阿希尔德有子女，但她的子女从来没有来看过她。所以出身高贵的比杰恩和阿希尔德终日坐在他们位于多弗勒的小农舍里，一无所有。谷湾里的名流与他们没有丝毫瓜葛，但总有人秘密寻求伏露·阿希尔德的建议。穷人们甚至会公开地带着自己的苦恼和病痛去找她；他们说阿希尔德很善良，但他们仍然对她心存惧意。

克里斯汀觉得平时总祈祷的母亲本应向上帝和圣母玛利亚祈求的。她试着自己祈祷——尤其是向圣奥莱福祈祷，因为她知道圣奥莱福很善良，曾帮助过许许多多受病痛断骨折磨的人。但她无法集中精神。

现在房间里只剩下她的父母。拉夫拉恩斯再次躺到了床上，而拉格恩弗里德仍然坐着倚向受伤的阿尔夫希尔德，不时用湿帕子拭擦女儿的额头和双手，并用酒滋润她的双唇。

很长的时间过去了。托蒂斯不时地从门外往房间里头张望；她十分想帮着做点什么，但拉格恩弗里德每次都把她打发走。克里斯汀无声地哭着、安静地祈祷着，但每过一会儿她就会想到那个巫婆，紧张地等待她的到来。

突然拉格恩弗里德打破了沉默："你睡着了吗，拉夫拉恩斯？"

"没有，"拉夫拉恩斯回答道，"我在听阿尔夫希尔德的声音。上帝一定会帮助她这天真无邪的小羔羊的，我的妻子——我们一定不要怀疑这个。但躺在这儿干等待实在是折磨人。"

"上帝因为我的罪过而恨我入骨，"拉格恩弗里德绝望地说，"我那几个孩子都已经永生——我不敢对此怀疑。而现在又轮到阿尔夫希尔德了。但他却把我排除在外，因为我的心是饱含罪过和伤痛的毒蛇窝。"

就在这时门开了。西拉·埃里克走了进来，进时他那庞大的身躯挺得笔直，只听见他用他那浑厚清晰的嗓音说："上帝会保佑这所房子里的每一个人!"

神父将装有药物的箱子放上床梯,朝火炉走去,在手上倒了一点热水。他取出自己的十字架,举着它依次走到四个屋角,嘴里用拉丁语念着什么。接着,他打开排烟口,这样光就能倾注到房间。然后他走到床前看阿尔夫希尔德。

克里斯汀害怕神父发现她把她赶走——平常很少有东西可以逃过西拉·埃里克的眼睛。但他这次并没有往四周看。神父从他的箱子里取出一个小瓶,在一团梳理得细致的羊毛上倒了点东西,然后把羊毛团放到阿尔夫希尔德的鼻子和嘴巴处。

"她的痛苦很快就能减轻的。"神父说。然后他走去照顾拉夫拉恩斯,并让其他人告诉他事情的经过。拉夫拉恩斯断了两根肋骨,肺部也受了伤,但神父认为他没有大碍。

"那阿尔夫希尔德呢?"拉夫拉恩斯悲痛地问。

"等我检查完再告诉你结果,"神父答道,"不过你得先到阁楼去休息;我们需要安静和更多空间来照顾她。"接着他将拉夫拉恩斯的手臂环过他的肩头,扶他出门。克里斯汀想跟父亲一同出去,但她又不敢露面。

西拉·埃里克回来时,他没有跟拉格恩弗里德说话,只是剪掉了阿尔夫希尔德的衣服;阿尔夫希尔德此时已幽咽地少了,看起来是半睡半醒的样子。神父小心翼翼地将他的手抚上阿尔夫希尔德的身子。

"埃里克,我的孩子真的糟糕到让你不知道怎么办吗?为什么你什么话都不说?"拉格恩弗里德强抑自己问道。

神父轻柔地回道:"看起来她的背受了重伤,拉格恩弗里德。除了让上帝和圣奥莱福来帮她渡过这一难关,我不知道还有什么办法。我真的是无能为力。"

拉格恩弗里德激动地说:"那我们就祈祷。你知道拉夫拉恩斯和我愿意给你任何你想要的东西,我们不惜一切,只要你能说服上帝让阿尔夫希尔德活下来。"

"如果她能活下来重获健康，那只能说是一个奇迹。"神父说。

"你不是整天都把奇迹挂在嘴边吗？你难道不相信奇迹会发生在我的孩子身上吗？"拉格恩弗里德仍然强忍着声音问道。

"奇迹确实可能发生，"神父说，"但上帝并不保证每个人的祈祷都能实现——我也不知道上帝那神秘的聆听方法。如果这个漂亮的小女孩长大后又瘸又跛，你不觉得那更糟糕吗？"

拉格恩弗里德摇头，轻声哭着说："我已经失去了这么多孩子，神父，我真的不能再失去她。"

"我会尽我最大的能力，"神父回答说，"用我所有的力量向上帝祈祷。可拉格恩弗里德，你必须努力去承受命运上帝施加给你的一切。"

拉格恩弗里德小声呢喃着："她是我所有孩子中的最爱。如果她也被夺走了，我想我的心一定会碎掉。"

"上帝保佑你，拉格恩弗里德·伊娃斯戴特，"西拉·埃里克摇着头说，"你所有的祈祷和斋戒都只是想把自己的意愿加诸给上帝。现在落得这样的结局让你很意外吗？"

拉格恩弗里德固执地看了神父一眼，说："我已经派人去请伏露·阿希尔德了。"

"好吧，你可能了解她，我可不了解。"神父说。

"没有阿尔夫希尔德我活不下去，"拉格恩弗里德的声音仍然听不出变化，"如果上帝不帮我，那我就寻求伏露·阿希尔德的帮助，或者把我自己献给魔鬼——只要他愿意帮忙！"

神父似乎想驳斥什么，但他克制了自己。他俯下身子再次碰了碰阿尔夫希尔德的四肢。

"她的手和脚已经冷了，"他说，"我们得放几壶热开水在她旁边——伏露·阿希尔德来之前，你不能再碰她。"

克里斯汀悄声地滑到凳子上，假装睡着。她的心害怕地怦怦直跳。她不是很明白母亲和西拉·埃里克之间的对话，但她确实被吓到了，她知道自己本不该听到这些。

母亲站起身去拿水壶，她崩溃了，抽泣着："不过，西拉·埃里克,还是请你为我们祈祷吧。"

过了一会儿,母亲和托蒂斯一块进来。神父和屋子里的女人们围着阿尔夫希尔德转,后来克里斯汀也被发现了,于是被打发了出去。

克里斯汀站在院子里,外面的亮光照得她目眩。她想到,当她这大半天坐在那黑暗的冬屋里时,外头淡灰的房子和闪着微光的草地在正午白晃晃的阳光中,如同丝缎一样光滑耀眼。金色格子状的桤木灌木丛的上面冒出了小小的新叶,河流也在阳光下碧波荡漾。空气里满是河流那欢闹而单调的哗哗声,它流经的是乔拉恩加德旁边一处平坦多石的河床。干净的蓝色雾气中群峰耸立,溪流裹着融化的雪顺坡而下。外头这甜美而强烈的春天气息与自己的无助相叠,让克里斯汀伤心痛哭。

院子里没有人,但克里斯汀听到有人在下人房里说话。她父亲杀死公牛的地方已被撒上新鲜的泥土。克里斯汀不知道自己该做什么;她偷偷溜进新建筑的墙后面,墙已经有几根圆木叠加那么高。里面放着阿尔夫希尔德和她玩耍的东西;她将那些东西全部收拢并放在最下面的圆木与地基之间的一个洞中。最近阿尔夫希尔德想要克里斯汀所有的玩具,有时这搞得克里斯汀不太开心。现在她想,只要是妹妹能好转,她愿意把所有东西都给她。而这个想法也是对她自己的小小安慰。

克里斯汀想到哈玛的修士——他至少相信奇迹可能发生在任何人身上。但西拉·埃里克并不确信这一点,她的父母也不确信,他们都是习惯了倾听的人。当克里斯汀第一次意识到人们对于许多事物有如此不同的态度时,她感觉心里像是被什么东西重重地压上了。不仅仅是魔鬼或不相信上帝的人和好人会有意见分歧,就连埃德温修士和西拉·埃里克这样的好人——或者她的母亲和父亲——也可能彼此之间有不同的想法。

托蒂斯后来发现克里斯汀在那个新建房子的角落里睡着了,于是她将克里斯汀带到屋内。从早上起,克里斯汀什么东西都没吃。那天晚上,托蒂斯和拉格恩弗里德陪在阿尔夫希尔德的床前,而托蒂斯的丈夫乔恩则陪着克里斯汀,另外还有托蒂斯的两个小儿子,艾威德和奥姆。他们身体的气味,乔恩的鼾声,甚至是两个孩子的呼吸声都让克里斯汀不由轻声啜泣。就在昨晚，躺在她身边的还是父亲、母亲和小阿尔夫希尔德，正如之前的每一个夜晚一样。那感觉就像是一直住的鸟巢被毁得支离破碎，而她自己则被从一直温暖她的鸟巢和翅膀中扔了出来。最后，她是在那些陌生的人中间哭着睡着的，孤独而痛苦。

第二天早晨克里斯汀醒来时，她知道叔叔带着他的随从们已离开乔恩拉加德——气冲冲地走了。唐德说自己的妹妹是一个精神错乱的疯女人，而她的丈夫则是一个从来都学不会管住妻子的懦弱蠢蛋。克里斯汀心中也憋着气，但她同时也觉得不好意思。她知道母亲将关系最近的亲戚从庄园里赶出去其实也是不太合适的。这是克里斯汀第一次意识到，母亲和自己想象地有些不一样——她同其他女人不一样。

克里斯汀站在那儿思忖着这件事，一个女仆走过来让她上到阁楼去找她的父亲。

但当克里斯汀踏进阁楼的房间时，她忘了要照顾父亲这回事，因为透过打开的门，她看到一个身材娇小的女人坐在那儿，阳光直射在她的脸上，克里斯汀意识到她一定就是那个巫婆——虽然克里斯汀从没想过她会是这个模样。

阿希尔德看起来就跟孩子一般小，体态玲珑，她正坐在一张大高背椅上，那是之前特意拿到房间里头的。她的前面摆着一张桌子，上面罩着拉格恩弗里德最精美的亚麻绣布。银盘里装着猪肉和鸡鸭肉，一个弯桦木做的碗里盛着酒，她饮酒的杯子则是拉夫拉恩斯的银圣餐杯。阿希尔德已经吃完了东西，正用拉格恩弗里德最好的一块毛巾擦她那瘦小的双手。拉格恩弗里德则站在她的前面，替她托着一铜盆水。

伏露·阿希尔德将毛巾放到膝盖，对克里斯汀微笑，然后用好听而清晰的嗓音说："过来我这里！"然后又对克里斯汀的母亲说："你的孩子都很漂亮，拉格恩弗里德。"

阿希尔德的脸上布满皱纹，但却像孩子的脸一样白里透红，她的皮肤让人觉得摸起来一定也很柔软很光滑。她有着年轻少女一样新鲜绯红的双唇，大大的褐色眼睛闪烁着光芒。一块优雅的白色亚麻头巾裹在脸的周围，并紧紧地用金色胸针固定在下巴下面；她穿一件柔软的深蓝色毛衣，宽松地罩在肩头和深色合体的衣服上。阿希尔德坐得好似蜡烛一样笔直，克里斯汀觉得——这是一种感觉，而不是想法——她从来没有见过这样一个漂亮或高贵的女人，虽然村里的名流都不愿和她有任何干系。

伏露·阿希尔德将克里斯汀的手握在她那柔软而苍老的手中；她带着善意和幽默同克里斯汀说话，但克里斯汀却不知道该怎么回答。

伏露·阿希尔德笑着对拉格恩弗里德说："你觉得她是在怕我吗？"

"不，不是的。"克里斯汀几乎是喊出来的。

伏露·阿希尔德笑得更厉害了，她说："你的这个女儿有一双有灵气的眼睛，还有一双强健的双手。但我知道，她并不适应这样的怠惰。我不在的时候，你需要有人帮你照顾阿尔夫希尔德。所以我在这儿的时候，你可以让克里斯汀来帮我。她已经有这么大了，对吗？十一岁？"

接着，伏露·阿希尔德便离开了，克里斯汀准备跟着她走。但躺在床上的拉夫拉恩斯把她叫了过去。拉夫拉恩斯平躺在床上，膝盖下面垫着枕头；是伏露·阿希尔德让他这么躺着，说这样胸部的伤会愈合得更快些。

"你很快就会好起来的，对吗，父亲？"克里斯汀用一种正式严肃的口吻问道。拉夫拉恩斯抬头看着她。克里斯汀以前从来没有用这样的口吻跟他说过话。

拉夫拉恩斯忧郁地说："我不碍事，但你妹妹的情况比我要严重得多。"

"我知道。"克里斯汀叹息着说。

克里斯汀在父亲的床前坐了一会儿。父亲没有再说话，克里斯汀也不知道再说什么。又过了一会儿，拉夫拉恩斯要克里斯汀到楼下拉格恩弗里德和阿希尔德那儿去，克里斯汀于是飞快地出了门穿过院子跑进了冬屋。

 第四章

伏露·阿希尔德大半个夏天都待在乔拉恩加德,也就是说寻求建议的人也是到这儿来找她。克里斯汀听说西拉·埃里克对此很是嘲弄,克里斯汀明白她的父母对此也不是很在意。但她把对这些事情的所有想法都放到一边,也不去管自己对伏露·阿希尔德的看法;她经常和阿希尔德在一起,她从来都不会厌烦听这个女人说话,也不会厌烦看到她。

阿尔夫希尔德仍然平躺在大床上。她那小小的脸一片苍白,那白一直延伸到嘴角,而眼睛下面有一圈黑黑的东西。阿尔夫希尔德那漂亮的金黄色头发现在闻起来是一股刺鼻的汗味,因为这么长时间以来,她还没洗过头;她的头发变成了黑色,也失去了往日的光彩和卷曲感,看起来就像是一把经过无数风霜的老干草。阿尔夫希尔德看起来疲倦、痛苦而耐心,每次克里斯汀坐在床头跟她说话给她看各种父母、朋友和远方

亲戚送给她的漂亮礼物时，她还是会微笑，尽管是脆弱而苍白的笑。礼物中有洋娃娃、玩具鸟和玩具牛，一个小的游戏棋盘、首饰、天鹅绒帽子，还有色彩斑斓的绸带。克里斯汀替她把这些东西都装进了箱子里。阿尔夫希尔德用她那无神的眼睛看着这一切，叹息着，那些珍宝也从无力的手中滑落。

但无论伏露·阿希尔德什么时候过来，阿尔夫希尔德的脸上立马会露出高兴的笑容。她急切地喝下伏露·阿希尔德为她准备的既提神又能改善睡眠的药水。阿希尔德照料的时候，她从来都不抱怨；每当伏露·阿希尔德吹奏拉夫拉恩斯的竖琴或唱歌时——她会许多谷地里的人不甚知晓的歌谣——阿尔夫希尔德就静静地躺着，听的十分开心。

阿尔夫希尔德睡着后，她也会给克里斯汀唱歌。有时也讲她年轻时候的事，当时她住在挪威的南边，经常陪在马格纳斯国王和艾里克国王及其王后的身边。

有一次一起坐着的时候，伏露·阿希尔德便给她讲起了故事，克里斯汀不由脱口而出她思忖了许久的事情。

"我很奇怪，你曾经那么……你却总是很高兴的样子——"克里斯汀没有讲完，她的脸憋得通红。

"你的意思是因为那些东西现在离我已经很遥远？"阿希尔德轻声地笑了笑，然后说，"我有过我的辉煌日子，克里斯汀，但我不至于傻到因为自己喝光了美酒然后现在只能喝泛着酸味的兑水牛奶而抱怨。如果一个人能小心谨慎地处理对待，好日子或许能持续很长一段时间；所有聪明人都知道这一点。这也是我认为聪明人必须在生命中的美好时光学会满足的原因——因为美好的日子确实需要你付出很大的代价。人们把午轻时为享乐而把父亲的遗产挥霍一空的人叫做傻瓜。对此每个人都有权利保留自己的看法。但如果这个人此后为自己的所作所为而后悔，我会觉得他才是一个真正的傻瓜；如果他在自己一无所有的时候还想找回曾经的酒伴，那就更是傻上加傻。"

"阿尔夫希尔德有什么不对劲的吗？"拉格恩弗里德正坐在阿尔夫希尔德的身旁，似乎突然惊了一下，于是伏露·阿希尔德轻声问她。

"没有，她睡得很安稳。"拉格恩弗里德朝火炉旁的伏露·阿希尔德和克里斯汀走过来时说。拉格恩弗里德的一只手放在出烟口的罐子上，她站在那俯视着阿希尔德的脸。

"克里斯汀不会明白这些。"她说。

"不，"伏露·阿希尔德回答说，"她在真正理解祈祷词的含义之前便学会了祈祷。在一个人急需要祈祷或建议时，他们通常就没有心思再去学或者理解。"

拉格恩弗里德若有所思地抬高黑色的眉毛。这样做的时候，她那淡色而深邃的眼睛就好似黑色森林草场下面的湖泊。这是克里斯汀小的时候有过的想法，或许是她听某人这样说过。伏露·阿希尔德似笑非笑地看着她。拉格恩弗里德也在火炉旁坐下，她捡起一根柳枝，刺插火炉里的灰烬。

"但那些将遗产浪费在最不值当的东西上——之后又碰到他愿意为之付出生命的珍宝——你不觉得他不会为自己的愚蠢而气恼哀叹吗？"

"拉格恩弗里德，交易的过程中肯定会有所损失，"伏露·阿希尔德说，"任何一个想献出生命的人必然都得承担风险，同时也会思量自己能从中得到的东西。"

拉格恩弗里德从火中抽出燃烧的柳枝，将火焰熄灭，然后用手握住柳枝烧得发红的一端，火光将她的手指映成血红色。

"哦，只是口头上这么说而已，口头上，伏露·阿希尔德。"

"没有多少东西值得你付出这么大代价，拉格恩弗里德，"另一个女人从旁说道，"以至于用命去换。"

"不，有，"克里斯汀的母亲激烈地说，"我的丈夫。"她的声音几不可闻。

"拉格恩弗里德，"伏露·阿希尔德轻声说，"许多梦想和一个男人结合并放弃自己贞洁的少女都曾有过这样的想法。但你是否在书中读到许多将自己的一切献给上帝的男女，他们入修道院或在旷野之中裸身站立，之后却又为此而后悔？在圣书中，他们被称为傻瓜。认为上帝在这场交易中欺骗了他们，自然是一种罪过。"

拉格恩弗里德静静地坐了一会儿。伏露·阿希尔德说:"过来我这里,克里斯汀。我们该出去采集露水了,早上可以用来替阿尔夫希尔德擦洗。"

屋外,月光下的院子是黑白的。拉格恩弗里德陪她们穿过农院下到白菜园旁边的大门处。克里斯汀看见母亲斜倚在旁边篱笆上细长的身影。克里斯汀将冰冷大白菜叶子和斗篷草上的露水摇下来,装进父亲的银圣餐杯中。

伏露·阿希尔德走在克里斯汀旁边,不发一言。她只是过来保护克里斯汀,因为让一个小孩子在这样的夜晚独自出门也实在不是明智之举。但由纯洁少女采集的露水会有更强大的力量。

等她们回到菜园门口时,拉格恩弗里德已经不在那儿了。克里斯汀将冰冷的银圣餐杯放进伏露·阿希尔德的手中,她的身子冷得直发抖。她穿着湿透的鞋子跑进她和父亲睡的阁楼中。刚上到第一级阶梯,就看到拉格恩弗里德从阁楼下面的回廊里出来。她的手上捧着一碗热气腾腾的东西。

"我给你烫了一些麦芽酒,女儿。"拉格恩弗里德说。

克里斯汀谢过母亲,把嘴凑到碗边。然后母亲问:"克里斯汀,伏露·阿希尔德教你的那些祈祷和其他东西——有没有什么罪恶的或不尊敬上帝的?"

"我不觉得呀,"克里斯汀回答,"他们都提耶稣和圣母玛利亚以及那些圣人的名字。"

"那她教了你一些什么?"拉格恩弗里德又问。

"哦,讲了一些药草,以及如何避免流血、长疮和双眼拉紧——还有衣服上的虱子以及储物间里的老鼠。另外还告诉我出太阳的时候该采哪些药草,哪些药草在雨天功效最强。但我不会告诉你那些祈祷词,不然它们就会失掉力量的。"克里斯汀飞快地说。

母亲从克里斯汀手中接过碗,放到一旁的阶梯上。突然她双手环住克里斯汀,将她拉近,亲吻她。克里斯汀注意到母亲的双颊又烫又湿。

"愿上帝和圣母保护你不受魔鬼的侵袭——我们现在——你的父亲

和我——只有你了；你是唯一一个没有遭受厄运的孩子。我的宝贝，我的宝贝——永远不要忘记你是父亲最宝贝的开心果。"

拉格恩弗里德说完回到冬屋，没有脱衣服，爬上床躺在阿尔夫希尔德的旁边。她用手环抱住阿尔夫希尔德，脸也紧贴着阿尔夫希尔德的脸，这样就能感受到阿尔夫希尔德身体的温度，并闻到她那湿漉漉的头发上的刺鼻汗味。阿尔夫希尔德喝过伏露·阿希尔德准备的药剂之后，像往常一样睡得很安稳。被单下面有圣母玛利亚草的香味，让人心安。但拉格恩弗里德躺了很长时间，始终不能入睡，她只是盯着屋顶透过出烟口洒进来的一小片月光。

伏露·阿希尔德躺在另一张床上，但拉格恩弗里德从来都判断不出她是醒着还是已经睡着。伏露·阿希尔德也从来不提她们以前就认识，这更让拉格恩弗里德觉得惴惴不安。她觉得自己从来没有这样悲伤和恐惧过，虽然她知道拉夫拉恩斯终会康复——而阿尔夫希尔德也能捡回一条命。

伏露·阿希尔德似乎很喜欢和克里斯汀说话，随着时间的推移，克里斯汀也同她成了越来越好的朋友。

一天，她们出去采药草，在一个碎石坡脚下的河边草地上坐着休息。在那儿，她们可以俯瞰到弗摩的院子和阿恩·哥德森那红色的上衣。阿恩是同她们一同骑马过来的，她俩在山地牧场采药草时，他就负责看管马匹。

坐在那儿，克里斯汀跟伏露·阿希尔德讲她曾遇到过的那个矮小少女。她已经很多年没有想过这件事，但当时突然就记起来了。说着说着，一个奇怪的念头突然闪过她的脑海，她觉得伏露·阿希尔德和那个矮小女人有些相像——虽然她知道两个人长得一点都不像。

但在她讲完整个故事之后，伏露·阿希尔德只是沉默地坐了一会儿，望着山谷的远方出神。

最后她说："你能逃走实在是很聪明，因为你是唯一一个活着回来的孩子。但你是否听说过人们还用那个女人给的金子，捕获一个石头里的食人妖？"

"我听过这样的故事,"克里斯汀说,"但我自己从来都不敢那样子做。而且我觉得那也不是正确的做法。"

"不敢做自己认为不对的事情,这是很好的,"伏露·阿希尔德笑着说,"但要是你只是因为不敢而认为某件事情不对,那这就不好了。"然后她突然又补充道:"这个夏天你成长了很多。我不知道你是否意识到现在的你已经出落得十分标致。"

"是的,我知道,"克里斯汀说,"他们说我长得像我父亲。"

伏露·阿希尔德轻柔地笑。

"是的,脾气和长相像你父亲都是再好不过的了。但要是他们把你嫁给这山谷里的某个人,那可真就遗憾了。我们不应该瞧不起农作传统和小农方式,但这里的人都认为自己高尚无比,以至于整个挪威都没有人能比得过他们。我敢说,他们一定会猜想,为什么在和我断绝一切联系之后我还能够活下来而且活得滋润。但他们太懒也太自大,拒绝学习新的东西——然后他们把所有过错都归到对斯维拉国王统治时期的君主制的敌意上。这都是谎言——你的祖辈与斯维拉国王达成和解,并接受了他的礼物。但你母亲的兄弟要是想在国王身边效力并成为他的侍从,他就必须在里里外外地将自己捯干净,而唐德并不愿意这样做。但是你,克里斯汀,你必须嫁一个既有骑士风度又有尊严礼貌的男人……"

克里斯汀望着弗摩庄园的庭院,也望着阿恩的红色背影。她自己都没意识到,但每次伏露·阿希尔德谈论她过去出入的那个世界,克里斯汀总是会把对骑士的想象和阿恩的形象重叠。以前,她还是小孩子的时候,她就总是把骑士和父亲的形象重叠。

"我的侄子,哈萨比的厄莱恩德·尼库拉森——应该是适合你的对象。那个男孩已经长成一个帅气的小伙子。我的妹妹玛格恩希尔德去年经过我们这个山谷时顺道来看我,带着儿子一起。当然,你不会和他结婚的,但我还是很愿意为你们两个在婚床上摊开喜毯。你的头发金黄闪亮,他的头发则是乌黑发亮,他还有一双迷人的眼睛。但我知道我的妹夫,他已经看中了一个比你更般配厄莱恩德的姑娘。"

"你的意思是说我配不上他,是吗?"克里斯汀吃惊地问。她从来都没因为伏露·阿希尔德的话而生气过，但伏露·阿希尔德可能比她的家人出身更好这件事让她有些尴尬和懊恼。

"不，你当然配得上，"伏露·阿希尔德说，"但你不要想着成为我家族中的一员。你们在挪威的祖先是逃犯而且来自外国，而格杰斯林一脉已经在他们的庄园里腐朽了太长时间，以至于除了这个村子里的人之外几乎没有人记得他们。但我的妹妹和我都跟玛格丽特·思卡尔戴特女王的侄子结了婚。"

克里斯汀甚至都没有想过要说出这个事实：不是他的先人而是先人的兄弟以罪犯的身份逃亡到挪威的。她望着山谷远处那深色的山坡，想起很多年前的那天，她跑到山脊上看见她的村庄和外面的世界中间隔着的那么多那么多的山。过了一会儿，伏露·阿希尔德说她们是时候回去了，她让克里斯汀去叫阿恩。克里斯汀举起手放到嘴边，一边大喊一边挥舞手帕，直到她看见院子里的红色背影回头并冲她招手。

过了一段时间，伏露·阿希尔德回了家，但秋天和初冬时分她经常来乔拉恩加德和阿尔夫希尔德待上几天。阿尔夫希尔德现在白天能下床了，他们努力想让她自己站起来，但无论她怎么努力双脚始终是蜷曲的。阿尔夫希尔德变得焦躁、苍白而且疲倦，而伏露·阿希尔德用马皮和细柳枝给她做的蕾丝衣服她穿着也觉得难受；她只想躺在母亲的腿上。拉格恩弗里德经常要照顾她受伤的女儿，所以托蒂斯现在负责管理家务。应母亲的要求，克里斯汀也跟在托蒂斯身边，一方面是从旁协助，另一方面也可以学习。

克里斯汀有时候会想伏露·阿希尔德，阿希尔德来来去去，有时候会跟她讲很多事情，但有时候却会让她空等一场。

伏露·阿希尔德会同那些大人们坐着说话。每次她带丈夫一起过来的时候就会是这样，现在比杰恩·加纳森也会和她一起到乔拉恩加德来。一个秋日，拉夫拉恩斯骑马到哈根去付伏露·阿希尔德的医药费：他们拥有的最好的银水罐和配套盘子。拉夫拉恩斯在那儿过了一夜，此后他对阿希尔德的农场赞不绝口。他说阿希尔德的农场很漂亮，料理得很好，并不像人们说的那样狭小。屋子里的一切看起来都很有生机，而且生活习惯也同挪威南部的那些贵族绅士一样尊严而有礼貌。拉夫拉恩斯没说对比杰恩的看法，但每次比杰恩陪妻子到乔拉恩加德来时，拉夫拉恩斯总是会非常客气地接待他。另一方面，拉夫拉恩斯特别喜欢伏露·阿希尔德，他认为其他人对于她的种种传言都是胡说八道。他还说二十年前，她根本就不需要利用巫术来迷惑一个男人——如今她已经六十岁，但看起来仍然很年轻，而且她还有着优雅迷人的举止。

克里斯汀注意到母亲对此一直不太高兴。拉格恩弗里德确实不怎么说起伏露·阿希尔德，但有一次她曾将比杰恩同大石下面被压平的黄草作比，而克里斯汀觉得这是一个十分贴切的说法。比杰恩长相奇怪——他很胖，脸色苍白，行动迟缓而且还有一点秃顶——虽然他比拉夫拉恩斯大不了多少。不过显然比杰恩以前也是一个非常英俊的男人。他很少说话，总是想在一个地方待着不动；一旦坐下，那从进门起一直到晚上睡觉他都不会挪动位置。他几乎都不吃东西，有时他那奇特而苍白的眼睛会盯着屋子里的某个人看，脸上面无表情又好似在沉思。

从阿尔夫希尔德发生意外起，他们一家人就再也没见过桑德布的亲戚，但拉夫拉恩斯曾去过瓦吉几次。另外，西拉·埃里克也同以前一样来乔拉恩加德来得很勤，还经常同伏露·阿希尔德见面。他同阿希尔德成了朋友。人们觉得这是因为神父宽容大度，因为他自己也是一个高明的医生。这或许就是大庄园里头没有人找伏露·阿希尔德征询意见的原因之一，至少没有人公开这样做，因为他们觉得神父已经足够厉害了。伏露·阿希尔德和比杰恩都不属于他们生活圈，要处理和这两个人的关系对于他们而言并非易事。西拉·埃里克自己也曾说，阿希尔德和比杰恩并未伤害过任何人，至于伏露·阿希尔德是巫婆这一说法，他也不是阿希尔德所属教区的神父。或许这个女人知道对灵魂健康有益的东西——不要忘了，若一个女人显得比议员还有智慧，那无知的人很可能把这个女人说成巫婆。就伏露·阿希尔德而言，她对神父的评价也很高，如果在乔拉恩加德时刚好碰上宗教节日，她也会殷勤地去教堂。

那一年的圣诞节让人悲伤。阿尔夫希尔德仍然没有办法自己站起来。他们看不见桑德布的亲戚，也没有他们的消息。克里斯汀留意到村子里的人都在谈论他们家和亲戚间出现裂痕的事，而父亲也对这件事耿耿于怀。但她的母亲却不甚在意，克里斯汀觉得母亲这样显得很是冷酷无情。

圣诞假期快结束的一个傍晚，唐德·杰斯林的家庭牧师西拉·席佳德滑着大雪橇到访，他主要是来邀请拉夫拉恩斯全家到桑德布去。

西拉·席佳德并不太受周围居民的喜欢，因为事实上他是替唐德打理财产的——或者至少可以说，唐德表现严苛或待人不公时他都有责任，而唐德经常折磨他的佃农。席佳德神父非常善于写字和画画；他精通法律，也是一个高明的医生——虽然没有他自己想象中那么高明。但从他的所作所为来看，没有人会认为他是一个聪明人；他经常说一些傻话。拉格恩弗里德和拉夫拉恩斯也从来都不待见他，但桑德布的族人却对他们的神父极为看重，没请他来照料阿尔夫希尔德让桑德布的族人、亲戚以及席佳德神父自己都非常失望。

西拉·席佳德到乔拉恩加德的那天——很不幸——伏露·阿希尔德和黑尔·比杰恩已经先他一步到了，另外还有西拉·埃里克、阿恩的父母加德和费恩斯布莱肯的因加、老普特斯加德的老乔恩，还有来自哈玛的一个男修士阿斯高特兄弟。

拉格恩弗里德再次为宾客们摆好餐桌奉上食物，拉夫拉恩斯则拆开阅读席佳德神父带来的几箱子密封信，这时西拉·席佳德要求见阿尔夫希尔德。而当时阿尔夫希尔德已经上床睡觉了，但西拉·席佳德将她叫醒，检查她的四肢和背部并问她问题———开始还比较和蔼，但随着阿尔夫希尔德越来越恐惧，神父也就越来越不耐烦。席佳德是一个小个子男人，准确地说就是一个矮子，但他有一张大红脸。他想要举起阿尔夫希尔德来检查她的腿，阿尔夫希尔德被吓得大喊大叫。然后伏露·阿希尔德站了起来，走到床前并用毛毯盖着阿尔夫希尔德的身体，然后说孩子已经很困了——即便她是个健康孩子也没办法站直。

神父对此激烈反驳，他好歹也被人们认为是不赖的医生。但伏露·阿希尔德牵过他的手，引着他走到桌子旁的高椅旁坐下，然后开始讲自己为阿尔夫希尔德做的种种事情，好似她正征求神父意见一样，态度很是诚恳。渐渐地,神父的态度也和缓了许多,桌子上拉格恩弗里德准备的食物酒水也被他解决了不少。

但酒劲上脑之后,西拉·席佳德又变得情绪坏、爱争吵和脾气暴躁了。他非常清楚房间里没有一个人喜欢他。一开始他是针对加德,加德是哈玛大主教在瓦吉和希尔的全权公使。而主教辖区和唐德·伊瓦森之间存有许多争议。加德比较沉默,但因加是一个热心肠的女人,而阿斯加特也参与了讨论。

他说:"你不应该忘记,西拉·席佳德,我们尊敬的因加德父亲也是你们的高级修士,你在哈玛的所有事情我们都清楚。你沉醉于桑德布带给你的好处,但你很少记起除了是唐德的眼线之外,你还有你的本职工作要做;你助纣为虐,帮助唐德做了许多待人不公的事情,这让他的灵魂置于危险之中,同时也让教堂的威力遭受损失。那些不听上帝教诲、不虔诚背叛他们的精神天父和上级神父的遭遇,难道你不曾耳闻吗?难道你不知道天使曾领着坎特伯雷的圣托马斯到地狱的大门,并让他往里看吗?他很讶异竟然没有看到一个像你背叛大主教这样背叛他的人。圣托马斯正想赞颂上帝的仁慈,因为圣人希望所有罪过者都能得到救赎;当天使让魔鬼抬起尾巴时,传来一阵猛烈的喧闹声和刺鼻的硫黄味道,原来是许多背叛教堂利益的神父和博学者从魔鬼的尾巴下飞散了出来。这时,圣托马斯才明白这些人最后的结局。"

"你在撒谎,修士,"神父说,"我也听过那个故事,但像黄蜂一样从魔鬼后面的黄蜂窝中飞散出来的是修士,而不是神父。"

听到这,老乔恩比屋子里所有人都笑得大声,他大叫:"无疑修士和神父是一样的,我敢打赌……"

"那魔鬼肯定有一个很宽的尾巴。"比杰恩·加纳森说。

伏露·阿希尔德微笑着说:"是的,难道你没听过所有坏事后面都拖着一个长尾巴这句话吗?"

"伏露·阿希尔德,你闭嘴,"西拉·席佳德大喊,"你不应该讲坏人身后拖着的长尾巴。你坐在这儿仿佛你才是这个家的女主人,而不是拉格恩弗里德。但奇怪的是,为什么你还是没能治愈她的孩子呢——

难道你那威力无穷的水还有威力没发挥出来？那水能让一头肢解的绵羊变成汤里的全羊，能让一个妇人变成一个婚床上的少女？村子里有人结婚时，你为贞洁的新娘准备沐浴这些我都知道……"

这时西拉·埃里克跳起来，他抓住席佳德神父的肩膀和一侧身子，将他飞扔过桌子，杯罐里的食物和酒水全都洒到了桌布和地上。西拉·席佳德仰面落地，身上的衣服全被挂烂了。

埃里克跳过桌子，准备再次动手，他的大吼盖过满屋的喧嚣："闭上你的臭嘴，你个该死的神父！"

拉夫拉恩斯想把两个人拉开，但拉格恩弗里德站在桌子旁绞自己的手，仿佛尸体一样脸色苍白。之后伏露·阿希尔德跑过去把西拉·席佳德扶起并拭去他脸上的血。

她递给埃里克一杯蜂蜜酒时说："你不该这么认真，西拉·埃里克，喝了这么多酒你晚上肯定一个玩笑都开不起。现在你快坐下来，我告诉你婚礼的事。其实根本不是在这个村子，我并不是知道那水的人，这实在是我的不行。如果我能够酿出那神水，我们就不会窝在那个小农院里了。那我会成为某个大村庄里家财万贯的富婆——靠近城镇和修道院和主教和修士的大村庄。"她一边说，一边对三个神职人员微笑。

"但有人肯定知道这一旧时候的艺术，因为据我所知，这在因加国王时期还有，当时的新郎是布莱特兰德的皮特·劳蒂森。但我无法确切地说当时的新娘是他三个妻子中的哪一个，因为三个妻子都还有后代活在世上。那么，这个新娘想要那水的理由很充足，而她也最终得到了。她在小屋里为自己准备沐浴，但在她沐浴之前，她的婆婆进来了。她的婆婆一路风尘仆仆，身上满是污泥，所以她脱掉衣服踏进了澡盆。婆婆本是一个老妇人，她为劳丁生了九个孩子。但那天晚上劳丁和皮特享受到了一种他们以前从来没有享受过的欢愉。"

房间里的人都开心地笑了起来，加德和乔恩都让伏露·阿希尔德再多讲些这样下流的段子。但阿希尔德拒绝了："我们这儿坐着两个神父和阿斯加特兴地呢，还有小男孩和未出嫁的女仆。我们得在谈话变得粗俗下流之前打住；要记得现在可是宗教节日期间呢。"

男人们对此颇有异议，但女人们都同意伏露·阿希尔德的观点。没有人注意到拉格恩弗里德已经离开房间。过了一会儿，坐在女佣中间的克里斯汀起身上床睡觉。她今晚在托蒂斯的房间里睡，因为农舍里来了太多客人。

天气是刺骨的寒冷，北极光在朝北的山顶处若隐若现。克里斯汀穿过庭院时，脚下的雪嚓嚓直响；她颤抖着，双手环抱在胸前。

突然她注意到老阁楼的下面，有个身影正在雪地里快速地穿来穿去，她的双臂张开，双手绞在一起，大声地呻吟着。克里斯汀认出那是母亲。她带着些恐惧走向母亲，问她是不是生病了。

"没有，没有，"拉格恩弗里德激动地说，"我只是不得不出来。去睡觉，孩子。"

克里斯汀转过头正准备走时，又听见母亲轻声地唤她的名字。

"去房间和父亲还有阿尔夫希尔德一起睡——要把她抱在你的怀里，以防你的父亲不小心压到她。一旦喝醉酒，他就睡得特别沉。我今晚去楼上的老阁楼睡。"

"天哪，母亲，"克里斯汀说，"一个人睡在那儿你会冻死的。如果你今晚不到房间睡，父亲会怎么说呢？"

"他不会注意到的，"母亲答，"我离开的时候，他差不多就已经睡着了，明天他也得等到很晚才起得来。按我说的去做吧。"

"你会很冷的。"克里斯汀抽泣着说，但母亲还是比较轻柔地推她走，然后把自己关在阁楼里面。

阁楼的里面和外面一样冷，而且漆黑一片。拉格恩弗里德摸索着走到床边，从头上扯下头巾，脱掉鞋子，缩到皮毛毯的下面。身下的东西冰冷刺骨；防腐蚀沉入了浮冰中。拉格恩弗里德蒙住头，双手插进衣服里。她就那样躺着，失声痛哭——有时是轻声啜泣，有时泪流满面，有时则是咬牙切齿地哭喊。终于床也暖和了一些，她也觉得倦了，这才流着泪睡着。

 第五章

克里斯汀15岁那年的春天,拉夫拉恩斯·比杰加尔弗森和狄福林的赛尔·安德鲁斯·加德蒙德森约见时决定,安德鲁斯的第二个儿子西蒙同克里斯汀·拉夫拉恩斯戴特订婚,那么西蒙将得到安德鲁斯从母亲那儿继承来的弗摩庄园。双方握手达成协议,但并没有订立相关的书面协议,因为安德鲁斯首先得安排其他孩子的继承问题。双方也没有喝订婚麦芽酒,但赛尔·安德鲁斯和西蒙陪同拉夫拉恩斯返回乔拉恩加德并与新娘见面,拉夫拉恩斯置办了一场丰盛的宴席。

拉夫拉恩斯的新房子已经建造完成——两层楼高,主房间和阁楼都带砖造火炉。各种木制雕刻和精美家具将房子装饰得富丽堂皇。他还将老阁楼翻新,并扩大了其他建筑物的面积,这样一来生活条件也就同他乡绅地主的身份相配。到这个时候,拉夫拉恩斯已经是家财万贯,因为

运气站在他这一边，而且他又是一个聪明体贴的主人。拉夫拉恩斯能饲养出最上等的马和牛，这也是他最有名的一点。现在他安排女儿与狄福林家族联姻从而获得弗摩的庄园，人们说他已经成功实现成为村庄里首屈一指的地主的目标。拉夫拉恩斯和拉格恩弗里德都很高兴，赛尔·安德鲁斯和西蒙也是一样。

克里斯汀第一次看到西蒙·安德鲁森时有些小失望，因为众人都对他的英俊外表和高尚行为的赞扬不已，所以她也对新郎生出了无限的期待。

西蒙确实很英俊，但就一个只有20岁的年轻人而言，他还是显得太魁梧；西蒙的脖子很短，脸就像月亮一样圆、一样亮。他那一头棕色蜷曲的头发很是漂亮，眼睛是干净的灰色，但看起来似乎有些眯缝，因为他的眼睑有些浮肿。西蒙的鼻子很小，嘴巴也是小小的，向前噘着，不过并不难看。抛开他的壮实不谈，西蒙的脚步倒是很轻快，动作也很灵敏，称得上一个运动健将。西蒙说话相当莽撞粗鲁，但拉夫拉恩斯觉得他不过是想在跟长辈说话时体现他的聪明机智罢了。

拉格恩弗里德很快就喜欢上了西蒙，阿尔夫希尔德也立马对西蒙有了非常强烈的好感；他对生病中的小女孩也是格外地体贴怜爱。当克里斯汀习惯他的圆脸和他说话的方式之后，她也对西蒙这个订婚对象很是满意，并且很高兴父亲为她安排了这样一门婚事。

伏露·阿希尔德也被邀请参加了宴会。自从乔拉恩加德的人们开始与她交往之后，邻近村庄的贵族乡绅也再次记起她那高贵的出身，他们也就不再那么在意阿希尔德的种种奇怪传闻；所以伏露·阿希尔德身边现在常常有人陪伴。

她见到西蒙后，说："他和你很配，克里斯汀。这个西蒙会有大出息——你就可以避免很多伤痛，而且他也很好相处。但我觉得他有些太肥了，有些太乐天。如果现在的挪威还同以前、同其他国家一样——人们对罪恶者的态度不比上帝严苛——那我建议你还是给自己找一个瘦一点、感性一点的朋友——你可以坐下来同他对话的一个人。那么我会说，你再也找不到比西蒙更好的了。"

虽然没有完全明白伏露·阿希尔德的话，但克里斯汀还是脸红了。但随着时间的推移，克里斯汀的嫁妆奁也已经是满满当当，她也经常听家里讨论她的这门亲事以及打算让她带去新家的东西，她开始渴望正式的订婚、渴望西蒙到北方来。过了一阵，她对西蒙越来越想念，很想再见到他。

克里斯汀现在已经长大，出落得水灵标致。她和父亲最为相像。身材高挑，柳腰盈盈一握，手脚也是细长优雅的样子，但她同时又很丰满。她的脸短而圆，低而宽的额头白如牛乳；好看的眉毛下面是一双大大的温柔的灰色眼睛。克里斯汀的嘴巴有些大，但她那饱满的嘴唇是新鲜的红色，圆如苹果的下巴有着优美的曲线。她还有一头漂亮的、又厚又长的头发，不过现在头发的颜色深了，更像是棕色而不是金黄色，而且头发很直。拉夫拉恩斯最喜欢听西拉·埃里克夸克里斯汀。神父也是看着克里斯汀长大，教她读书写字，非常地喜爱她。但神父有时会将克里斯汀与无瑕的皮毛光亮的年轻母马作比，这让拉夫拉恩斯有些不高兴。

不过所有人都说，要是阿尔夫希尔德没有发生那场意外，她一定会比姐姐漂亮一百倍。阿尔夫希尔德有着最漂亮、最甜美的脸蛋，如同玫瑰和百合一样白里透红，丝缎一样柔顺的头发好似会流动，细长脖子和小小肩头周围还绕着许多卷曲的头发。她的眼睛像格杰斯林家族的人：又直又黑的眉毛下面是一双深邃的灰蓝色眼睛，水一般清澈，但阿尔夫希尔德的眼神是温柔的，并不锐利逼人。她的声音清晰动听，听她说话或唱歌都是一件特别让人高兴的事。阿尔夫希尔德在学习和弹奏各种弦乐器还有棋盘游戏方面都很有天分，但她对针线活兴趣寥寥，因为坐着的话她的背很快就会累。

这个漂亮的小孩要想完全恢复身体的健康似乎已是不可能，虽然父母带她到尼达罗斯的圣奥莱福圣龛去过之后情况确实改善了一些。拉夫拉恩斯和拉格恩弗里德是走路过去的，没有带一个随从或仆人，全程都是两个人用担架抬着阿尔夫希尔德。打那之后，阿尔夫希尔德的病情就好了许多，拄着拐杖还能自己走动了。但若是说康复到可以嫁人结婚似乎也不太可能，所以到那时候，她很可能带着自己集成的所有财产被送到某个女修道院。

　　大家从来不谈论这件事，阿尔夫希尔德也不觉得自己和其他小孩有什么不同。她很喜欢漂亮的衣服，而父母也不忍心拒绝她的任何请求；拉格恩弗里德为阿尔夫希尔德缝制了许多衣服，把她打扮得像个公主一样。一次，几个走街串巷的小贩途经村子并在劳嘉布鲁过夜，阿尔夫希尔德被允许在那儿赏玩他们的东西。小贩们有一些琥珀黄的丝绸，阿尔夫希尔德想用那丝绸做个东西。拉夫拉恩斯从来没有与这些走村串户售卖从城里非法获得的商品的小贩们做过生意，但这次他二话不说便买下了。他还给克里斯汀买了做嫁衣的布料，夏天的时候克里斯汀便用那布料做衣服。在此之前，除了羊毛，克里斯汀从来没有穿过其他的衣料，只有一件亚麻做的长袍——那是她最好的一件。但阿尔夫希尔德却穿着丝绸做的衣服参加宴会，她还有一件带丝绸紧身上衣的亚麻布礼拜衣。

　　劳嘉布鲁现在也属于拉夫拉恩斯·比杰加尔弗森，由托蒂斯和乔恩打理。拉夫拉恩斯和拉格恩弗里德最小的女儿拉恩伯格同托蒂斯和乔恩两个住在那儿；托蒂斯是她的奶妈。拉恩伯格出生的头几天，拉格恩弗里德甚至都不愿看她一眼，因为她觉得自己总是会给孩子们带去坏运气。但她还是很爱这个小女儿，经常送礼物给她和托蒂斯。后来，她还经常到劳嘉布鲁去看拉恩伯格，但她通常是等孩子睡着之后才过去，然后静静地坐在孩子身边。拉夫拉恩斯他的两个大女儿也经常去劳嘉布鲁陪小拉恩伯格玩；劳嘉布鲁身体强壮健康，虽然没有两个姐姐那么漂亮。

　　那年的夏天是阿恩·哥德森在乔拉恩加德度过的最后一个夏天。大主教答应加德帮助这个小伙子找一条出路，秋天的时候阿恩便要出发去哈玛。

　　克里斯汀无疑察觉到了阿恩对她的喜欢，但他的很多感受都显得很幼稚，所以克里斯汀也没有过多地想这件事，仍然像小时候一样对他。她经常找阿恩陪她，而且在家里或在教堂大厅里跳舞时总是会牵着他的手。母亲对此很有意见，这让克里斯汀觉得好笑。但她从来没有跟阿恩说过西蒙或她的订婚,因为她注意到每次一提起这些事,阿恩就马上变得无精打采。

阿恩有一双灵巧的双手,他想给克里斯汀做一个缝衣箱,好让克里斯汀睹物思人始终记得他。他雕刻了精美绝伦的箱子和框架,现在正在铁匠铺里打铁柄和箱锁。一个天气凉爽的夏日傍晚,克里斯汀跑去找阿恩说话。手上拿着父亲的一条需要缝补的衬衫,她坐在石阶上,一边跟铁匠铺里的阿恩聊天一边缝补衣服。阿尔夫希尔德也跟她一起,拄着拐杖四处跑,摘石堆间长出来的覆盆子吃。

过了一会儿,阿恩也走到铁匠铺的门口乘凉。他想靠着克里斯汀坐,但克里斯汀移开了一点距离,并让他小心别让手上的炭弄脏了她膝盖上的衣服。

"所以,我们之间是这样子?"阿恩说,"你不敢让我坐在你身旁,因为你害怕这个农场的小伙子会弄脏你的东西?"

克里斯汀惊讶地看着他,然后说:"你很清楚我的意思。但请你解下围裙,把手上的煤炭洗掉,然后再坐到我旁边休息一会儿。"说着,给他挪出了一个位置。

但阿恩在她身前的草地上躺下。

克里斯汀于是继续说:"亲爱的阿恩,你不要生气。你给我带来了那么多快乐,你觉得我会这么不懂感恩吗?或者说我会忘记你一直是我在家里的最好的朋友吗?"

"我是吗?"他问。

"你知道的,"克里斯汀说,"我永远都不会忘记你。但你现在就要去闯世界了——或许很快就能功成名就。可能还没等我忘记你,你早就忘了我。"

"你永远都不会忘记我,"阿恩说着露出了微笑,"但我会在你忘记我之前忘了你——你真是个孩子,克里斯汀。"

"你也没多大呀。"克里斯汀回答。

"我和西蒙·达雷一样大,"他说,"我们可以同狄福林的人一样戴头盔面罩,只不过我的父母没那么有钱而已。"

他把手在一丛草上擦干净。然后握住克里斯汀的脚踝,并把他的脸压向克里斯汀露在裙子外面的脚。克里斯汀试图拔出自己的脚,但阿恩说:"你的母亲在劳嘉布鲁,拉夫拉恩斯也不在农场——房子里没有人可以看到我们坐在这儿。这一次,你必须让我说出我的想法。"

克里斯汀回答说:"你我一直都知道,就算我们相爱,也会没有结果的。"

"我能把我的头放到你的膝上吗?"阿恩问,还没等克里斯汀回答,他便已经这么做了,阿恩的双手环住克里斯汀的腰。另一只手则拉着她的辫子。

"要是西蒙这样躺在你的膝上玩你的头发,"过了一会儿阿恩问,"你又会是什么样的感觉?"

克里斯汀没有回答。她感觉仿佛突然有个什么东西重重地压住了她——阿恩的话和阿恩的头——她觉得那好像是一条通向房间的打开的门,但中间有许多黑暗的回廊,将会走向更多的黑暗。克里斯汀觉得心被针扎了一样,并不高兴,她有些犹豫,不愿朝里面看。

"结了婚的人就不会做这样的事了。"克里斯汀突然蹦出这句话,仿佛松了一口气一样。她试着想象西蒙那张肉肉的圆脸,想象他正用同阿恩一样的眼神看着她;她听见他的声音——她情不自禁地笑了出来。

"我可不认为西蒙会这样躺在地上把玩我的鞋子!"

"是的,因为他能够在自己的床上把玩。"阿恩说。他的声音让克里斯汀突然觉得眩晕和无助。

她试图把阿恩从膝头推开,但他却压得更紧了,并轻声说:"克里斯汀,如果你成为我的妻子,每天晚上在我怀里睡着,我会整天跟着你进进出出,玩你的鞋子、玩你的头发、玩你的手指。"

阿恩半坐起身,双手搭上克里斯汀的肩,直直地看进她的眼睛。

"你这么和我说话不合适。"克里斯汀小声地害羞地说。

"是的,不合适,"阿恩说,他爬起来站在克里斯汀的面前。"但你告诉我一件事——如果和你订婚的人是我,你会不会更开心?"

"哦,我宁愿……"她沉默地坐了一会儿,"我宁愿不要男人——

甚至不要……"

阿恩没有动。他说:"那么你宁愿去修道院,就像他们为阿尔夫希尔德计划的一样,一辈子做老处女?"

克里斯汀绞着放在膝头的双手。她的心里有一种奇怪的甜蜜的颤抖——她突然意识到小妹妹有多么可怜。她的眼睛满是泪水,她为阿尔夫希尔德而悲伤。

"克里斯汀。"阿恩轻声唤她。

就在那时,阿尔夫希尔德尖声大叫起来。她的拐杖被石头卡住,不小心摔倒了。阿恩和克里斯汀连忙跑了过去,阿恩把阿尔夫希尔德抱起放进克里斯汀的手中。她的嘴巴被磕着了,血流不止。

克里斯汀和她坐在铁匠铺的门口,阿恩用一个木碗舀来一些水。他们一同替阿尔夫希尔德洗脸。阿尔夫希尔德的膝盖也被磕伤了。克里斯汀轻轻地屈起那双细瘦的腿。

阿尔夫希尔德很快就止住了号啕大哭,只是轻声啜泣着,就跟其他受了疼痛的孩子一样。克里斯汀把阿尔夫希尔德靠到她的胸前,轻轻地摇晃她。

奥莱福教堂里敲响了黄昏晚钟。

阿恩跟克里斯汀说话,但她坐在那儿俯身抱着妹妹,仿佛听不见也感觉不到他的话。阿恩突然有些怕了,问克里斯汀是不是觉得阿尔夫希尔德受伤很严重。克里斯汀摇了摇头,但还是不愿看他一眼。

又过了一会儿,克里斯汀站起身朝农院走去,她的怀里抱着阿尔夫希尔德。阿恩跟在后面,也没有说话,只是感到十分困惑。克里斯汀看起来如此专注,她的表情非常严肃。一路上,教堂的钟声仍然响彻草地和山谷;进屋的时候,钟声还是没有停。

……克里斯汀把阿尔夫希尔德放在床上,自从克里斯汀长大到不再方便和父母一起睡觉之后,她便是同阿尔夫希尔德睡一张床。克里斯汀脱下自己的鞋子并在阿尔夫希尔德身旁躺下。她躺在那儿,直到钟声停了很久之后还在凝神倾听,而阿尔夫希尔德已经睡着。

克里斯汀想到钟声响起的时候,她坐在那儿捧着阿尔夫希尔德流血的脸，那对她而言或许是一种预兆。如果她代替妹妹——许诺一心侍奉上帝和圣母玛利亚——或许上帝会同意让小阿尔夫希尔德重获健康活力。

克里斯汀记得埃德温修士说过，现在父母们都是把瘸跛的孩子或者他们无法为其安排好婚事的孩子献给上帝。她知道父母都是虔诚的人，但父母一直说她应该嫁人。但当他们意识到阿尔夫希尔德这一辈子都会受病痛折磨时，他们就立刻提议说要把她送到修道院。

但克里斯汀并不想这样做；她并不认为阿尔夫希尔德成为修女，上帝就会给她一个奇迹。她坚信西拉·埃里克的话，现在很少有奇迹发生。但她这个晚上有一种埃德温修士曾同她说过的感觉——如果真的有足够的信仰，那么就能创造奇迹。但她并不想要那一种信仰；她并不希望通过那种方式去爱上帝、圣母和圣人。她从来都没有用那种方式爱过他们。她爱这个世界，同时也对这个世界心怀渴望。

克里斯汀吻阿尔夫希尔德那柔软的丝缎一般的头发。阿尔夫希尔德正睡得香甜，但她的姐姐却坐了起来，躁动不安，然后又再次躺下。她的心在滴血，满怀的悲伤和遗憾，但她知道自己不能相信奇迹，因为她不愿意放弃自己遗传来的健康、美貌和爱。

父母永远都不可能同意，克里斯汀试图用这样的想法来安慰自己。他们也不会相信这样做能带来好处。毕竟，她已经订婚了，他们肯定不想失去那么喜爱的西蒙。她觉得自己是被出卖了，因为父母如此赞赏他们这个未来的女婿。想到西蒙那圆圆的红脸，那小小的带着笑意的眼睛，还有他跳跃的步伐，克里斯汀突然有些不高兴——她突然觉得西蒙就像一个跳动的球——还有他那调笑的说话方式，也让她觉得笨拙愚蠢。嫁给他并搬去弗摩那么远的地方，似乎也没有那么好。不过，和做修女比起来，她还是更愿意嫁给西蒙。但山外面的世界呢？国王的城堡，还有伏露·阿希尔德曾讲过的那些伯爵和骑士，一个有着忧郁眼睛的英俊男人，跟在身边永不疲倦……她想起很久以前的一个夏日，阿恩侧躺在地上，闪亮的棕色头发散在石南植物中间——那时，她像爱自己的兄弟一样爱着他。阿恩应该明白，他们两个永远不可能相爱，所以今天和她那样子说话实在是有些过分。

劳嘉布鲁传话来说，母亲今晚在那边过夜。克里斯汀于是起身脱衣准备睡觉，她解开裙子的蕾丝，但突然又把鞋子重新穿上，披上一件大衣便出了门。

群峰之上的天空是明绿的颜色，月亮在山脊的下方正欲升起，刚好飘过一朵朵小小的云，仿佛下面有银光闪动；天空变得越来越亮，就像聚集了许多露珠的金属一样。

克里斯汀穿过篱笆，越过小路，朝山上的教堂走去。教堂里的人都已经休息了，里面漆黑一片而且上了锁，但她走到旁边立着的一个十字架——纪念圣奥莱福逃离时曾在那儿歇息过。

克里斯汀在石头上跪下，双手交叠着放在十字架的基座上："圣明的十字架，最强大的杆，最漂亮的树木，把生病的人渡向健康彼岸的桥梁……"

她说这些祈祷词的时候，感觉内心的渴望就像水里的涟漪一样慢慢散开。那些让她不安的想法此刻都被抚平，她的心变得更加安宁、更加柔软，一种轻微的悲伤和空白的想法取代了之前的挣扎困扰。

克里斯汀就这样跪在那儿，听得见深夜里的所有声响。风发出古怪的叹息声，教堂另一边的小树林上面有河水喧腾，附近还有小溪流过，就在路的另一边——无论是近处还是黑暗的远处，克里斯汀的眼睛和耳朵看到听到的都是流水。河流在村子下面翻腾白浪。月亮在山峰间移动；被露水沾湿的石头和树叶闪着微光，而墓地附近的钟楼那儿新涂了沥青的木料也在月光下发出暗光。之后，月亮再次消失在更高的山脊后面。天上出现了许多白色的云朵。

她听到从上面传来马蹄步靠近的声音，还有男人不疾不徐的说话声。在离家这么近的地方，克里斯汀并不觉得害怕，她认识这儿的每一个人，她感到很安全。

父亲的狗朝克里斯汀冲过来，然后掉转头跳进了小树林里，接着又回头跑向她；只见父亲从桦树林间出来，冲克里斯汀打招呼。拉夫拉恩斯牵着加尔德斯亓恩的缰绳；马鞍前面挂了几只被束住的鸟儿，而他的左手则托着一只猎鹰。拉夫拉恩斯旁边还站着一个高挑驼背穿修士衣服的男人,克里斯汀虽然还没看到他的脸,但知道那是埃德温修士。她上前同父亲和埃德温打招呼,她觉得十分的惊喜,同做梦一样。拉夫拉恩斯问克里斯汀是否认出了客人时,她只是微笑。

拉夫拉恩斯在罗斯特大桥遇见埃德温修士。他说服埃德温同他一道回家,并在农场歇宿。但埃德温修士坚持要睡在牛棚:"我身上有好多虱子,不能睡在你的好床上。"

无论拉夫拉恩斯如何请求,埃德温坚决不改变主意;一开始他还想把东西拿到院子里吃。但最后大家还是把埃德温哄进了屋,女仆端食物酒水上来时,克里斯汀正把木头放进屋子角落的火炉,并点燃了桌上的蜡烛。

埃德温修士在门旁边给乞丐准备的凳子上坐下,他只喝冷粥和水当做晚餐。拉夫拉恩斯说给他准备水洗澡并让他把衣服洗一下,他也是拒绝。

埃德温修士抓挠着自己的身体,他那张苍老枯瘦的脸上露出快活的神情。

"不,不,"他说,"虱子的噬咬可比任何鞭打或守护人的话语更让我这骄傲的躯壳难受。整个夏天,我都是在山上的悬崖下度过的。他们允许我去荒野间斋戒祈祷,我坐在那儿,觉得自己如同神圣的隐士一样纯粹;赛特那山谷的穷人们拿食物上去给我吃,他们认为自己遇见了一个过着纯粹生活的虔诚修士。'埃德温修士,'他们说,'要是像你这样的修士还多一些,那我们的生活很快就能好起来的,可当我们看到神父、大主教和修士像饲料槽里的猪猡一样争来争去……'哦,我告诉他们基督徒不能这样子说话——但我还是喜欢这样的话,然后我唱赞歌、做祈祷,山间回荡着我的声音。现在,让我感受一下虱子是怎样在我的皮肤上噬咬争斗,并听到这些尽力保持屋子干净整洁的家庭主妇们大声嚷说那个脏兮兮的修士夏天就算在谷仓里都能睡着——这对我有好处。现在我要去北方的尼达罗斯,去庆祝圣奥莱福日,大家不这么热诚地接近我,对于我而言反倒会是好事。"

阿尔夫希尔德醒了过来。拉夫拉恩斯便走过去把她抱起来裹在他的披风里。

"这就是我跟你说过的小孩,亲爱的埃德温修士。请把你的手放在她身上,为她向上帝祈求,就像你为北方梅尔达尔的那个男孩祈求一样——我们听说他已经恢复健康。"

修士轻轻用手托着阿尔夫希尔德的下巴,并看进她的眼睛。然后他抬起阿尔夫希尔德的一只手亲吻。

"拉夫拉恩斯·比杰加尔弗森,应当祈祷的是你和你的妻子,你们要承诺不会因为这个孩子而未被上帝保佑的意志。我们的上帝基督已经设好这样的路等你们去走,这样她才能安全地抵达安宁的彼岸——我能从你的眼睛看出来,上帝保佑的阿尔夫希尔德,你的仲裁者在其他地方。"

"我听说梅尔达尔的那个男孩已经好了。"拉夫拉恩斯轻声说。

"他是一个贫穷寡妇的独子,母亲过世后,除了街坊四邻,没有人会给他衣穿、给他东西吃。但他的母亲只是请求上帝给她一颗无惧的心,好让她信仰上帝为她的孩子做的一切安排。我只是跟她一块祈祷而已。"

"可拉格恩弗里德和我并不容易满足于此,"拉夫拉恩斯沮丧地说,"特别是,阿尔夫希尔德是这样的美丽、这样的好。"

"你见过村子南部里德斯泰德的孩子吗?"修士问,"你想让你的女儿变成那样?"

拉夫拉恩斯耸耸肩,并把阿尔夫希尔德抱得更紧了。

"难道你不觉得,"埃德温修士继续说道,"在上帝的眼中,我们都像是他悲悯的孩子,我们因为罪过而变得残缺?但我们不能认为自己便是这世界上最悲惨的人。"

埃德温走到墙上挂着的圣母玛利亚的画像前,所有人都按照他说的开始做晚祷。他们觉得埃德温修士给他们带来了巨大的抚慰。

但当埃德温修士离开屋子去找睡觉的地方时,负责管理所有女仆的阿斯特德,急忙将他踩过的地板冲洗一遍,并把那些垃圾扔进火中。

第二天早上,克里斯汀起得很早,她在一个桦树根做的碗中倒了一些牛奶粥和小麦蛋糕,碗上面有着红色的斑点花纹,十分漂亮——因为她知道埃德温修士从来不碰肉——并端着东西去找修士。房子里的人都还没醒。

埃德温修士站在牛栏的坡道上,正打算离开,他手上拿着自己的行李包裹。埃德温微笑着感谢克里斯汀为他做的,并坐在草地上吃了起来,而克里斯汀就在他的脚边坐下。

克里斯汀养的一只小白狗朝他们跑过来,脖子上挂着的小铃铛项圈哗啦啦地响。克里斯汀把狗抱到她的膝上,埃德温修士用手指撕了一点小麦蛋糕送到狗的嘴里,并对这只狗大加夸赞。

"这和尤菲米娅王后带到挪威的狗是一个品种,"他说,"乔拉恩加德现在的一切都是这么好。"

克里斯汀高兴得红了脸。她知道这只狗很好,拥有它让她很是骄傲。除她之外,村子里没有人养宠物狗。但她不知道这只狗竟然和女王的宠物狗是同一个品种。

"这是西蒙·安德鲁森送给我的,"克里斯汀说着将狗抱紧,狗狗正用舌头舔她的脸,"他的名字叫科特林。"

克里斯汀原本打算跟埃德温说自己内心的不安,并寻求他的建议。但她现在十分不愿意想起昨晚的那些想法。埃德温修士相信上帝会给阿尔夫希尔德最好的安排。西蒙在正式订婚前就送她这样的礼物实在是很慷慨。她不想再去想阿恩——她觉得阿恩对她做了不好的事情。

埃德温修士捡起自己的行李包裹,并让克里斯汀代他向其他人告别;他不能等到所有人醒来,因为得趁着天气凉快出发上路。克里斯汀送他到教堂的上面,还在小树林里走了一小段路。

分别的时候,他祈求上帝让克里斯汀获得平和喜乐。

"给我说几句话吧,就像对阿尔夫希尔德说的那样,亲爱的修士。"克里斯汀站在那儿握着埃德温的手,请求他。

埃德温修士提起因风湿病而留有许多节瘢的赤脚,踩在湿湿的草地上。

"那我想对你说几句要记在心底的话,我的女儿,你必须留心上帝为村民们造福的方式。雨水少,但上帝给了你们许多山泉,而且每晚都有露水滋润草地和田野。感谢上帝给你这么好的恩赐,如果你觉得自己缺少其他你认为有用的东西,那也不要怨天尤人。你有漂亮的金色头发,那就不要因为它不够蜷曲而烦恼。难道你没有听说,有个女人因为只有一点点猪肉给她的七个饥肠辘辘的孩子当圣诞晚餐而坐地痛哭吗?圣奥莱福恰巧在那时候经过她的身边。于是他伸手拿起那块肉,并向上帝祈求喂饱那贫穷的淘气鬼们。可当那个女人看见桌子上出现一只已经宰好的猪时,她又开始哭了起来,因为她没有足够的碗和盆。"

克里斯汀朝家跑去,科特林也跟着她的脚步一边跑一边吠叫,身上的小银铃铛响了一路。

 第六章

阿恩的家在费恩斯布莱肯,这是他出发去哈玛前最后一次留在家里。他的母亲和妹妹正在帮他准备衣物。

启程的前一天,他去乔拉恩加德同大家告别。他悄声问克里斯汀,是否愿意在第二天晚上在劳嘉布鲁南边的路上同他见面。

"我想我俩单独待一会儿,就我们俩,最后一次见面,"他说,"你会不会觉得这个要求太过分了?可我们是不是打小就情同兄妹?"见克里斯汀回答得有些犹豫,阿恩又追问了一句。

克里斯汀最后答应他,如果能从家里溜出来的话,就去见他。

第二天早上,天开始下雪,但后面又下起了雨,道路和田野很快就变成了灰色的一片,泥泞不堪。雾气沿着山脊飘浮,有时下沉同山脚的白色冰霜融成一体,天气十分恶劣。

西拉·埃里克前来帮拉夫拉恩斯整理几箱子的信件。两人走进火炉房，因为在那种天气里，待在火炉房比待在被壁炉熏得烟雾缭绕的大房间里更舒服。拉格恩弗里德则留在劳嘉布鲁，拉恩伯格秋天时生了一场病，当时正处于康复期。

这种情况下，克里斯汀偷偷从农舍溜出去并不是很难，她不敢骑马，所以决定走路过去。雪和枯叶的混合使得路上一片泥泞；空气里有一种原始的、死气沉沉和霉味混杂的悲戚味道，不时刮起的风将雨水直接打到她的脸上。克里斯汀用头巾把脸裹起来，双手紧紧扯着披风，快速前行。她有一些不安——河流的声响在沉闷的空气中听来如此压抑，没有连成一片的乌云飘在群峰之上。有时，她会停下脚步听听身后的声响，以为可以听到阿恩的声音。

过了一会儿，克里斯汀听到泥泞的马路上有马蹄声传来，她停住了脚步，那个地方荒无人烟，她觉得用来告别是再合适不过了，因为不用担心受到别人的打扰。然后，克里斯汀看到骑马的人出现在她的身后，阿恩从马上跳下来，牵着马走向她。

"你能来，真是太好了，"他说，"在这样一个天气恶劣的日子。"

"难的是你，你还得赶那么远的路呢。不过你为什么要等到晚上才出发呢？"

"乔恩邀请我今晚去老普特斯加德过夜，"阿恩说，"我觉得这个时间让你来这儿，会方便一些。"

两个人沉默地站了一会儿。克里斯汀觉得她以前从来没意识到阿恩原来这么英俊。他戴着一个善良的钢盔，下面是一条束脸的棕色羊毛头巾，头巾一直搭向肩头；再往下，他那纤瘦的脸看起来格外明亮动人。阿恩穿的皮革胸甲有些旧，上面零星地有些锈点，胸甲束在盔甲的上面——盔甲是阿恩的父亲给他的——但穿在他颀长、柔软和强壮的身上却十分合身。他的一侧还佩着一把剑，手上拿着一杆矛；其他的武器则挂在马鞍上。阿恩已经长成一个大男人，有种逼人的气势。

克里斯汀把手搭上阿恩的肩，说："你还记得吗，阿恩，你曾问过我是否觉得你和西蒙·安德鲁森一样优秀？临别之际，我现在想告诉你。许多看重出身财富的人会认为他比你更胜一筹，但我觉得你同他一样有着出色的外表和责任心。"

"为什么要告诉我这些？"阿恩屏气问。

"因为埃德温修士让我铭记，我们要感谢上帝赐予我们的礼物，我们不能像那个已经从圣奥莱福那儿得到了成倍的肉却因为没有碗哭泣的女人一样。所以，你不应该为上帝没能给你和他一样多的物质财产而烦恼……"

"你就是这个意思吗？"阿恩说。克里斯汀还没回答，阿恩便接着说，"我在想，你的意思是否是说，你更愿意嫁给我，而不是他？"

"或许是这样，"克里斯汀轻声回答，"因为我知道你比他更好。"

阿恩将克里斯汀揽入怀中，紧紧拥抱，以至于克里斯汀的双脚都已经离了地。他一次一次地吻克里斯汀的脸，不过后面又把她放了下来。

"上帝保佑我们，克里斯汀。你还只是个天真的孩子！"

克里斯汀头低垂着站在那儿，但她的手仍然搭在阿恩的肩头。阿恩握着她的手腕，握得很紧很紧。

"我想你还不明白，我亲爱的，即将失去你我的心有多痛。克里斯汀，我们从小青梅竹马，就像一根枝上的两个苹果。在意识到某天会有人把你从我身边抢走之前，我就已经爱上了你。就像上帝必须为我们所有人而死一样，我如此怀疑今天过后，自己还能不能再体会到幸福的滋味。"

克里斯汀哭得很伤心，她仰起脸，好让阿恩吻她。

"不要这么说，我的阿恩。"她请求道，轻拍着他的手臂。

"克里斯汀，"阿恩低沉着声音说，他再次把克里斯汀拥进怀里。"你可不可以问问你的父亲……拉夫拉恩斯是这样好的一个人，他从来不会逼你做你不愿意做的事。你能不能让他再等几年？没有人知道我的命运会有怎样的变化——我们还这么年轻。"

"我必须得做家人想让我做的事情。"克里斯汀抽泣着回答。

阿恩亦是泪流满面。

"克里斯汀，你是不知道我有多么爱你。"阿恩的脸伏在克里斯汀的肩头,"如果你愿意的话,如果你也爱我的话,那你就会去找拉夫拉恩斯好好地求他——"

"我不能那样做,"克里斯汀哭着说,"我觉得我永远都不可能为了自己爱的一个男人而违抗父母的意愿。"她的手在阿恩的头巾和重钢盔下摩挲,想抚到他的脸。"你不能那样子哭,阿恩,我最亲爱的朋友。"

"我想把这个给你,"过了一会儿,阿恩说着递给了克里斯汀一枚小胸针,"请你偶尔想一想我,因为我永远都不会忘记你,或者忘记我的忧伤。"

克里斯汀和阿恩最后道别的时候,天已经完全黑了下去。克里斯汀目送阿恩骑马离开。一道黄光从云团中闪出,光线反射到他们刚才在雪地里踩下的足迹;她觉得,雪地里的足迹看起来那么冰冷、那么凄凉。克里斯汀把亚麻衣拉出来盖在紧身胸衣的上面,擦了擦满是泪痕的脸;然后她转过头,朝家走去。

克里斯汀全身又冷又湿,于是她加快脚步。走了一阵,她听到身后有人靠近。克里斯汀有些害怕,即便是这样的傍晚,也有可能是陌生的人从这条主要道路上经过,而她的前面空无一人。她的一旁是陡峭的黑色碎石坡,另一边则是长满松树的断层,松树林一直延伸到铅灰色的山谷底部。所以,当身后的人叫出她的名字时,克里斯汀才松了一口气;她停下脚步,等身后的人赶上来。

走过来的是一个高高瘦瘦的男人,穿一件深色的外套,袖子的颜色比较浅。待他走近,克里斯汀看到他是一身神父的打扮,背上背着一个空的背包。她这才认出那是本特恩·普莱特森,他们都这样叫他——西拉·埃里克的孙子。克里斯汀立马看出,他喝醉了。

"哦,一个离开,另一个到达,"彼此打过招呼后,本特恩大笑着说,"我刚在布莱肯碰见阿恩——我看到你也是走的这条路,而且哭了。现在我回来了,给我一个笑容怎么样?我们两个也是打小的朋友,不是吗?"

"用你的归来换他的离开,实在不是一件好事,"克里斯汀生气地说，她一直都不喜欢本特恩。"恐怕，没几个人会这么觉得吧。你的祖父很高兴你在南方的奥斯陆混得那么好。"

"哦，是的，"本特恩窃笑着说，"所以你觉得我混得好，是吧？就像一头猪走进了一片麦田，说的就是我那样，克里斯汀——结果都一样。我是被吼叫和一根长长的棍棒给赶走的。好吧，好吧。我的爷爷从他的孙儿这里得不到多少快乐。为什么你走这么快？"

"我很冷。"克里斯汀简单地回答。

"不会比我更冷，"神父说，"我唯一的衣服就是你现在看到的这些。我在里勒海默不得不卖掉帽子去换食物和麦芽酒。可你身上肯定还留着和阿恩告别时他的体温吧。我觉得你应该让我也钻到你的皮毛衣服下面。"然后他扯住克里斯汀的披风，披到自己的肩上，湿漉漉的双手还揽在克里斯汀的腰上。

克里斯汀被他大胆的行为吓住了，她愣了好一会儿才回过神来——然后她试着挣脱，但本特恩扯住了她的披风，而披风又用牢固的银扣子系紧了。本特恩再次将手环住克里斯汀，并试图吻她，他的嘴直凑到克里斯汀的下巴。克里斯汀奋力挣扎，却被本特恩抓住了手臂。

"我看你是疯了，"克里斯汀情绪十分激动地反抗，"你怎么敢这么对我，好似我是……你明天一定会很后悔今天的所作所为，你这个浑蛋。"

"哦，明天你就不会这么犯傻了。"本特恩说着用脚将克里斯汀绊倒在泥泞的路上。接着，他又用手按住克里斯汀的嘴。

克里斯汀还是没有想到要叫。这会儿她才终于意识到本特恩想对她做什么，但愤怒已经占据了她所有的思绪，她都不觉得恐惧。克里斯汀就像动物一样同这个将她按倒的男人缠斗挣扎，地上冰冷刺骨的雪水浸透了她的衣服，流到她滚烫的身体上。

"明天你就会老实了，"本特恩说，"如果这件事被捅出去了，那你这一辈子只能怪阿恩，人们迟早会相信……"

本特恩将一只手指塞进克里斯汀的嘴巴，所以她用尽全身力气咬了下去，痛得本特恩大声尖叫，并松开了手的钳制。说时迟那时快，克里斯汀抽出了一只手,并一拳打在本特恩的脸上,大拇指使劲戳他的眼睛。本特恩痛苦地低吼,一只脚站了起来。克里斯汀就像只猫那样在雪地里打滚摔跤,她用力推了本特恩一把,所以本特恩被推得摔到地上。然后克里斯汀朝山下跑去,污泥在她的身后飞溅。

克里斯汀跑啊跑,没有回头看一眼。克里斯汀听见本特恩跟了上来,她的心直提到嗓子眼儿,她一边跑一边小声地呻吟着,眼睛死死地盯着前面——难道她真的到达不了劳嘉布鲁?最后,克里斯汀跑到了马路和田地交叉的地方。她看见山上有成片的房子,突然她意识到自己不敢去找母亲——自己现在满身都是污泥,从头到脚都是枯叶,衣服也被撕破了。

克里斯汀能够感觉到本特恩离她越来越近。她弯下腰捡了两块大石头,等本特恩走近就用石头扔他;其中一块石头重重地打中了本特恩,打得他摔倒在地。然后克里斯汀又往前跑,直到跑到一座桥边才停下。

克里斯汀全身颤抖地抓着桥的栏杆站在那儿,眼前的一切变成了黑色的一片,她害怕自己会晕过去——但她又想到了本特恩。要是他追了过来,发现她晕倒在这儿该怎么办?克里斯汀被一种耻辱和痛苦的感觉攫住,她继续往前走,但双脚几乎已经承受不住,现在她感觉自己被本特恩指甲划伤的脸火辣辣的疼,她的背和手臂都受了伤。火一样滚烫的眼泪夺眶而出。

她希望本特恩被自己的石头砸死;她希望自己能够回去了结他,那么她会掏出自己的刀子,但她发现自己的刀子已经不见了。

然后,克里斯汀再次意识到不敢被家里人看到这个样子的她;她突然想到,可以去罗曼德加德。她要向西拉·埃里克诉苦。

但埃里克神父在乔拉恩加德,还没回来。她在厨房看见本特恩的母亲加恩希尔德。加恩希尔德一个人在,所以克里斯汀将她儿子的所作所为和盘托出。但她没有提及自己去见阿恩的事。所以,加恩希尔德认为她是在劳嘉布鲁时,她也没有说什么。

加恩希尔德给克里斯汀清洗缝补衣服时,并没说几句话,只是一个劲地哭。克里斯汀实在是太郁闷,所以也没有注意到加恩希尔德暗地里看她的眼神。

克里斯汀准备离开时，加恩希尔德穿上自己的披风也跟着她出了门，但接着就朝马厩走了去。克里斯汀问她去哪儿。

"我当然是要骑马去找我的儿子呀，"加恩希尔德说，"我得去看看你扔的那块石头是不是把他砸死了，或者看看他现在的情形。"

克里斯汀不知道要怎么回答，她只是要加恩希尔德确保本特恩尽快离开村子；她再也不想看到他："或者，我把这件事告诉父亲，那么你知道会有什么后果的。"

本特恩一周多后才去的南方；他带着西拉·埃里克写给哈玛大主教的信，询问大主教能否给本特恩找一份差事或者给他一些帮助。

 第七章

圣诞节期间的一天,西蒙·安德鲁森骑马到达乔拉恩加德,让人相当意外。他对自己的不期而至表示抱歉——没被邀请只身前来,而且没带一个随从家眷;当时赛尔·安德鲁斯在瑞典替国王办事。西蒙则在狄福林的家中待了一段时间,但家里只有年幼的妹妹和卧病在床的母亲相伴,在家的那些日子让他感到相当无趣;他突然萌生了一种过来乔拉恩加德的冲动。

拉格恩弗里德和拉夫拉恩斯对西蒙大冬天的还跑这么远的路来看他们表示热忱感谢。他们见西蒙的次数越多,就越喜欢他。西蒙对于安德鲁斯和拉夫拉恩斯一致同意的事情相当了解,现在他们决定,两个人订婚的麦芽酒席将在四旬斋开始之前进行,如果赛尔能在这之前赶回的话——否则,就延迟到复活节。

克里斯汀与未婚夫在一块儿时,显得相当安静害羞;她也没有多少话和西蒙说。一天晚上,所有人都坐在一块儿喝酒,西蒙邀请克里斯汀同他去外面散散步呼吸点新鲜空气。他们站在阁楼前面的回廊,西蒙的手揽过克里斯汀的腰并吻她。从那以后,只要两个人单独在一块儿,西蒙都会抱她吻她。克里斯汀对此并不是很高兴,但她之所以没拒绝是因为她知道自己无法逃离西蒙。现在,克里斯汀已经把她和西蒙结婚看成了某件不得不做的事情,而不是一件让她期待的事情。不过,她还是挺喜欢西蒙的,尤其是在他与其他人说话不碰她或和她说话的时候。

整个秋天,克里斯汀都过得很不开心。她一遍一遍告诉自己本特恩没能得逞,但这并不起作用;她还是觉得自己被玷污了。

一个男的竟敢对她做这样的事情,一切都不复从前了。克里斯汀夜不能寐,她的心里满是羞辱,她无法不去想这件事情。他记得自己反抗本特恩时碰触到的本特恩的身体,还有他那灼热的带着麦芽酒味道的气息。克里斯汀总是忍不住去想当时可能发生的事情,想起本特恩说的那句话,她不由全身战栗:如果这件事被捅了出去,那也只能怪到阿恩头上。她总是在脑海里想象,如果这样不幸的事情真发生在她身上,接下来可能发生的事情以及人们发现她和阿恩偷偷见面之后会怎样。要是父亲和母亲真相信事情是阿恩干的该怎么办?而阿恩自己……克里斯汀仍清晰记得最后告别的那个黄昏阿恩的模样,她感觉自己仿佛要在阿恩面前羞愧地倒下,只是因为她可能把阿恩拖进这痛苦和耻辱中。而她做的梦如此邪恶。她曾在教堂里和《圣经》上听到看到过身体的欲望和诱惑,但以前这些东西对她没有任何异议。现在她却清楚地感觉到,自己和其他人都有一个罪恶的血肉之躯,里面住一个灵魂,身体残酷地噬咬着灵魂。

然后,克里斯汀又想想自己如何杀死本特恩或者把他弄瞎。这是她能找到的唯一安慰——沉浸在复仇的梦里,向那个脑海里挥之不去的躲藏着的黑影复仇。但这只能带给她一时的痛快;晚上克里斯汀会睡到阿尔夫希尔德的旁边,为自己经历的这些可怕事情而痛苦。在她的心里,本特恩已经夺走了她的贞洁。

圣诞期过后的第一个工作日，乔拉恩加德所有的女人都在厨房里忙活。拉格恩弗里德和克里斯汀也在那儿过了大半天。傍晚的时候，几个女人做完烘焙的活后开始清洗，另外几个则准备晚餐；挤奶女工冲进来，一边大喊一边挥舞手臂。

"上帝啊，上帝啊——这个消息简直太可怕了！他们正用雪橇把阿恩·哥德森运回家——上帝保佑受苦的加德和因加。"

这时，进来一个住在马路不远处的一个男人，旁边还有哈尔夫丹。他们刚好碰上送葬的队伍。

女人们将他们两个团团围住。克里斯汀站在人圈的最外面，脸色苍白，全身颤抖。哈尔夫丹是拉夫拉恩斯身边的人，从小看着阿恩长大，他一边说一边大声抽泣。

是本特恩·普莱特森杀了阿恩。新年之夜，大主教的随从们都坐在房子里喝酒，本特恩进来了。他成了一个神父的抄写员，是基督圣体节的受奉者。刚开始大家都不愿让本特恩坐过来，但他提醒阿恩说，他们是一个村子来的。所以阿恩就让他跟自己坐在一块儿，两个人都喝起了酒。但不晓得怎么的两个人突然打了起来，阿恩打得很猛，本特恩于是从桌子上抓起一把刀子刺进了阿恩的喉咙，还在胸口上也刺了几刀。阿恩差不多是当场毙命。

大主教对阿恩的不幸十分痛心；他亲自料理阿恩的后事，并吩咐手下的神职人员护送阿恩的遗体回来。大主教已经把本特恩监禁起来，并从教堂除名，就算现在没被绞死，估计也快了。

越来越多的人围了上来，哈尔夫丹不得不一次次从头讲起。拉夫拉恩斯和西蒙看到院子里围了那么多人，吵吵嚷嚷的，于是也从厨房里出来。拉夫拉恩斯听闻这个消息相当难过；他令人备马，因为他想立马到布莱肯去。拉夫拉恩斯正准备走的时候，他的视线无意间落在了克里斯汀那苍白的脸上。

"你要不要跟我一起去？"他问。克里斯汀犹豫了一会儿，耸了耸肩，然后点头，因为她不敢开口说话。

"她去那里是不是太冷了？"拉格恩弗里德说，"明天他们就会举行葬礼,到时候我们都去。"

拉夫拉恩斯看了下自己的妻子;又看了一眼西蒙的脸,然后他跨身上马,并用手臂环住克里斯汀的肩。

"你要记得,克里斯汀是他的义妹,"拉夫拉恩斯说,"或许她想去帮因加料理后事。"

虽然克里斯汀的心被恐惧和绝望攫住,她还是很感激父亲这番暖人心房的话。

拉格恩弗里德说,如果克里斯汀真要一起跟着去的话,那他们也得喝完粥再走。她还想给因加带点礼物——一条新的亚麻毯、蜡烛和新烤出来的面包。她请拉夫拉恩斯和克里斯汀带话给因加,说她愿意过去帮忙准备葬礼的事。

食物摆在桌上没动多少,倒是说了许多的话。一个人对另一个人说这是上帝对加德和因加的考验。他们的农场被泥石流和洪水冲毁,几个大点的孩子都死了,所以阿恩剩下来的兄弟姐妹都还很小。不过自从大主教任命费恩斯贝肯的加德当他的护卫,他们家这几年的境况还不错,孩子们也都出落得标致,前程光明。但在所有的孩子中,因加最喜欢阿恩。

大家也都为西拉·埃里克难过。神父备受尊敬和喜爱,村子里的人都为他自豪;他受过良好的教育而且很有能力,在当神父的这么多年里,他从来没有缺席一次应由他主持的宗教节日或弥撒或仪式。年轻时,埃里克是托恩伯格阿尔夫伯爵手下的一名士兵,但他杀了一个出身特别高贵的人从而惹来了麻烦,于是他便转投奥斯陆的大主教门下。当大主教看到埃里克在学习方面的能力之后,他同意让埃里克成为神父的一员。若不是因为之前的谋杀结下了仇人,西拉·埃里克也不可能留在那个小小的教堂里。他确实很贪婪,一方面是为自己的私欲,另一方面也是为了教堂。不管怎么说,教堂里被各种容器、帷幔织物和书装饰得满满当当,还有他为那些孩子们做的——但他的家人带给他的却只有伤痛和麻烦。在乡村,人们觉得让神父像修士一样生活是不合理的,因为他们必须要有女性神职人员帮着打理农舍,而且当他们不顾下雨天晴在教区内为各种事物跋涉奔忙时,也需要一个女人替他们打理。人们也都记得,挪威的神父与男人结婚也不是很久之前的事。不过,这个晚上,大家都说这似乎是上帝对埃里克娶亲的惩罚,因为他的孩子和孙子都给他带来了巨大的伤痛。有人说,神父不娶妻生子还是很有道理的——因为神父与费恩斯布莱肯的人之间肯定会产生敌意和愤慨。直到现在,双方才成为最好的朋友。

西蒙·安德鲁森十分清楚本特恩在奥斯陆的所作所为,他把自己知道的都跟别人讲了。本特恩成为马利亚教堂的一个院长的抄写员,大家也都觉得他是个聪明的家伙。许多女人都很喜欢他;他有一双勾人的眼睛和能说会道的嘴巴。有人觉得他是一个英俊的男子——大多数都是些觉得自己被丈夫背叛的妇人,或者喜欢男人献殷勤的少女。西蒙说着大笑;他们都知道他是什么意思,是吗?那,本特恩也很精明,他同那种女人并不是走得太近;只是同她们说几句话,于是他就赢得了一个生活纯粹的名声。

哈空国王是一个虔诚而正派的人,所以他也希望自己的臣民能严于律己、举止得体——至少年轻人要做到这样。其他人国王就不太管了。但国王的神父总是听到年轻人偷溜出去——参加酒宴、赌博、喝麦芽酒诸如此类的活动。于是胡搞的人不得不老实交代并做出忏悔,他们会受到严厉的惩罚;是的,其中有两三个特别不服管的小伙子已经被赶了出去。但最后证明,正是狐狸一样狡猾的本特恩书记员,经常偷偷摸摸地喝麦芽酒并且做一些更坏的事情;他聆听妓女的忏悔,并赦免她们。

克里斯汀坐在母亲身旁。她试着往嘴里塞东西,这样别人就不会注意到她的异样,但她的手抖得那么厉害,每舀一调羹粥都会洒掉一些,舌头也变得又厚又干,嘴里的面包简直无法下咽。但当西蒙开始讲本特恩的事情时,克里斯汀不再假装吃饭。她的双手紧抓着凳子的边缘;恐惧和憎恶的感觉紧紧地攫住她的心,让她感到眩晕和恶心。他曾经试图……本特恩和阿恩,本特恩和阿恩……她不耐烦地等着其他人结束。她想看看阿恩,看看阿恩那英俊的脸庞,她要跪倒在阿恩的遗体前面,沉浸在悲伤中,忘记所有其他的事情。

拉格恩弗里德帮克里斯汀套上外衣时,她吻了吻女儿的脸颊。克里斯汀并不太习惯母亲的爱抚,不过母亲的这个吻让她感觉很好。她把头伏在拉格恩弗里德的肩上,靠了一会儿,但哭不出来。

克里斯汀走到院子里,看见更多的人过来了——哈尔夫丹、劳嘉布鲁的乔恩,还有西蒙和他的随从们。有两个陌生人跟随,让她莫名地感到一种痛苦。

深夜,寒冷刺骨;脚下的雪被踩得嚓嚓作响,星星在黑暗的天空闪烁,如同冰霜一样密集。走了不远的一段路,他们听到草地的南边传来吼叫声和激烈的马蹄声。不远处一群骑马的人呼啸着从他们身旁经过。留给在雪地里前进的拉夫拉恩斯一行人的是金属撞击的声音和升腾的蒸汽以及被冰霜覆盖的马身。哈尔夫丹对着这一群粗鲁的家伙大吼——那是村子南边的一群年轻人。他们仍在庆祝圣诞节,出来试骑他们的新马。那些醉醺醺的认不出前面队伍的人,一边摇着自己的盾牌一边大吼大叫。但其中有几个人听到了哈尔夫丹在身后冲他们的喊叫;他们从队伍中出来,默默地加到拉夫拉恩斯的队伍中,并同队伍后面的人轻声说话。

一行人继续前行,直到可以看到赛尔河沿岸山坡上的费恩斯布莱肯才停下。房子间有一道亮光;院子的中间已经有人在雪堆上架起松枝火炬,火红的光映衬着雪白的山丘,但那暗黑的房子看起来仿佛是被凝结的血画出了一道道条痕。阿恩的一个小妹妹站在外面,跺着脚,双手交叉放在披风的下面。克里斯汀在小姑娘泪痕未干的脸上印下一个吻,小姑娘都快冻僵了。克里斯汀心沉如石,在爬阶梯去往他们安放阿恩遗体的阁楼上时,她的四肢仿佛是灌了铅一样沉重。

灵堂里传来赞美诗的声音,门口放着许多点亮的蜡烛。阁楼的正中放着阿恩的棺材,上面盖着一块毯子。搁凳上头架有木板,棺材放在最上面。前面站着一个年轻的神父,他的手上拿着一本书,正在唱赞美诗。人们围着神父跪在地上,脸埋在厚厚的帽子里面。

拉夫拉恩斯从房间里取一根蜡烛点亮,并将蜡烛牢牢地插在棺材板上,然后跪下双膝。克里斯汀也打算这样做,但她找不到地方放蜡烛;

于是西蒙走上前来帮她。神父做祈祷的时候,所有人都跪在地上,轻声重复着神父的话,所以每个人的嘴边都绕着一圈水蒸气。阁楼上面冰冷刺骨。

神父合上手中的书时,大家才从地上站起身;许多人已经聚集到了死者的卧室。拉夫拉恩斯走到因加面前。因加只是盯着克里斯汀,似乎没有听见拉夫拉恩斯的话;她拿着拉夫拉恩斯给的礼物愣愣地站在原地,看上去仿佛不知道自己手里有东西一样。

"所以,你也来了,克里斯汀,"因加用一种古怪的拉紧的声音说道,"或许你想看看我的儿子,看看他回来时的样子?"

因加将几根蜡烛移到一旁,用颤抖的手抓起克里斯汀的手臂,并用另一只手撕开了一块遮住阿恩脸庞的布。

阿恩的脸带一种污泥样的灰黄色,他的嘴唇是铅一样的颜色;双唇微微张开,里面一排整齐的、细小的、雪白的牙齿似乎是在模仿微笑。长长的眼睫毛下面,可以瞥见他那善良的眼睛,阿恩的脸颊上有几处乌青,那乌青要么是扭打时留下的,要么就是尸体特有的印记。

"或许你想给他一个吻?"因加用和之前一样的语气问她,于是克里斯汀顺从地俯向前将自己的嘴唇印在死去的阿恩的脸颊上。感觉黏黏的,仿佛是沾了露水,她觉得自己可以闻到淡淡的尸体臭味;在这么多蜡烛释放的热度下,阿恩的遗体肯定已经开始解冻。

克里斯汀倚在那儿,双手撑在棺材上,因为她已经没有力气站起来。因加又掀开了一点裹尸布,阿恩身上横过锁骨的刀伤顿时清晰可见。

然后她转向众人,用颤抖的声音说:"人们说,要是被罪魁祸首触到伤口,即便已经死了,伤口也会流血——我看这就是个谎言。他现在的身子更冷了,我的孩子,他已经不是你最后在马路上同他道别时的英俊模样,我看见——我听说你那时并没有拒绝他的吻。"

"因加,"拉夫拉恩斯说着走向前来,"你是不是疯了?你在说什么?"

"哦,你们都在乔拉恩加德过着好日子——你太富有了,拉夫拉恩斯·比杰加尔弗森,以至于我的儿子不敢光明正大地向你求亲。毫无疑问，克里斯汀也觉得阿恩配不上她。但她大晚上的还跟着阿恩出门，阿恩走的那天傍晚同她在丛林中见面，这可就不太好了吧。你自己问问她，看她敢不敢当着阿恩的尸体否认这一切——就是因为她的轻浮，才造成这一切的……"

拉夫拉恩斯没有质问克里斯汀，他只是转向加德。

"你必须管好你的妻子——她已经丧失了理智。"

但克里斯汀抬起苍白的脸，绝望地环顾四周。

"阿恩临行前的那天晚上，我确实有同他见面，因为他请求我去见他最后一面。但我们之间是清清白白的。"克里斯汀强撑精神，好似完全意识到背后的含义一样，突然大声叫嚷起来，"我不知道你是什么意思，因加。你是想在阿恩的灵前抹黑他吗？他从来都没有引诱过我。"

但因加却放声大笑。

"阿恩？不，阿恩没有。但那时因为本特恩不准你同他那样。问问加恩希尔德吧，拉夫拉恩斯，是她替你的女儿清洗那些脏污衣物的，你还可以随便找新年夜在大主教城堡里喝酒的人来问问，是不是本特恩取笑阿恩让克里斯汀走，从而让她变成了傻瓜。克里斯汀在回家的路上让本特恩钻到她的皮毛衣服下面，她试图同本特恩玩同样的游戏——"

拉夫拉恩斯抓住因加的肩膀，用手捂住她的嘴巴。

"把她带出去，加德。在这个好小伙子的遗体前面，你竟然说这样的话实在是耻辱。但就算你所有的孩子都死了，我也不会站在这听你诽谤我的孩子。还有你，加德，你必须对这个疯女人说的话负责。"

加德拉着妻子离开，但他又对拉夫拉恩斯说："我儿子死的时候，他确实是和本特恩在谈论克里斯汀。你对此没有耳闻自然可以理解，但这个秋天村子里就已经有了风言风语……"

西蒙"砰"地一声将佩剑放入最近的衣物箱中。

"不，善良的人们，现在你们可不能再在这个死人的房间里谈论我的未婚妻了，你们必须找点其他的话题了。神父，难道你不能管管这些人吗？好让所有事情都按章法来？"

那个神父——克里斯汀现在看清他就是阿尔夫斯沃尔德家最小的儿

子，回来过圣诞节——他打开手中的书并站到棺材的旁边。但拉夫拉恩斯朝那些谈论克里斯汀的人大吼，不管是谁，只要讨论他的女儿，他都不客气。

然后因加又叫嚷了起来："尽管来取走我的性命吧，拉夫拉恩斯，就像克里斯汀夺走我所有的安慰和快乐一样——并庆贺她同这位骑士的儿子成婚，但所有人都会知道她在那条路上就已经把贞操给了本特恩。这个——"说着，她将拉夫拉恩斯送给她的毯子扔给克里斯汀，"我不需要拉格恩弗里德的亚麻布来裹葬礼上的阿恩。你自己拿去做手帕吧，或者给你的私生子当褓褓衣——帮着加恩希尔德给她那被绞死的儿子哭丧去吧。"

拉夫拉恩斯、加德和神父三人都抓住了因加。西蒙试图抱起克里斯汀，她现在已经横躺在棺材上了。但克里斯汀猛烈地摇头，然后，她仍然保持着跪姿并直起腰大喊："愿上帝保佑我，那不是真的！"

她抽出一只手按住了棺材上离她最近的一根蜡烛。

烛火摇曳着偏向一边。克里斯汀感觉所有人都在盯着她看——似乎盯了很长时间。突然，她感到手掌上一阵灼热的疼痛，倒在地上了，还伴有锐声的尖叫。

克里斯汀知道自己是晕倒了，但她还能感觉到西蒙和神父正将她抱起。因加正叫嚷着什么。她还看见父亲那被吓到的脸，听到神父说谁也不能把这看做一个真实的考验——这不是请求上帝做证的方式——然后西蒙将克里斯汀抱出阁楼下了楼梯。西蒙的随从立刻奔到马厩，过了一会儿，处于半清醒状态的克里斯汀就坐在西蒙的马鞍前头，身上裹着他的披风；西蒙用最快的速度往村子里赶。

拉夫拉恩斯赶上他们时，差不多就要到乔拉恩加德了。其他随从还远远地在后面跟着。

"什么都不要和你母亲讲，"西蒙说着把克里斯汀在门口放下了，"我们今晚听了太多疯话，也难怪你最后会晕倒。"

他们进屋时，拉格恩弗里德正睁着眼睛躺在床上，她询问瓦吉目前是什么状况。西蒙替拉夫拉恩斯和克里斯汀回答。是的，那儿有许多的蜡烛和许多的人。对,还有一个神父——阿尔夫斯沃尔德的托莫德。他还听说西拉·埃里克连夜去了南方的哈玛,好躲掉丧礼的麻烦。

"我们必须要为那个孩子做一场弥撒,"拉格恩弗里德说,"愿上帝赐予因加力量。她一定是累极了,那个善良能干的女人。"

拉夫拉恩斯也附和着西蒙的话,过了一会儿,西蒙说现在大家都应该睡觉了——因为克里斯汀已是疲惫又伤心。

过了些时候,拉格恩弗里德睡着了,拉夫拉恩斯套上几件衣服,走到女儿的房间在她的床头坐下。黑暗中他看见克里斯汀的手,于是他轻声说:"现在你必须跟我说,孩子,因加说的那些话哪些是真哪些是假。"

克里斯汀哭着把阿恩动身去哈玛的那个黄昏发生的所有事情都告诉了父亲。拉夫拉恩斯没说什么。克里斯汀爬到床头,双手抱住父亲的脖子,轻柔地耳语。

"阿恩是我害死的——因加说得没错……"

"是阿恩自己要你去见他的,"拉夫拉恩斯说着把毯子盖在女儿裸露的双肩上,"我让你们俩在一起待那么长时间,也真是思虑不周全,但我还以为那个孩子有自知之明呢。我不会责怪你俩;看得出你已经承受了许多沉重的东西。我从来没有想过自己的女儿会在这个村子里有不好的名声。要是你母亲听到这个消息,她一定会很难过的。可你去找了加恩希尔德,而不是来找我——这真的不是明智之举,我不明白你怎么会做这么愚蠢的事。"

"我不想再留在村子里,"克里斯汀哭着说,"我不敢看任何一个人的眼睛。还有我给罗曼德加德和费恩斯布莱肯两家人造成的伤害……"

"是的,"拉夫拉恩斯说,"加德和西拉·埃里克必须保证,这些关于你的谎言同阿恩一同入土。不然的话,西蒙·安德鲁森也会就这件事给你最好的保护。"拉夫拉恩斯在黑暗中拍着克里斯汀的背。"难道你应对事情就不可以再理智聪明一些吗?"

"父亲,"克里斯汀请求道,她抓着父亲,恐惧而热诚,"送我去修道院吧,父亲。是的,你听我说——这件事我已经想了很久。如果我代替阿尔夫希尔德去修道院，或许她就会好起来呢。你还记得今年秋天我给她缝的那些带珍珠的鞋子吗？我的手指被针不晓得扎成了什么样，尖利的金针让我出了很多血。我之所以会坐着缝那些鞋子，是因为我觉得自己不够爱妹妹，我没能成为修女帮助她。阿恩有一次问过我这个。要是我当时就应允了，那也就不会发生现在这些事了。"

拉夫拉恩斯摇头。

"你现在躺好，"拉夫拉恩斯对女儿说，"你都不知道自己在说什么，我可怜的孩子。你现在必须要好好睡一觉。"

但克里斯汀躺在那儿，双手灼痛不已；心里积聚着对生活的痛苦感觉和绝望。要是她是罪过最深重的女人，那事情也不会这么糟糕了；所有人都会认为……不，她不能，她不能再留在村子里。一个接一个的恐怖画面出现在她面前。要是母亲也知道了这件事……现在他们同教区神父之间也结下了血仇，而从她出生开始，这些人就是朋友，如今却彼此憎恨。但最让她恐惧不已的是想到西蒙的时候——他抱起她的样子，他带她离开，他在家里替她说话，他表现得仿佛她已经是他的人。父亲和母亲已经完全接受他，仿佛她已经更多地属于西蒙，而不是他们。

然后，她记起阿恩的脸，冰冷可怖。她记得自己上一次从教堂出来时，曾看见一个等待安放遗体的露天坟墓。铲好的土堆在雪地上，灰铁一样的冷硬——阿恩会躺在这样的地方，都是她的过错。

克里斯汀突然又想起多年前的一个夏夜。她站在费恩斯布莱肯的阁楼回廊上，就是今晚她受折磨的那个阁楼。阿恩同一些男孩子在院子里玩球，球弹到回廊里，刚好落在她的脚下。于是她把球捡起来放在背后，不肯还给阿恩。阿恩于是想抢过去，他们就在回廊里争抢起来，后来又到了放着许多柜子的阁楼里面。两个人在屋子里头追追打打，不时地被挂着的装满衣服的皮袋子撞到头。他俩争抢着，最后两个人都被球绊倒在地上。

此刻，她好像才终于意识到阿恩已经死了，她再也见不到那勇敢而英俊的脸或感受他手中的温暖了。她以前是那么幼稚无脑，竟然从来没有想过失去她阿恩会是什么样的感受。克里斯汀绝望地痛哭起来，觉得自己已经把个人的不开心扔到一旁。但过了一会儿她又开始想正等待她的一切，她痛哭，还因为她觉得上帝对自己的惩罚太过严厉。

前一天晚上，西蒙把瓦吉布莱肯家发生的一切都告诉了拉格恩弗里德。不过他只是说了一下事情经过，并未作他语。但伤痛和一夜无眠已经让克里斯汀变得有些神志不清，她对西蒙产生了一种莫名的痛恨情绪，因为他说的好像发生的事情一点都不重要一样。父母允许西蒙这般表现，仿佛他就是这个家的主人一样，这也让她十分不高兴。

"所以你没什么意见，西蒙？"拉格恩弗里德心忧地问。

"没有，"西蒙回答说，"我觉得其他人也不会有；他们知道你们和克里斯汀的为人，也知道那个本特恩是个什么样。不过在这个偏远的小村庄里也没有多少话题可以讲；大家七嘴八舌地议论一通也是在情理之中。现在我们必须得让乡民们知道，克里斯汀的名声可不是他们这些乡巴佬能够消遣的。只是她被本特恩的粗鲁行为吓得六神无主，没有立刻来找你或找西拉·埃里克而已。岳父，我想要是你去问那个妓女房里的神父本特恩，他一定会说自己没有恶意，只是逗克里斯汀玩罢了。"

拉夫拉恩斯和拉格恩弗里德都认同西蒙的看法。但克里斯汀却尖叫着跺起脚。

"可他把我打倒在地，我都不知道他究竟对我说了些什么，我当时失去了意识；我什么都不记得。或许，事情就是因加说的那样。自从……我一天都没开心过。"

拉格恩弗里德闻言哭了起来，她叠起双手捂住嘴巴；拉夫拉恩斯也站了起来。即便是西蒙的脸也变了色；他锐利地看了克里斯汀一眼，走过去用手抬起她的下巴。然后大笑。

"上帝保佑你，克里斯汀。要是他真对你做了什么，你一定会记得的。"怪不得自从那个倒霉的晚上开始，她就显得很忧郁，原来是被吓到了——以前她对我可是百般温柔良善，西蒙对其余人说道，"任何人都可以从她的眼睛里看出，她对美好的相信胜过邪恶，她还是个贞洁少女。"

克里斯汀抬起头看着未婚夫那一双小而坚定的眼睛。她的手举到半空；她想抱住他的脖子。

西蒙继续说："克里斯汀，你一定不能想着自己永远忘不了这些事情。我并没有打算立马在弗摩定居，也不是说永远不许你离开这个村子。'人们在雨中的头发颜色或气质总是同太阳底下的不一样'，这是斯维拉老国王控诉他的"桦木腿"①追随者们因为成就而日渐骄傲时说的话。"

拉夫拉恩斯和拉格恩弗里德微笑起来。听这个年轻人像一个睿智的老主教一样说话，逗乐了他们。

西蒙接着道："我训诫你不合适，应当由岳父来，不过我还想说几句：我和我的兄弟姐妹们被管得很严。我们不能同下人随意来往，而我看到克里斯汀却习惯同下人来往。我的母亲总说，如果你同农民的孩子一起玩，那久而久之你的头上也会生出虱子；这话也有一点道理。"

拉夫拉恩斯和拉格恩弗里德对此没有说什么。但克里斯汀扭头跑开了，刚才想拥住西蒙脖子的冲动这会儿也消失得无影无踪。

中午时分，拉夫拉恩斯和西蒙穿上滑雪服，出门去看山脊上设的几个打猎陷阱。外面的天气晴朗，也不似之前那么冷了。拉夫拉恩斯和西蒙都想从家里的悲伤和眼泪中抽出身，所以他们滑了很远的一段距离，一直滑上裸露的岩石。

两个人在一个悬崖的下面躺下，一边晒太阳一边喝酒吃东西。然后拉夫拉恩斯讲了一点阿恩的事情；他很喜欢阿恩。西蒙也随声附和，大赞死去的阿恩，还说他并不奇怪克里斯汀会为这位义兄而伤心。拉夫拉恩斯又说，或许他们不应该给克里斯汀这么多压力，订婚之前应该多给她一点时间好让她调整好自己的转变。她说想去修道院待一阵。

西蒙突然坐起身，吹了一段长长的口哨。

"你不在乎？"拉夫拉恩斯问道。

"哦，是的，是的，"西蒙连忙回答道，"亲爱的岳父，目前这

---

① 桦木腿，据记载，1226年挪威内战时期，两名被称为"桦木腿"的侦察兵，怀藏两岁的国王哈康四世，滑雪翻越高山，摆脱了敌人。比喻有功之臣仆。

似乎是最好的办法。让她去奥斯陆的姐妹那住一年；然后她就会知道这个世界的人们是如何谈论彼此的了。我恰巧知道几个在那儿的未婚少女，"西蒙说着大笑，"她们不会因为和疯小伙子分开悲痛而死的。我也不想要那样子一个女人做妻子，但我觉得让克里斯汀多认识几个人也没什么坏处。"

拉夫拉恩斯把剩下的食物都装进背包，看也没看西蒙一眼，只是说："我觉得，你是真的喜欢克里斯汀。"

西蒙笑了笑，也没有看拉夫拉恩斯。

"你一定知道我很爱她——也很喜欢你，"西蒙突然说，然后他站起身套上滑雪的装备。"我从来没有遇到过比她更让我想结婚的女子。"

复活节前夕，滑雪橇下山穿过米洁莎湖还是有可能的，克里斯汀第二次踏上了去南方的旅程。西蒙护送她到修道院。所以这一次，她是同父亲还有未婚夫一同乘雪橇出行，身上裹着厚厚的皮毛衣服。随行的还有许多下人和装满箱子的雪橇，箱子里面是衣服以及给修女和诺奈赛特姐妹带的礼物。

第二部分
花环

第一章

4月底的一个星期日清晨,教堂响钟时,亚斯蒙德·比杰加尔弗森的教堂船刚好驶过好弗多岛;镇上的钟声也隔着海湾与其相呼应,听起来声音还要大一些,之后被风渐渐吹散。

晴朗的天空一片蔚蓝,上面飘着朵朵槽形的轻云,阳光则在水面上照出粼粼波光。岸边一派春天景象;田野上的雪也差不多全融化了,灌木丛上一片浅蓝色的叶影,又透出点黄色的光泽。不过阿克周围的峰顶森林仍然看得见雪,远处西边弗角德上面的蓝色山峰,也仍有道道白雪在闪耀。

克里斯汀与父亲及亚斯蒙德的妻子贾里德一同站在船头。她把视线投向城镇,城里有许多淡颜色的教堂和石头建筑,立在许多灰棕色木头房子和光秃秃的大树的上面。风掀起克里斯汀的外衣衣角,也吹动了头

巾下面的头发。

前一天，他们已经将牲畜赶往斯科格的牧场，克里斯汀突然对乔拉恩加德生出了一种乡情。再次让牛羊回家，还不知道要等多久呢。她对黑暗畜栏里那被冬天摧残的牛也有了一种温柔而怜悯的想念；它们还需等待并忍耐许多寒冷的冬日。克里斯汀分外想念每一个人——她的母亲，这些年来每晚都在她怀中睡着的阿尔夫希尔德、小拉恩伯格。她想念家中的每一个人、每一匹马、每一只狗；交给阿尔夫希尔德照顾的科特林；还有父亲的猎鹰，它们蹲坐在栖木上，头上罩着头巾。猎鹰的旁边挂着马皮做的手套，料理它们的时候必须要戴上马皮手套，还有用来给它们抓毛的象牙棍子。

冬天里发生的那些不好的事情似乎都已经远去，克里斯汀记忆中的家仍然是以前的样子。他们也都告诉她，村子里的人并没有对她产生不好的看法。西拉·埃里克也没有；他只是为本特恩的所作所为感到愤怒和伤心。本特恩从哈玛逃走了，据说他逃去了瑞典。所以她的家族和邻近农场的人们之间也没有像她担心的那样一发不可收拾。

行进途中，他们一行人在西蒙的家里停留了一阵，克里斯汀也同西蒙的母亲和兄弟姐妹见了面；安德鲁斯先生还在瑞典没有回来。她在西蒙家感到不自在，而她对狄福林家族的人总是有一种莫名的排斥感。整个旅途中，她都暗中告诉自己，他们没有理由傲慢自大或者认为狄福林家族的祖先比她的祖先要高贵——斯维尔国王同狄福林伯爵的寡妇结婚之前，可没有人听说过桦木腿雷达尔·达勒。

不过事实证明，他们一点都没有傲慢，西蒙有一天晚上还谈起了自己的祖先。"我现在确切地知道他曾是制梳子的——所以你将真正地拥有皇家血统，克里斯汀。"他说。

"说话有点分寸，我的孩子。"他的母亲说，不过所有人都大笑了起来。

想到父亲的时候，克里斯汀有一种古怪的沮丧感。每次西蒙让他做一些本不应由他做的事情时，他都是放声大笑。她突然觉得，或许父亲愿意更多地开怀大笑。不过他如此喜欢西蒙，这让她有些不开心。

复活节期间，他们都在斯科格度过。克里斯汀注意到她的叔叔亚斯蒙德对电弧和仆人都相当地严厉。她也遇着几个问候她母亲和称颂拉夫拉恩斯的人；以前拉夫拉恩斯住在这儿的时候，他们的日子要好过一些。亚斯蒙德的母亲，也就是拉夫拉恩斯的继母，住在农场她自己的房子里。她年纪并不是很大，但病痛缠身，身体很是虚弱。拉夫拉恩斯在家很少谈起她。一次，克里斯汀问父亲他的继母是不是很难应付，他回答说："她从来没为我做过多少事情，无论是好的还是坏的。"

克里斯汀握住父亲的手，父亲也反过来紧握她的手。

"我的女儿，我知道你会为你那两个妹妹而高兴。到了那里，除了想念家里的人，你也没有其他的事情好想。"

他们的船驶得离城镇很近，码头上沥青和盐鱼的气息扑面而来。贾里德指着水岸旁一路延伸下来的教堂、农舍和马路，让他们看。克里斯汀虽然上次经过这儿，但她只认出哈尔瓦德大教堂的沉闷教堂。他们向西航行，绕过整个城镇，之后驶进修女码头。

克里斯汀走在父亲和叔叔的中间，穿过一排水坞走到马路上，马路穿过田野通往山上。贾里德跟在他们后面，西蒙在旁护卫。随从们留在后面帮修道院的几个人将行李箱搬上马车。

诺奈赛特修道院和雷拉恩都在城镇的里面，不过沿路只看得见几处房子。云雀在头顶淡蓝色的天空中啁啁啾啾，苍黄脏乱的山丘上有许多小小的黄色米迦勒节紫菀，不过篱笆沿边的草根已经变成了绿色。

他们穿过大门走入柱廊间，这时所有的修女都从教堂里列队朝他们走来，在她们的身后，流水一样的歌声透过打开的门传出来。

克里斯汀不安地看着那许多戴黑色头布、白色头巾裹脸的修女。她行屈膝礼，男人们则取下帽子放在胸口鞠躬致意。修女后面还跟着一群年轻的少女——其中有一些还是孩子——穿着没有染色的手织布裙子，腰部束一条绳子卷绕而成的白色腰带。她们的头发都梳向脑后，用同一种黑白绳子紧紧地束住。克里斯汀下意识地对着那些少女做出一种高傲的姿态，因为她觉得害羞，同时又担心她们觉得自己看起来没有教养或愚蠢。

　　修道院装饰得华丽辉煌,她完全被迷住了。环绕内院的所有建筑都是用灰色石头砌成的。北边是教堂长长的围墙,在其他建筑的上方隐约可见;教堂西边还有一个双层屋顶的塔。庭院的表层用石板铺就,四周都是富丽堂皇的廊柱支撑的拱廊。院子中间有一座圣母玛利亚的石头雕像,展现的是圣母将披风摊开拢住许多跪倒的人的情景。

　　一个俗人修女(修道院中干勤杂的人)走上前,要他们跟她到修道院院长接待客人的房间去。修道院院长葛罗拉·古特慕斯戴特是一个高大魁梧的老妇人。要是嘴角没有那么多黑硬胡子的话,应该会好看很多。她的声音很深沉,听起来就像是男人一样。不过葛罗拉院长的举止让人感觉很亲近,她说认识拉夫拉恩斯的父母,然后又问候拉格恩弗里德和其他几个孩子。最后,她亲切地转向克里斯汀。

　　"我听过大家对你的赞美,你很聪明,教养也好,所以我想你不可能会给我们带来不快。我听说你已经答应一个高尚的好小伙子的求婚,西蒙·安德鲁森,我以前也是见过他的。我们觉得你的父亲和未婚夫把你送到圣母玛利亚的教堂待一阵确实是一个明智的决定,这样在你给别人发号施令之前,你能够先学会遵从和为他人服务。我希望你能记住,既然你想在祈祷和礼拜中寻找快乐,那么做任何一件事你都要将你的创造者铭记于心——上帝的温柔母亲,以及那些为我们树立力量、公正、忠诚榜样的圣人们;日后你将管理家产和下人并抚育儿女,你也需要培养自己各方面的美德。另外,在这儿你还需要明白一个人必须要密切关注事件,因为这儿的每一个小时都有其特定的事情要做。许多年轻的少女和主妇总是等很晚才起床,晚上也在桌子旁流连半天说些无关紧要的话。可你不能把自己看作她们那种人。这一年可以让你学到很多东西,这些东西无论是在这儿还是回到家,都将对你大有好处。"

　　克里斯汀向院长行屈膝礼并亲吻她的手。然后伏露·葛罗拉让克里斯汀跟随一个特别胖的被称呼为普泰夏的老修女去修道院的餐厅去。伏露·葛罗拉邀请拉夫拉恩斯他们和贾里德跟她到另一个房间用餐。

　　餐厅是一个漂亮的大厅。石头地板,拱形窗子嵌着五彩的玻璃。门通向另一个房间，克里斯汀知道那个房间里肯定也有五彩玻璃窗，因为阳光正在里面闪耀。

修女们已经就位，正等着食物上桌。老一点的修女坐在靠墙的一溜石凳上，石凳上放有软垫。年轻一点的修女和没戴帽子穿着浅色手工布裙的少女们坐在桌前的木凳子上。桌子也放在相邻的屋子里头，是给最有地位的退休的神职人员和俗人修女准备的；其中还有几个年老的男人。这些人没有穿修道院的服装，而是穿深色的体现身份的服饰。

克里斯汀自己走到长桌前头靠近大修女的一个空位置打算坐下，这时普泰夏修女指给她一张放在外围的凳子。

修女们做祈祷的时候，主厅和隔壁房间里的所有人都起立。然后，一个年轻的漂亮修女走上前，踏上放在连接两个房间的门边的诵经台。主厅的两个俗人修女和另一个房间的两个年轻修女拿来酒水和食物，修女用响亮而动听的声音——一个字都没有停顿或犹豫——讲述圣西奥多拉和圣迪迪玛斯的故事。

从一开始，克里斯汀想得最多的就是要表现出好的餐厅礼仪，因为她注意到所有修女和年轻少女的举止都很优雅而且吃相得体，仿佛她们是在顶尖的宴席上用餐。桌子上有许多上好的食物和酒水，但每个人都只吃一点点，从盘子里取食时也只用指尖的力量。没人把汤洒到桌布上或自己的衣服上，每个人都把肉切得很小一块，吃的时候几乎不会沾到嘴唇；所有人都吃得很认真，屋子里鸦雀无声。

克里斯汀都被这阵势吓出了一身冷汗，她没有办法表现得和其他人那样无可挑剔。穿着色彩明艳的华丽服饰站在这些全身黑白的修女中间也让她感觉不自在。她觉得所有人都在看着自己。她想吃一块肥的羊胸肉，于是用两只手指夹紧骨头，右手持餐刀，想好好地切一块肉下来，但整块羊胸肉都脱离了她的控制。刀子咣当一声掉到地上，面包和肉也都弹到了桌布上。

这声响在原本安静的房间里震耳欲聋。克里斯汀的脸唰的一下红了，正准备弯腰去拾起餐刀时，一个穿着凉鞋的俗人修女走了过来，无声地将东西收走了。但克里斯汀没有办法再吃东西。她还发现自己不小心切到了手指，于是又担心手上的血会沾到桌布上，所以她坐在那儿，双手叠着放在裙子上，心里暗想这条打算穿着去奥斯陆的浅蓝色漂亮裙子上一定会留下血点。克里斯汀不敢将视线从自己膝头抬离。

过了一会儿，她开始留神倾听那个修女诵读的故事。首领无法改变西奥多拉坚定的意志——她不愿把自己献给错误的神也不愿结婚——首领下令让她同一个男的订婚。另外，首领还劝她想想自己生而自由的祖先和她那让人尊敬的父母，如果她坚持这样子的话，那么祖先和父母将会从此蒙羞。首领许诺说，如果她同意侍奉一个名叫戴安娜的异教女神，她可以从此平静地生活并始终保持处子之身。

西奥多拉毫不畏惧地回答道："贞洁就像是一盏灯，但对上帝的爱才是那火焰。如果我要侍奉你说的那个名叫戴安娜的邪恶女人，那我的贞洁也就相当于一个没有火或油的枯灯。你说我生而自由，但我们生来就是奴隶，因为我们的父母将我们卖给了魔鬼。基督救赎了我，侍奉他是我的义务，所以我不能和他的敌人成婚。他会保护他的鸽子，但要是他放任你撕裂我这承载他神圣精神的身体，只要我没有同意将属于他的东西交到敌人手中，那也就不能算我的耻辱。"

克里斯汀的心怦怦地跳起来，因为这让她想起自己和本特恩之间发生的事。她没有一刻想到过上帝或者祈求他的帮助，克里斯汀突然觉得这或许是她的罪过。然后，塞西莉亚又诵读了圣迪迪玛斯的故事。圣迪迪玛斯是一个基督骑士，但除了几个朋友之外，他一直保守着自己信基督这个秘密。他去到关押圣西奥多拉的房子。圣迪迪玛斯用钱买通房子的女主人，从而得以和圣西奥多拉见面。圣西奥多拉像一只受惊的兔子逃到墙角，但迪迪玛斯称她为姐妹和上帝的新娘，并说他是来救她的。之后，迪迪玛斯同西奥多拉说了一会儿话，他说："难道作为兄长，不应该为自己妹妹的荣誉而冒生命危险吗？"最后西奥多拉按照迪迪玛斯说的做了；她同迪迪玛斯换了衣服，并披上他的盔甲外套。迪迪玛斯把头盔拉到眼睛的位置，并把披风的带子牢牢系在下巴下面，然后让西奥多拉出去时遮着脸，就像一个羞于出现在这种地方的青年一样。

克里斯汀想到了阿恩，难以自抑地啜泣起来。修女诵读故事的结尾时,她笔直看向前面,眼睛里满是泪水——迪迪玛斯是怎样被送往绞刑架,西奥多拉从山上跑下来,跪在刽子手的面前请求替迪迪玛斯死。然后,两个虔诚的人就谁应该第一个折桂而争执不下,最后两个人在同一天双双被斩首。那一天是公元304年4月28日,根据圣安普洛修斯的记载,故事发生在安提俄克①。

众人从餐桌前起身时,普泰夏修女走过来善意地轻拍克里斯汀的脸颊。"是的,我想象得到,你一定很想念母亲。"闻言,克里斯汀的眼泪唰地掉了下来。但修女却假装没有看见,她把克里斯汀引到住的地方。

房间设在依柱廊而建的一栋石头建筑里,有着好看的窗花玻璃,屋子靠后的一端还有壁炉。靠墙的一面放有六张床,另一边则放着少女们的行李箱。

克里斯汀希望自己能安排跟一个小姑娘睡在一起,但普泰夏修女叫来了一个丰满的金发女子。

"这是伊恩格博杰格·弗利普斯戴特,她和你睡一张床。你们两个应该互相认识一下。"然后,普泰夏修女便转身离开了。

伊恩格博杰格立刻牵住克里斯汀的手,同她说话。伊恩格博杰格是一个不是很高但却很胖的姑娘,脸尤其胖;因为脸太肥了,所以更显得眼睛小。但她的皮肤却是白里透红,一头金黄色的头发十分蜷曲,以至于两个粗粗的发辫看起来仿佛两根绳子,几缕发丝常从发带中掉出来。

伊恩格博杰格不由分说地问起克里斯汀各种问题,但又从不耐心听完回答。相反,她开始谈论自己,把所有支系的祖先都讲了一遍;那可都是些伟大高贵且富甲一方的人。伊恩格博杰格也同一个名叫埃勒·爱纳森的有权有势的男子订了婚;只是那个男人已经很老了,而且之前娶的两个妻子都死了。她说,这是最让她伤心的事情。但克里斯汀并没有看出她对这件事情看得很重。之后伊恩格博杰格又讲了一点关于西蒙·达勒的事情——就是在拱廊擦身而过的瞬间,她竟然这么仔细地观察了

---

① 安提俄克,古叙利亚首都,现土耳其南部城市。

西蒙，这实在是有些奇怪。后来，伊恩格博杰格又想看克里斯汀的行李箱，但她首先是打开自己的箱子，让克里斯汀看她所有的衣服。正当她们在行李箱中翻找时，塞西莉亚修女走了进来。她训斥了伊恩格博杰格和克里斯汀两个人，说星期天不应该做这种事情。克里斯汀再次觉得沮丧。除了母亲之外，她从来没有被任何人这样训斥过，而且被一个陌生人责骂就更加奇怪了。

伊恩格博杰格完全无动于衷。

那天晚上，待所有人都睡觉之后，伊恩格博杰格便在床上同克里斯汀说起了悄悄话，直到克里斯汀睡着。两个年长的俗人修女睡在屋角。她们负责确保少女们没有趁夜脱掉身上的换洗衣物——因为女孩子完全赤裸身子是不符合规定的——然后她们在教堂做晨祷的时候起床。不过她们并不管房间里面的秩序，所以女孩子们躺在床上聊天或偷偷吃藏在行李箱里的零食，她们也就都睁一只眼闭一只眼。

第二天，克里斯汀醒来的时候，伊恩格博杰格还在讲那个长长的故事，克里斯汀不由想，她是不是讲了一夜？

 第二章

春天圣十字节前后,夏天在奥斯陆做生意的外国商人到了这座城市,圣十字节比圣哈尔瓦德节早10天。为了庆祝节日,米洁莎湖的乡民从四面八方涌向瑞士边境,所以5月的第一个星期,镇上人山人海。这个时候从外国人手里买东西是最好的了,因为他们囤积的大多数货物还没有卖出去。

普泰夏修女负责诺奈斯特教堂的采购事宜,圣哈尔福德节的前一天,她答应带伊恩格博杰格和克里斯汀一道去镇上。但临近中午的时候,普泰夏修女的几个亲戚来教堂看她;所以那天她就没能出去。之后伊恩格博杰格千方百计地请求让她和克里斯汀独自去镇上,虽然这是不合规定的。作为陪同,一个受修道院救济的老农被派同她们一道去镇上。老人名叫哈空。

到这时候，克里斯汀已经在诺奈斯特待了三个星期，这些天中，她从没有踏足过除修道院以外的庭院和花园。看到外面韶韶的春光，克里斯汀感觉惊讶不已。田野里的小树林闪烁绿色光泽，而海葵林子则像地毯一样铺在繁盛的树干之下。弗角德岛屿的上方，飘过无数白色的云朵，而水看起来是那么的清那么的蓝，被春风漾起阵阵涟漪。

伊恩格博杰格一路跑着跳着，她从树上扯下一把叶子便去闻那叶子的气味，眼睛盯着每一个从旁经过的人看，引得哈空将她训斥了一番。一个正经的姑娘如何能这样？再说，身上还穿着修道院的衣服呢。姑娘们应该手牵着手走在他的身后才是，安静而有礼貌。但伊恩格博杰格的眼睛却一直乱瞟，因为哈空有点耳背，她更是叽里呱啦地说个不停。克里斯汀现在是一身年轻修女的打扮：一条未染色的淡灰色手工布裙子，一根羊毛腰带和束发带，还有一个带头巾的样式简单的深蓝色披风，头巾拉到了前面，把发辫完全遮住。哈空手里拿着一根铜柄的棍子，走在她们的前头。他穿一件黑色的长衣，胸前挂着一个铅做的羔羊颂，帽子上有圣克里斯托弗的画像。哈空那经过细心梳理的白发和胡子在阳光下闪耀银光。

城镇的上半部分从修女溪一直向下延伸至大主教教堂，这一段没有集市或旅店，只看得见大多数属于偏远村庄的农舍。房子面向大街，上面挂着黑色的三角形饰物。但那一天，小路上却是熙熙攘攘，做事的人们全都靠着农场的篱笆，同经过的人说话聊天。

走到主教教堂附近，她们也加入了哈尔瓦德大教堂和奥莱福修道院前面市集上熙熙攘攘的人群中。草坡上摆起了货摊，还有闲逛的旅人让受过训练的狗从桶箍中跳过。但哈空不许两个姑娘停下来看，也不许克里斯汀进到教堂；他说盛大节日期间再进去看会有意思得多。

在克莱门教堂前面的路上，哈空牵着她俩的手，因为那儿的人流更多了，人们从四面八方涌来。姑娘们要去米克尔加德，因为那儿有鞋匠。伊恩格博杰格觉得克里斯汀从家里带来的裙子煞是好看，但她说克里斯汀带过来的鞋子却上不了大台面。伊恩格博杰格有许多从外国进口来的鞋子，克里斯汀见了，暗想自己无论如何也得买上几双。

米克尔加德是奥斯陆最大的市集之一。它从大飞轮路一直延伸到鞋匠路,两个大院子周围有超过四十栋的建筑。院子里还摆起了卖手工布遮篷的小摊,帐篷上面矗立着一座圣克里斯平的雕像。许多人都在那儿买东西。女人们拿着锅碗瓢盆在厨房间穿梭,孩子们则在人们的脚下绊来绊去,马匹被牵着在马厩里进进出出,仆人们也在储存间来来去去。在卖上等商品的阁楼拱廊处,鞋匠们和小贩们冲下面的姑娘们叫喊,他们晃荡着自己小巧玲珑、色彩斑斓、绣着金线的鞋子揽客。

但伊恩格博杰格直接朝狄德莱克所在的地方走去;狄德莱克是德国人,但娶了一个挪威的妻子,在米克尔加德有一所房子。

狄德莱克正同一个披着旅行斗篷、腰带上佩着剑的年轻男子做生意,但伊恩格博杰格直接走上前去,一边鞠躬致意一边说:"善良的先生,你能否让我们先跟狄德莱克说几句话?我们一定得在晚祷之前赶回修道院,你的时间可能更充裕些吧?"

年轻男子也回了礼并走到一旁。狄德莱克用手肘推了伊恩格博杰格一下,大笑着问她是不是在修道院里跳舞跳得太多,所以前一年买的鞋子都磨烂了。伊恩格博杰格也不甘示弱地推了狄德莱克一下,说那些鞋子基本上没穿,上帝啊,不过这儿还有个姑娘——说着她把克里斯汀推向身前。于是狄德莱克和他的帮徒搬来一个箱子,从里面一双双地往外拿鞋,拿出来的鞋子一双比一双漂亮。克里斯汀坐在箱子上,狄德莱克便帮她试鞋。鞋子有白色、棕色、红色、绿色和蓝色,有的带鞋扣,有的是丝绸系带,还有那种用两或三种不同颜色皮革做成的鞋子。克里斯汀觉得自己对每一双都爱不释手。但那些鞋子卖得很贵,简直吓到她了——一双鞋的价格抵得上家里一头奶牛。父亲离开时给了她一个钱包,里面有换成硬币的一马克银子;这是用作她日常开销的,克里斯汀本觉得这是一大笔钱。但现在她看得出,伊恩格博杰格觉得用她的这些钱也买不了几双鞋。

伊恩格博杰格也试起了鞋子,她只是为着好玩。狄德莱克笑着说,这又没什么损失。她买了一双带红跟的叶绿色鞋子,不过是赊账买的;反正狄德莱克对她知根知底,也认识她的家人。

克里斯汀也看得出，狄德莱克倒不是在意这个，他之所以神色有些不悦，是因为那个穿旅行斗篷的年轻人已经离开了阁楼。两个人选了很长时间的鞋子，最后克里斯汀选了一双蓝紫色皮革做的平跟鞋；鞋子上缀着银饰和玫瑰色的宝石。只是她不喜欢鞋子上的绿色丝质鞋带。狄德莱克说他可以帮她们换一根，于是带着她们到了阁楼后面的一个房间。那儿放着成箱的丝带和小银扣子——这些东西鞋匠们一般是不卖的，可大多数丝带用来配那双鞋子都太宽了，扣子也不合适。

克里斯汀和伊恩格博杰格最终都买了好几双，她们还同狄德莱克喝了一点甜酒，狄德莱克用手工布帮她们把鞋子包起来。当时天色渐晚，而克里斯汀的钱包也空了许多。

再次走到东街的时候，已经是金色夕阳晚照，来来往往的人群踏起的尘土仿佛薄雾一样笼罩住整个街市。这种景象如此温暖而喜人，从埃克伯格来的人手上抱着一捧捧的叶形饰物，用来装饰节日的家。伊恩格博杰格觉得她们还应该去格杰塔大桥走走。碰上开市的日子，河岸旁总是有许多好玩的东西，玩杂耍的呀，卖小东西的呀。伊恩格博杰格还听说那儿还有一艘满载外国动物的船，动物们全都关在笼子里头在河岸旁展示。

哈空也在米克尔加德喝了点啤酒，现在变得相当和蔼可亲，兴致昂然，所以姑娘们拉着他的手亲热地恳求时，他也就同意了，于是三个人朝格杰塔大桥走去。

河的另一边只有几间小农舍，稀稀落落地设在河流和陡峭山坡之间的绿色山丘上。她们经过米诺利特修道院时，克里斯汀的心因为悔恨而紧缩，因为她突然想起自己曾想把自己的银币都用来超度阿恩的灵魂。但她又不想同诺奈斯特的神父说起这件事；她害怕被他人询问。她还想过，或许可以去牧场看看光脚修士，看埃德温修士是否已经回来——她很想见他一面。但她不知道如何接近修士或说起这个话题。而且现在她只剩这么点钱了，她都不知道自己是否做得起一次弥撒；也许她必须得供一份粗蜡。

突然，她听见河岸那边传来几声嚎叫，压住了人群的喧闹——那声音仿佛是狂风暴雨在人们头顶聚集。然后便只见四面八方的人朝她们这个方向跑来,尖叫着颤抖着。所有人都万分惊恐地奔跑,几个人还冲哈空和两个姑娘大喊说,笼子里的猎豹跑出来了。

于是,她们也返身朝桥头跑,途中听到别人的大声交谈,原来是一个笼子被踢翻了,两只猎豹逃了出来;有人说还有一条蛇。她们离桥越来越近,跑过来的人也越来越多。一个女人手中抱着的婴儿掉了,刚好掉在她们的面前,哈空于是连忙护着那个小家伙。过了一会儿,克里斯汀和伊恩格博杰格发现老哈空落在后面很远,手里抱着那个孩子,可转眼他的身影就消失在了人流中。

狭窄的桥上挤了太多的人,人们推推搡搡,克里斯汀和伊恩格博杰格被推到了地里。她们看见人们都沿着河岸跑;年轻男人跳进水中游泳过河,老一点的人则跑到河边停泊的船上,船很快就满载了。

克里斯汀努力想让伊恩格博杰格听见她的话;她大声说,应当跑去米诺利特修道院。戴着灰头巾的修士连忙奔过来将吓坏了的人们聚集到一块儿。克里斯汀没伊恩格博杰格那么害怕,她们也没看见什么猛兽,但伊恩格博杰格已经吓得六神无主。人群再次蜂拥着向前,但后面又从桥头给逼了回来。因为许多去附近农舍找武器的男人现在都回来了,有些骑着马,有些在跑。伊恩格博杰格差点被一匹马绊倒,她吓得尖叫出声,然后拔腿便朝山上的森林跑去。克里斯汀没想到伊恩格博杰格竟然能跑这么快——她就像一头被捕猎的野猪——克里斯汀不得已也跟在伊恩格博杰格的后面跑,以免两个人走散。

跑着跑着,两个人竟跑到了森林深处,伊恩格博杰格跑到了一条小道上,小道貌似可以通向泰拉伯格。她们停了一会儿,平复喘息。伊恩格博杰格抽着鼻子哭了起来,她说不敢独自穿过镇子回修道院去。

克里斯汀也觉得街上那么混乱,现在回去也不是个办法;她觉得应该找一匹马,或许能雇一个男的陪她们一道回去。伊恩格博杰格想起河岸附近有一条去泰拉伯格的小路,她确定沿途有几户人家。所以她们便沿路往山下走。

两个人都很沮丧,走了许久许久,最后才在田地的中间看见一所房子。她们看到院子里有一群男人坐在白蜡树下，围着桌子在喝酒。一个女人走来走去，给他们递瓦罐。女人看见穿修女打扮的克里斯汀和伊恩格博杰格时，露出既惊讶又恼怒的表情。克里斯汀同他们解释现在的处境，但似乎没有男人愿意护送她们回去。不过最后还是有两个年轻的小伙子站起身，说要是克里斯汀给他们钱的话，就护送她俩回诺奈斯特。

克里斯汀一听口音，便知道他们不是挪威人，但看起来还像是正经人。只是她觉得这两个人简直是狮子大开口，但吓坏了的伊恩格博杰格实在是不想这么晚还单独上路，所以她答应了那两个人的要求。

一踏上森林的小路，那两个男的就说开了。克里斯汀对此很是郁闷，但她又不想表现出来，所以也只是假装平静地跟他们说话，告诉他们猎豹的事，还问他们是从哪儿来的。克里斯汀同时还四处张望，假装随时可以遇见护送她们的随从；她说的好像有一大群人在护送她们。慢慢地，男人的话也少了，反正她也听不太懂他们的语言。

走了一阵，克里斯汀发现走的路并不是她和伊恩格博杰格来时的路；她们走的是完全不同的方向，偏北，而且她觉得已经走了太远。克里斯汀的心里打鼓，但她不敢说出口。虽说有伊恩格博杰格在一块儿，但她并没有因此而觉得有底气一些；这个姑娘并不机灵，她觉得自己恐怕得替两个人打算。克里斯汀从披风下面扯出父亲给她的圣物箱十字架，放在手心握住，并诚心祈祷能很快遇见谁；她鼓起所有的勇气，假装一切正常。

又走了一阵，她看到这条小道通向一条马路，不远处有一块空地。海湾和城镇在脚下很远的地方。两个男的带她们走了歧路，可能是故意为之，也可能是因为他们不熟悉路。他们现在已经走到了高高的山坡上，克里斯汀看到这儿是在格杰塔大桥北边很远的地方。眼前的这条马路似乎是通往那个方向。

于是，克里斯汀停住了脚步，她拿出自己的钱包，把里面的十个penninger倒了出来。

"那，善良的先生，"她说，"我们现在不需要你们护送了。到这儿我们就认得路了。谢谢你们不辞辛苦一路护送我们过来，按照我们之前说好的，这是给你们的一点心意。上帝保佑你们，亲爱的朋友。"

两个男的对视了几眼，显得很木讷，克里斯汀差点都要笑了。但这时其中一个男人斜着眼说，下到桥头的路鲜有人走，若是她俩独自上路的话恐怕不太好。

"没有人会这么残忍到或者傻到想拦住两个小姑娘的，特别还是两个穿着修女服的姑娘，"克里斯汀回答道，"我们想自己走。"接着便把钱递给了他们。

可男人猛地抓住克里斯汀的手腕，脸朝她凑过来，说了些什么"吻你"和"宝贝儿"之类的东西。克里斯汀明白他的意思是，要是让他们亲一下并把钱包给他们，就放她俩走。

克里斯汀记起本特恩的脸也曾凑她这么近，突然间她觉得特别恐惧；她感到一阵头晕和恶心。但克里斯汀紧闭着嘴唇，在心里呼唤上帝和圣母玛利亚——就在那时，她听到从北边的小路上传来一阵马蹄声。

于是，克里斯汀用硬币袋子朝那个男人的脸猛砸过去，男人被打得一个踉跄；她又在男人胸前重推了一把，男人被推得掉进了林子里。另一个德国男人从后面抓住克里斯汀，抢她手中的钱包，还把她脖子上系十字架的带子扯断了。眼看克里斯汀就要摔倒了，但她又扯住了那个男人，试图把十字架抢回来。男人想赶快脱身；他也听到了有人走近的声音。伊恩格博杰格大声叫嚷，骑马的男人朝她们这边飞速奔来。骑马的人从灌木丛中现身；一共有三个。伊恩格博杰格朝他们奔过去，全身颤抖，那三个人于是从马上跳下来。克里斯汀认出那就是在狄德莱克店子里买鞋子的年轻人；他取下身上的佩剑，扣住正与克里斯汀纠缠的德国人的后颈，并用剑刃较平的一面刺他。另外两个人则追赶另一个德国男人，抓住后将其痛打了一顿。

克里斯汀靠着一块大岩石，全身颤抖，但她更多的是讶异于自己的祈祷竟然能这么快地得到应验。然后，她留意了下伊恩格博杰格。那个姑娘把头巾掀掉了，披风松松垮垮地搭在肩头，她正把厚厚的金色发辫拨到胸部。克里斯汀见此情景不由大笑出声。她的身子往下沉，所以只得抓住一棵树来支撑自己；好似她的脊髓里都进了水，感觉如此得虚弱无力。克里斯汀颤抖着，边哭边笑。

那位年轻男子走到她跟前，小心地将手放在她的肩头。

"也难怪你吓成这样，"他说，声音是愉悦而带着善意的。"不过你现在可得撑住；刚刚有危险的时候，你表现得多么勇敢呀。"

克里斯汀只能点头。年轻男子有一双明亮的眼睛，脸瘦瘦的，晒成了古铜色，一头黑短发刚好遮住额头，捋在耳朵后面。

伊恩格博杰格终于拾掇好了头发；她走过来对陌生男子说了很多好听的感谢话。而陌生男子同伊恩格博杰格说话时，他的手还一直搭在克里斯汀的肩头。

"我们要把这两个坏东西带到城里去，应该把他们扔进监狱，"他对抓着那两个德国人的手下说，他们原来是罗斯塔克号的船员。"不过我们先得护送这两个姑娘返回修道院。我想你们一定能找几根绳子把这两个人捆了吧……"

"你是说这两个姑娘吗，厄莱德？"其中一个人问。两个人年轻强壮，身上的穿着也不俗，一场打斗之后两个人的脸都红红的。

年轻男子皱着眉头，正准备回答。但克里斯汀扯了扯他的衣袖。

"让他们走吧，善良的先生！"她微微耸了耸肩，"我的姐妹和我很不愿意再谈这件事情。"

陌生男子低头看克里斯汀，他咬了咬嘴唇，注视克里斯汀的时候朝她点了点头。之后他又用剑柄分别痛击了两个德国小伙子的后颈几下，打得他们踉跄着扑向前面。"滚吧。"他说着，又踢了一脚，两个人闻言赶紧走了。年轻人转过来朝向克里斯汀和伊恩格博杰格，并问她们两个是否愿意搭一程。

伊恩格博杰格坐上了厄莱德的马，但她坐不稳，才刚坐上去就又滑了下来；厄莱德于是询问式地看了克里斯汀一眼，克里斯汀告诉他，她能够坐稳。

年轻男子于是把克里斯汀扶上马。她感觉一股电流从身上流过，那种感觉很好，因为他很小心地保持了一些距离，仿佛担心靠得太近会让她不舒服一样。在家里的时候，其他人扶她上马时可从来没有想过是否靠得太近这个问题。克里斯汀莫名地有一种被尊重的感觉。

骑士——伊恩格博杰格是这样叫他的,虽然他穿的是银马刺——则向伊恩格博杰格伸出手并拉她上马,另一个也跳上了马。伊恩格博杰格现在想去北方,绕城一圈然后顺着雷恩山和马提断层走,而不用穿过街道。她的理由是,厄莱德先生和他的手下都是全副武装,不是吗?骑士阴郁地回答说,旅客携带武器管得不是很严,还有那些捕猎野兽的人。克里斯汀完全明白,伊恩格博杰格是想走最远的一条路,这样她就能多点时间和厄莱德说话。

"这是我们今天第二次耽误你的事了,先生。"伊恩格博杰格说。

厄莱德客气地回答:"没有关系;今晚我也只是去格达鲁德而已,不远——而且整晚都有亮光。"

克里斯汀很高兴他既不逗姑娘们玩也不打趣,而是和她平等地对话,也许不仅仅是这样。她想到了西蒙;她还从来没有遇见过西蒙那个阶层的年轻男子。但这个男人很可能比西蒙要大一些。

他们沿着雷恩山下的村子前行,之后又顺着溪流向上。路很窄,新生灌木那湿湿的散发股股清香的树枝不时碰到克里斯汀。那儿有一些黑,空气也是凉凉的,小溪旁的树木叶子也都被露水沾湿。

一行人行进缓慢,马蹄声听起来仿佛是踩在潮湿的草地上。克里斯汀摇摆了下马鞍;她听见身后的伊恩格博杰格在说话,还有陌生人那深沉而平静的声音。他并没有说太多,回答的时候也仿佛心事重重的——克里斯汀想,好似同她的感受一样。克里斯汀有一种奇怪的昏昏欲睡的感觉,现在所有事情都告一段落,她同时又觉得心安和满足。

一行人从森林出来走到马提断层的坡上时,就好似刚刚从睡梦中醒来。其时太阳已经落下,脚下的城镇和海湾沐浴在淡而苍白的光中。淡蓝色的天空下,阿克山脉好似镶了明黄色的边。寂静的黄昏中,远远传来一些声响,那声音好似是从冷空气的深处传来的。沿路的某个地方,传来一阵马车的吱嘎声,城镇对面似乎家家户户都有狗在叫。夕阳西下,而在他们身后的森林中,鸟儿也正用最大声音卖力地歌唱。

干草枯叶燃烧的烟雾袅袅飘向高空,田野的正中,一堆篝火燃烧得正红；远处，大红的玫瑰映衬着美丽的天空。

陌生男子再次同伊恩格博杰格搭话时，他们已骑行到修道院的篱笆之间。他问伊恩格博杰格觉得哪样最好：他护送她到修道院门口，并求见伏露·葛罗拉，这样就能同她解释这一切的缘由？但伊恩格博杰格觉得他应该偷偷地穿过教堂；或许还能趁人不注意溜进女修道院。他们已经走了太远的路。也许忙着招待亲戚的普泰夏修女已经忘了她们两个。

教堂西门前面的广场十分安静，克里斯汀对此并没有多想。往常这儿一到了晚上就热闹非凡，邻近地方的居民都会到这教堂里来。广场周围有许多俗人修女和退休的神职人员住的房子。这也是她们同厄莱德告别的地方。克里斯汀勒住马并轻拍它的身子，那是一匹有着温柔眼睛的漂亮的黑色大马。她觉得这匹马同莫文有些像，莫文是小时候在家时她骑的马。

"你的马叫什么名字，先生？"马转过头用鼻子拱厄莱德胸前时，克里斯汀问他。

"巴佳德，"他说，同时越过马颈看着克里斯汀。"你问我的马的名字，却不问我的名字？"

"先生，我真的很想知道你的名字。"克里斯汀回答，同时微微躬身。

"厄莱德·尼库拉森是我的名字。"他说。

"那么我们必须向你道谢，厄莱德·尼库拉森，为你今晚的拔刀相助。"克里斯汀说着伸出了手。

突然她的脸腾地一下红了；连忙把手从厄莱德的手中抽出来。

"伏露·阿希尔德·高苔丝戴特是不是你的亲戚？"克里斯汀问。

她惊讶地看到厄莱德的脸也红了。他突然放开克里斯汀的手，答道："她是我母亲的姐姐。我确实是哈萨比的厄莱德·尼库拉森。"说完又奇怪地看了克里斯汀一眼，这让她更加不解，但她还是整理了一下自己的情绪。

"我应当好好谢谢你的，厄莱德·尼库拉森，但我不知道该跟你说什么。"

然后厄莱德向克里斯汀礼貌地鞠躬，这让克里斯汀觉得她应该说再见了，虽然她还想同厄莱德多说一会儿话。走到教堂门口时，克里斯汀回过头，她看到厄莱德仍然站在马的旁边，于是她冲厄莱德挥手。

修道院中满是恐惧和骚乱的气息。哈空派人骑马回家报告消息，他自己则在镇子里四处找寻克里斯汀和伊恩格博杰格，教堂里做事的人也纷纷出去帮忙。修女们听说那猛兽可能已经将两个姑娘吞入腹中。事实证明这只是以讹传讹，而且猎豹——其实只有一只猎豹跑出来——黄昏之前就被国王的几个人抓住了。

修道院院长与普泰夏修女发泄怒气的时候，克里斯汀一直低垂着头，也没有说话。好似她已经睡着了。伊恩格博杰格则不服气地哭着反驳：她们俩是经过普泰夏修女同意才出去的，而且，也有人陪着，后面发生的事情不能怪她们。

但伏露·葛罗拉要她们待在这教堂里思过，直到敲响午钟；要她们想想自己的灵魂并感谢挽救了她们生命和尊严的上帝。"上帝已经清楚地告诉了你们这个世界的真理，"她说，"野兽和魔鬼的仆人通过各种方式威胁上帝的子民，除非你向他哀求和祈祷，否则你就无法得到拯救。"

然后葛罗拉院长给她们一人一根点燃的蜡烛，并让她们跟塞西莉亚·巴德斯戴特修女走，塞西莉亚经常独自坐在教堂里一直祈祷到夜幕降临。

克里斯汀把她的蜡烛放上圣劳伦提斯的圣坛，并跪倒在祈祷凳上。默念祷词时，她目不转睛地直视着蜡烛的火焰。渐渐地，那烛芯的光亮似乎将她包围，身旁的一切都不复存在。她感觉自己的心扉打开了，里面满溢着对上帝及圣母的感激、承诺和爱——他们仿佛就在身边。以前她只是知道上帝和圣母可以看见她，但这个晚上，她真正在心底感受到了这一点。世界仿佛变成了一幅幻象：一束阳光射在一个黑暗的屋子里，尘埃从黑暗处翻腾到光明中，她感觉现在的自己也终于挪进了这阳光之中。

就算让她永远留在这静悄悄黑漆漆的教堂中,她也会欣然接受——黑夜中的几个小光点仿佛星星一样闪亮,满屋子都是古老焚香的馥郁,还有蜡烛燃烧那特有的温暖感觉。克里斯汀的内心也升腾起一颗星星。

可当塞西莉亚修女悄无声息地走近并推了推她的肩膀时,这种喜悦的感觉也随之消失殆尽。行过屈膝礼之后,她们便从南门出了房间,进到修道院的院子里。

伊恩格博杰格已经是昏昏欲睡,她这次一句话都没说便上床睡觉去了。这让克里斯汀暗中松了一口气;她可不愿意在自己意识这么清醒的时候再被她打扰。克里斯汀也很高兴晚上穿睡衣睡觉——伊恩格博杰格实在是太胖了,而且总是出很多汗。

克里斯汀在床上辗转了很长时间,但跪在教堂时那种浪涛一样袭来的甜蜜感受此时却怎样都无法重现。不过她还是能感觉到内心的那种暖意;她热诚地感谢上帝,在为父母姐妹和阿恩·哥德森的灵魂祈祷时,她好似感觉到了一种精神的力量。

克里斯汀很是想念父亲,想念西蒙·达勒出现之前她和父亲之间的点点滴滴。她的内心又对拉夫拉恩斯涌起一种新的柔情,好似那天晚上她对父亲的爱中还带有一种母性的关怀和忧伤。她隐隐意识到,父亲这一生还有许多东西未曾得到。她想到格达鲁德的古老黑木教堂,她曾在那儿见过伊斯特提德三个小兄弟和祖母的坟墓,伊斯特提德的祖母也就是他父亲的亲生母亲——克里斯汀·斯加德戴特——她因生拉夫拉恩斯时难产而死。

厄莱德·尼库拉森在格达鲁德能做什么?她想不透。

克里斯汀并不觉得那天晚上想厄莱德想得比别人多,但他那瘦瘦黑黑的脸,他轻柔的声音一直盘桓在她脑海的某个黑暗角落,在她的灵魂光芒照不见的地方。

克里斯汀第二天醒来时,阳光已经射进房间。伊恩格博杰格告诉她,是伏露·葛罗拉亲自下令让俗人修女不要叫她们起床参加晨祷的。她们现在可以去厨房找些吃的。院长的善意让克里斯汀的心里暖洋洋的。仿佛整个世界对她都是如此的和善。

第三章

圣玛格丽特被阿克地区的农民敬奉为农神,每一年的7月20日,人们都要举行集会庆祝活动,这一天也被称为圣玛格丽特日。在这一天,兄弟姐妹及其子女、各路宾客以及下人都会在阿克教堂的圣玛格丽特圣坛前做弥撒。之后,所有人会到霍夫威收容所附近的会馆,并在那儿狂饮五天五夜。

不过,阿克教堂和霍夫威收容所都是诺奈赛特修道院名下的财产,所以阿克地区的许多农民其实都是修道院的佃农。修道院院长和几位年长的修女参加第一天的庆祝活动逐渐也成为一种风俗。而在修道院学习但未正式成为修女的姑娘们也能在晚上参加活动并尽情跳舞;而且这一天,她们可以穿自己的服装,不必穿修女服。

因此,圣玛格丽特日的前一天晚上,年轻姑娘们住的宿舍内热闹非凡。那些要参加晚宴的姑娘们，个个翻箱倒柜找出自己最好的服饰；其他不能参加的姑娘就在一旁闷闷不乐地冷眼旁观。有几个姑娘还在火炉上烧起了水，欲让皮肤变得又白又嫩。其他几个则忙着煮一种可以抹在头发上的东西；之后她们将头发紧紧地挽在一种皮绳上，这样头发放下来之后就会有漂亮的大波浪。

伊恩格博杰格把所有的华丽服饰都拿了出来，却犹豫着不知道穿什么去参加晚宴才好。反正，不能穿她最好的那条叶绿色天鹅绒裙子；这只是一个农民的聚会，而那条裙子可是珍贵优雅得很。可一个不打算参加晚宴的名叫海尔格的瘦小姑娘——她很小的时候就被送来了修道院——将克里斯汀拉到一边，悄悄跟她说伊恩格博杰格当然应该穿那条绿色的裙子和粉红色的丝质内衣。

"你一直都对我很好，克里斯汀，"海尔格说，"本来我卷进这样的事情中是很不合适的，但我还是想告诉你。那天晚上护送你俩回修道院的骑士——我亲眼看到也听到过伊恩格博杰格同他说话。他们俩在教堂里聊天，伊恩格博杰格去看伊恩加恩时，那位骑士还在篱笆路旁等她。不过他问的是你的事情，伊恩格博杰格答应说要把你带过去。我敢打赌，她没跟你提过这个，对不对？"

"伊恩格博杰格确实跟我只字未提这件事，"克里斯汀说着噘起嘴巴，这样海尔格就不会看到她嘴角泛起的笑意。伊恩格博杰格本来就是这种姑娘。"我想她知道我不是那种会偷偷跑到屋后角落同陌生男子幽会的人。"克里斯汀有些骄矜地说道。

"那我告诉你这个消息还真是多此一举了，看来还是不说得好。"海尔格显然有些生气了；两个人说着便走开了。

但整个晚上克里斯汀都努力在隐藏脸上的笑意，不让别人看见。

第二天，伊恩格博杰格挑来拣去了半天，可身上还是只穿着一件打底衣。克里斯汀最后算明白了，除非她自己收拾妥当，不然伊恩格博杰格是不会完事的。

克里斯汀没有说话，不过当她走到行李箱拿出自己金黄色的丝质打底衣时，忍不住大笑起来。她以前从来没有穿过这件衣服，套在身上时那感觉是如此的清凉软滑。衣领处是用银蓝棕三色丝线缝的边，套在裙子里面，也可以看得见里面的领边。袖子也是用同样的丝线缝边。克里斯汀穿上她的亚麻长筒袜，并系紧鞋上优雅的紫罗兰色丝带，那是哈空最后在一个骚乱的日子带回家的。伊恩格博杰格盯着克里斯汀看。

克里斯汀于是大笑着说："我的父亲一直都教我，我们不能瞧不起比自己弱的人，但看来你实在是太高贵了，以至于都不想为农民和佃农而打扮一番。"

话落，伊恩格博杰格的脸红的像个苹果，她连忙脱下身上羊毛的底衣，并换上那条粉红色的丝质底衣。克里斯汀跟着把她的一条最好的天鹅绒裙子套到头上；那裙子是蓝紫的颜色，衣领开得很低，长长的袖子开口几乎要垂到地上。她接着又在腰上扎了一根镀金的皮带，并把松鼠毛皮的灰色披肩披到肩上。克里斯汀最后把一头金黄的头发拨到身后让其自然垂下，并在头上戴了一个玫瑰花结。

克里斯汀注意到海尔格正盯着她们。于是，克里斯汀从她的箱子里拿出一个大大的银色别针。碰到本特恩的那晚她就是别着这个别针，从那以后她就再也不想碰这个别针。克里斯汀走到海尔格身旁，轻柔地跟她说："我知道你昨天只是好心，你要相信我很感激。"说完，她把手上的银色别针递给海尔格。

打扮一番之后，伊恩格博杰格看起来也是相当漂亮。她身上穿的是一条绿色的长袍，肩头披一件红色的丝质披风，那漂亮的卷曲头发也是自然地搭在肩头。她们都盛装打扮想要艳压对方，想到这儿，克里斯汀不由大笑了起来。

清晨，空气中还带有露水的丝丝清新凉意，队伍从诺奈赛特往西向弗里斯加行进。这个地方的干草收割季已基本结束，但篱笆旁仍长着一簇簇的蓝莓和金色的马利亚草。地里的大麦已经抽穗，淡银色的麦浪间或闪出淡红的光泽。在许多狭窄的通往麦田的道路旁，麦穗都已长到人的膝盖那么高。

哈空举着修道院的旗帜走在队伍的最前面，蓝色丝布旗帜上是圣母玛利亚的画像。他的身后跟着几个人,再后面便是骑马的伏露·葛罗拉和四个年长修女,年轻的姑娘们便跟在后面走路。她们身上的华丽服饰在阳光下闪闪发光,璀璨夺目。几个拿着武器的男男女女殿后。

一行人穿过明绿草地时唱起了歌,每当同其他的队伍迎面相遇,便会退到一旁并彼此礼貌地致意问候。路上尽是三三两两的人,他们或步行或骑马,从四面八方的农场往教堂的方向赶。走了一会儿,身后传来一个唱赞歌的深沉男声,随后便看见霍维多修道院的旗帜出现在山头之上。红色的丝布旗帜在阳光下闪闪发亮,举旗帜的人每走一步,旗帜便也随之晃动。

走到离教堂最近的一座山头时,响亮的教堂钟声俨然盖过了马嘶声。克里斯汀从来没有见过这么多马同时聚在一起——教堂的前门简直成了一片马的海洋。为节日而盛装打扮的人们在山丘上或站,或坐,或躺,不过当看到诺奈斯特的马利亚旗帜时,所有人都恭敬地站直身体致意,并向伏露·葛罗拉深深鞠躬。

貌似教堂无法容纳那么多的人,不过离圣坛最近的一片开阔区域已经为修道院的人预留出来了。过了一会儿,来自霍维多的西多会修士也到了,他们立刻朝唱诗班走去,男修士的歌声在整个教堂回荡。

做弥撒时所有人都起身站立,克里斯汀在人群中看到了厄莱德·尼库拉森。高高的个头让他显得鹤立鸡群。克里斯汀只看到厄莱德的侧脸。他有一个高高窄窄的额头和一个又大又直的鼻子;从侧面看过去,鼻子好似脸上的一个凸出三角形,配上两个翕动着的鼻孔显得尤其高细。不知道为什么,他总是让克里斯汀联想到轻佻而让人害怕的雄马。这样看过去,厄莱德似乎没有她记忆中那么英俊;他脸的线条好似拉得太长了,显得有些严肃——哦,不过,他还是挺英俊的。

厄莱德转过头,也看见了克里斯汀。两个人不知道对望了多久。克里斯汀唯一的念头就是希望弥撒赶快结束;她热切期待接下来发生的事情。

所有人都一窝蜂地往教堂外面走,使得教堂门口特别拥挤。伊恩格博杰格拉着克里斯汀一起退回到汹涌的人群中;她们轻易就甩掉了教堂里的修女们，因为她们是第一批离开的。姑娘们是最后一批接近圣坛献上祭礼然后离开教堂的人。

厄莱德就站在门的外头，他的身旁是格达鲁德和一个壮实的红脸男子，男子身穿一件华美的蓝色天鹅绒外套。厄莱德身穿暗色的丝质衣服——一件长长的棕黑色格子图案外套配一条绣着一只黄色鹰隼的黑色披风。

双方彼此问候并穿过斜坡朝驻马的地方走去。几个人谈论着天气、弥撒和参加庆祝的人，还有那个想与伊恩格博杰格握手的肥胖红脸绅士——穿一件金色的马刺服，名叫穆南·巴德森。他似乎对伊恩格博杰格很是中意。厄莱德和克里斯汀聊着聊着便落到了后边；两人并排走着，也不怎么说话。

人们纷纷骑马离开教堂，回去的山路上一片喧闹。马儿彼此推挤引得马上的人尖叫不已，有些人为此气恼，也有人哈哈大笑。其中许多人都是结伴而骑——妻子坐在丈夫的身后，或孩子们坐在马鞍的前头——年轻的小伙子则与伙伴同骑一匹马。他们还可以看到教堂的旗帜、修女们，神父则被远远地甩在后面。

穆南先生骑马从旁经过；伊恩格博杰格就坐在他的马背上，被他用手抱着。两个人都朝他们呼喊招手。

厄莱德于是说："我的人都在这儿。他们可以牵一匹马过来，如果愿意的话，让你骑霍夫托的马？"

克里斯汀红着脸回答说："我们已经远远落在别人后面了，我不想看见你的人，所以……"说着她不由大笑，厄莱德也微笑了起来。

厄莱德跳上马并扶克里斯汀坐到他的身后。以前在家的时候，克里斯汀经常侧身坐在父亲的身后——当然这是在她长大到不再方便跨坐在马背上的时候。不过当她把一只手搭在厄莱德肩头的时候，她还是有点害羞和不确定；她的另一只手则支撑自己在马背上坐稳。两个人慢腾腾地朝桥下走去。

骑了一阵，厄莱德也没有开口说话，克里斯汀觉得她应该打破沉默，于是她说："今天真是没想到会在这儿遇见你。"

"没想到吗?"厄莱德一边回过头看她一边问,"难道伊恩格博杰格·弗利普斯戴特没有把我的问候带到?"

"没有啊,"克里斯汀说,"我没有收到你的问候。从5月份你把我们送回教堂后,她就再没提过你呀。"这话说得很狡黠。她故意想让厄莱德知道伊恩格博杰格的当面一套背后一套。

厄莱德没有回头,但克里斯汀能感觉到再说话的时候,他的声音里明显带有笑意。

"那个黑头发的小个子姑娘——我记不得她的名字了,她有没有说呢?我甚至有给她钱,让她帮我把问候带到呢。"

听到这儿,克里斯汀不由一阵脸红,不过随即她便一阵大笑:"是的,我想海尔格这个钱是赚着了。"她说。

厄莱德的头微微偏向一边,这样他的脖子离克里斯汀的手便比较近了。克里斯汀立即把手移开一点,她感觉相当不安。她在想,是不是自己表现得太过大胆,都不够矜持,因为她竟然在知道这个男人有意安排的情况下仍然前来同他见面。

过了一会儿,厄莱德问:"你今晚能跟我跳舞吗,克里斯汀?"

"我不知道,先生,"克里斯汀回答说。

"可能你觉得这样不合适?"厄莱德又问。见克里斯汀没有回答,他继续说,"你的顾虑也有道理。不过我觉得今晚牵我的手跳舞其实也不会对你造成任何伤害。顺便说一下,我已经有整整8年没有参加过舞会。"

"为什么呢,先生?"克里斯汀问道,"因为你已经结婚了吗?"说完,她突然又想到要是他已经结婚的话,那再刻意安排同她见面就有些厚颜无耻了。所以她又补充说,"或许是因为你失去了你的未婚妻或妻子?"

厄莱德却突然转过身,古怪地看了克里斯汀一眼。

"我?难道伏露·阿希尔德……"顿了一会儿,他又问,"那天晚上当你知道我是谁后,为什么会脸红呢?"

克里斯汀闻此言再次脸红了起来,不过她没有作声。

厄莱德继续说道："我倒是很想知道,我的姨妈是怎样跟你说我的。"

"她说的全是你的好话,"克里斯汀急忙说,"她说你如此英俊潇洒,出身如此高贵……她还说,跟你和她的血统相比,我们都是些不值一提的小人物——我的祖辈和我。"

"那么她现在还是这么说吗?对了,她现在住在哪里?"之后,厄莱德又苦笑着问道,"那么,她就没再说其他的关于我的事情?"

"她还能说什么?"克里斯汀不解地问。她不知道自己为何感觉如此奇怪和紧张。

"哦,她可能会说……"厄莱德的声音有些压低,他的头也是低垂着,"她可能会告诉你,我曾被教会开除,而且为求得平和与安慰付出了巨大的代价。"

克里斯汀很长时间都没有说话。之后她轻声地说道:"我听说许多人都不是自己命运的主人。我对这个世界还了解太少。不过厄莱德,我相信这并不是什么……不光荣……的事情。"

"克里斯汀,你能这么说,真是太感谢了。"厄莱德感激地说。他伏下头热烈地亲吻克里斯汀的手腕,就连身下的马都被惊了一跳。当马儿再次平稳地前进时,厄莱德满怀热忱地说:"克里斯汀,你今晚愿意与我共舞一曲吗?日后我会跟你讲我的身世遭遇——不过今晚,让我们尽情享受好不好?"

克里斯汀同意了,两人又沉默着骑行了一会儿。

不过没过多久,厄莱德又问起伏露·阿希尔德来,克里斯汀也事无巨细地把自己知道的全都告诉了他;她说了伏露·阿希尔德的很多好话。

"所以比杰恩和阿希尔德现在并不是被所有人拒之门外,是吗?"厄莱德问。

克里斯汀回答说,比杰恩和阿希尔德很受大家的欢迎,她的父亲以及许多其他的人都认为关于这对夫妇的传言都有失偏颇。

"那你认为我的亲戚穆南·巴德森怎么样?"厄莱德笑着问。

"我没怎么注意他,"克里斯汀回答说,"而且,我觉得他也没什么值得关注的。"

"难道你不知道,穆南·巴德森就是她的儿子?"厄莱德问。

"伏露·阿希尔德的儿子?"克里斯汀惊讶不已。

"是的,她的孩子们都没能继承母亲的美貌,因为他们把其他的东西毫无保留地都继承了下来。"厄莱德说。

"我甚至不知道她第一任丈夫的名字。"克里斯汀说。

"其实是两姐妹嫁给了两兄弟,"厄莱德解释说,"巴德和尼库拉斯·穆南森。我的父亲年长;母亲是他的第二任妻子,不过他与第一任妻子没有留下儿女。而巴德便与阿希尔德结了婚,他当时也已经不年轻了,显然他们两个人一直相处得不好。当时我还只是个小孩子,所以他们也就竭力不让我知道这些事情。但她没经过亲戚们的同意便与黑尔·比杰恩离开而且两人还结了婚——这是在巴德死后。所以大家就想证明她的新婚姻无效。他们宣称伏露·阿希尔德在巴德还活着的时候,就已经与比杰恩有奸情,两人合谋害死了我的叔叔。但苦于没有证据,伏露·阿希尔德与比杰恩的夫妻关系最终还是确立。不过两人必须得放弃所有的财产。比杰恩也杀了他的侄子——我是说,我母亲与阿希尔德的侄子。"

听到这儿,克里斯汀的心怦怦跳起来。在家的时候,父母总是严格限制孩子们听到这样的谈话。但其实克里斯汀也听过她的村子里发生过类似的事情——一个与已婚妇人非法同居的男人。那就是通奸,是最邪恶的罪过。那个女人的丈夫死得很惨,而这一切也全部怪到了这个女人和那个男人的头上,之后被教会开除并被放逐。拉夫拉恩斯说,要是一个男人背叛了妻子,那么他的妻子就无须再同他一起过活。但因通奸而生下的孩子从来都得不到好的待遇,即便他们的父母日后自由结婚。一个男人可能会把自己的财产和名声传给认养的孩子或者一个流浪的乞丐,也不会传给私生子——即便这孩子的母亲是一个骑士的妻子。

克里斯汀想到她一直以来对黑尔·比杰恩的不待见,因为她确实不喜欢比杰恩那惨白的脸和瘦骨嶙峋的身子。她不明白伏露·阿希尔德如何总是能对这个害她毁掉清誉的男子这般体贴、这般好；她也不明白为什么这样一个高贵优雅的女人甘心被他愚弄。他对她甚至称不上好；家里的活都是伏露·阿希尔德一个人做。比杰恩除了喝酒之外，其他什么事都不干。但阿希尔德每次同丈夫说话时还是那样轻声细语、温柔有加。克里斯汀在想，父亲会不会也知道这件事呢？他曾经请黑尔·比杰恩到家里来过。想到这儿，克里斯汀又对厄莱德这样说自己的亲戚感到有些诧异。不过他可能是以为她已经知道这些事才这么说的。

厄莱德过了一会儿又说："哪天等我去北方的时候要是能去看看她——我的姨妈伏露·阿希尔德——我会很高兴。不过我的比杰恩姨丈是不是还是英俊如初呢？"

"不，"克里斯汀说，"他看起来就像是一堆整个冬天都堆在地上的干草。"

"啊，是的，时间是把杀猪刀，"厄莱德脸上仍然带着那种苦笑的神情，"我从来没有见过这么英俊的一个男人——那是20年前，当时我还只是个小孩子——但我真的没有见过能和他媲美的男人。"

又走了一会儿，两人到了救济院。那是一个有着许多木制建筑和石头建筑的大庄园：一间医院，一个收容所，一家为旅行者准备的旅馆，教堂和教区长的管区。院子里很是热闹，收容所的厨房里正在为晚宴而准备，这一天，就连病残老弱也能吃上最好的食物。

会馆设在救济院的花园上面，人们都朝药草园走，因为那儿相当有名。伏露·葛罗拉拿来了一些挪威人闻所未闻的药草，而且，一些常见的植物在她的院子里似乎生长得格外好——有花，可食用的植物和药草。她很擅长侍弄这些花草，甚至还一度把萨勒诺的草药术翻译成了挪威语。伏露·葛罗拉注意到克里斯汀对草药艺术有所了解并且对此很有求知欲时，她对克里斯汀便格外地友善。

克里斯汀一边走一边跟厄莱德介绍绿道旁的植物。正午的炎热气息混着莳萝、西芹、洋葱、玫瑰、青蒿和壁花的香味一起熏腾。阳光毫无保留地照着整个植物园，因此上边的成排果树林看起来就显得格外阴凉；红色的浆果在深色叶子的衬托下闪闪发亮，苹果树也被青色的果实压弯了腰。

园子的周围环着一丛野蔷薇。里头还有几株玫瑰——它们看起来同其他玫瑰丛并无两样,只是花瓣闻起来有一种酒的味道和受热苹果的芳香气息。人们从旁经过时纷纷折一两枝别在衣服上。克里斯汀也摘了几朵玫瑰,她把几枝玫瑰插进别在太阳穴附近的花结里。而她的手里还握着一朵玫瑰,可过了一会儿厄莱德却不发一言地从她手中把玫瑰拿了过去。厄莱德手拿着玫瑰走了一阵,之后便把那玫瑰插进他胸前的金银丝胸针。他看起来有些难为情和尴尬,所以插得时候还不小心划破了手指,血立刻流了下来。

举办宴会的阁楼里已经摆了几张桌子:一张是男人坐的,另一张是为女人准备的,两张桌子都靠墙而放;房子中间放的两张桌子则是给小孩子和年轻人坐的。

女人的那一桌,坐在高位的是伏露·葛罗拉;修女们和其他比较有地位的已婚妇女则靠墙而坐,未结婚的少女坐在对面的一张长凳上,诺奈赛特的姑娘们离桌头最近。克里斯汀知道厄莱德正在看她,可不管是站着还是坐着,她都不敢回头望哪怕一眼。直到所有人都起立,神父开始念那些死去的教会成员名字时,克里斯汀才匆忙地朝男人坐的那一桌望了一眼。她看到厄莱德站在墙的附近,前面是一张点着蜡烛的桌子。他正在看她。

这餐饭吃了很长时间,因为吃每一道菜前都要先敬过上帝、圣母玛利亚、圣玛格丽特、圣奥莱福和圣哈尔瓦德,期间还要做祈祷、唱赞歌。

透过打开的门,克里斯汀看到太阳已经西下;外头青草地上传来小提琴声和歌声。伏露·葛罗拉说,若是年轻姑娘们愿意的话,可以去外边自由活动,因此许多的年轻人都离开了餐桌。

草地上燃起了三堆火红的篝火;众人绕着篝火跳舞,那火时而燃得热烈,时而在地上映出跳舞的人的影子。拉小提琴的人们则是坐在一堆箱子上拨动手中的琴弦;每一堆人唱的歌都不尽相同。已近黄昏,北边炭黑的山峰则远远地映衬着黄绿色的天空。

人们坐在阁楼下的回廊喝酒。诺奈赛特的几个姑娘下楼梯时,几个男人也立马起身跟了过去。穆南·巴德森跑到伊恩格博杰格身边并拉着她一起跑,克里斯汀的手也被人抓住了——是厄莱德——她已经知道厄莱德的触感。厄莱德把克里斯汀的手握得那么紧,以至于两人的戒指都相互刮擦卡进肉中。

厄莱德牵着克里斯汀跑到最远的一堆篝火,那儿有许多孩子在跳舞。克里斯汀拉住一个12岁男孩的手,厄莱德的另一只手则牵住一个瘦小的半大姑娘。

这一群孩子当时没有唱歌——他们只是和着小提琴的节奏,蹦着跳着。突然有人说,斯沃德和戴恩应该来一首新的歌谣。只见一个拳头大的惊人的白人男子走向前来,唱起了歌:

　　他们现在在穆恩克赫姆跳舞,
　　舞步滑过白色的沙滩,
　　伊瓦·黑尔·乔森也在那儿,
　　他牵着女王的手。
　　你知道伊瓦·黑尔·乔森吗?

小提琴手不知道这个调子;他们只是稍微地拨拉了一下琴弦,然后便是戴恩的独唱。戴恩有一副好嗓子,声音浑厚有力。

　　你记得吗?丹麦女王,
　　那年的夏天如此晴朗,
　　你离开瑞典,
　　来到这儿的丹麦。

　　当你离开瑞典,
　　来到这儿的丹麦,
　　你头上的金色王冠如此鲜红,

而你的脸上还挂着泪珠。

你的金色王冠如此鲜红,
你的脸上挂着泪珠,
丹麦女王,你是否还记得,
第一个亲切拥住的男人!

　　小提琴手再次弹奏起来,跳舞的人也随着这段新的乐曲而翩翩起舞。

还有你,伊瓦·黑尔·乔森,
我的男人,
明天你就要踏上绞刑架,
你定会悬尸于上!

那是伊瓦·黑尔·乔森,
他没有畏缩,
他跳上那艘金色的船,
披上自己的盔甲。

丹麦女王,愿你保佑,
我们拥有许多的美好夜晚,
仿佛天堂,
星星在天上闪亮。

丹麦国王,愿你保佑,
我们的生活中充满关爱,
就像菩提树上会长叶子,
雄赤鹿长出头发一样,

你知道伊瓦·黑尔·乔森吗？

夜深了，篝火也成了一堆堆闪着火光的灰烬。克里斯汀和厄莱德手牵着手站在花园篱笆旁的树下。他们的身后传来欢宴者吃完饭后彼此交谈嬉笑的吵闹声，但拉小提琴的人已经上床睡觉，大多数的人也已经离开。女人们四处寻找丈夫，结果却被门外的麦芽酒瓶绊倒。

"咦，我的披风放哪儿去了。"克里斯汀轻声说。厄莱德闻言用手揽过克里斯汀的腰，把她揽进自己的披风里。两个人紧紧依偎着往前走，结果走到了药草园中。

一股残余的炎热火辣气息朝他们扑面而来，不过这热气又被露水的清凉给冲淡了一些。夜晚漆黑一片，天空是雾蒙蒙的灰色，树顶的上方飘着几朵云。不过他们察觉到园子里还有其他人。

厄莱德一度将克里斯汀紧紧靠向自己，并轻声问她："克里斯汀，你不怕，是不是？"

突然，克里斯汀隐约记起这个夜晚以外的世界——真是疯狂。但幸福已经完全占据她的心扉，她无力再去思考其他事情。克里斯汀只是更紧地靠着厄莱德，同他轻声耳语，她也不知道自己在说什么。

他们一直走到了路的尽头，森林的边缘围着一道石头墙。厄莱德扶着克里斯汀翻过墙。就在克里斯汀想要跳到另一边时，厄莱德抓住了她，并把她抱在怀里，好一会儿才将她抱着放到草地上。

克里斯汀仰着脸站在草地上，迎接厄莱德的吻。厄莱德则用手扶着克里斯汀的头。厄莱德的手插入克里斯汀的头发，这让她陶醉不已；于是她的手也抚向厄莱德的脸，并试图以同样的方式吻回去。

当厄莱德将手放上她的胸衣并挤压她的胸部时，克里斯汀感觉自己的心已经裸露在厄莱德面前，并且为厄莱德抓住；厄莱德轻轻解开克里斯汀丝质内衣的衣扣并亲吻她的双峰——一股热气直冲到她的心底。

"我永远都不会伤害你，"厄莱德轻声呢喃，"我不会让你掉一滴眼泪。我从来没有想过，一个女孩子可以像你这么美好，我的克里斯汀……"

厄莱德把克里斯汀拉到灌木丛下的草地上，两人背靠着石头墙坐下。克里斯汀低头不语，只是当厄莱德停止爱抚时，她主动抬起手抚向他的脸。

过了一会儿，厄莱德问："你累了吗，亲爱的克里斯汀？"克里斯汀于是顺势靠向厄莱德的胸前，厄莱德则用手环住克里斯汀的身体，轻声在她耳边说："睡吧，克里斯汀，就在这儿睡吧。"

克里斯汀靠着厄莱德的胸膛，越来越深地沉入黑暗、沉入温暖、沉入喜悦……

醒来时，克里斯汀发现自己躺在草地上，脸靠着厄莱德的双膝。厄莱德仍然背靠石头墙而坐；灰色的光也把他的脸照成了灰色，但他那睁着的眼睛却在这灰色的光中显得格外明亮、格外好看。克里斯汀看到厄莱德把披风全裹在她的身上；自己套在皮毛衬里的脚也是暖意融融。

"你没有睡吗，黑尔·厄莱德？"克里斯汀问他，而厄莱德只是微笑。

"也许有一天，我俩可以一同睡着——我不知道你对此是什么想法。我整晚都没合眼。你我之间还有这么多障碍，这些东西远不止一把出鞘的剑的威力。告诉我，经过这一晚，你会不会也喜欢我？"

"我喜欢你，黑尔·厄莱德，"克里斯汀说，"只要你愿意，我会一直喜欢你——而在那之后，我不可能再爱上旁人。"

厄莱德缓缓地说："若我在合法占有你之后，还将其他的女人或少女拥入怀，愿上帝将我遗弃。"接着，厄莱德又补充道，"请重复我说的话。"

克里斯汀于是说："只要我还活在这世界上，若我投入任何其他男人的怀抱，愿上帝将我遗弃。"

"我们现在必须得走了，"厄莱德隔了一会儿说，"得在大家起来之前回去。"

两人沿着石头墙走，一路穿过树丛。

"你有没有想过接下来的事情？"厄莱德问克里斯汀。

"厄莱德,这得由你来决定。"克里斯汀回答说。

"你的父亲,"厄莱德顿了一会儿说,"格达鲁德的人说,他是一个和善正直的人。你觉得他会愿意同安德鲁斯·达勒毁约吗?"

"父亲也经常说,他永远都不会逼自己的女儿,"克里斯汀回道,"主要是我家同安德鲁斯家的土地配在一起再合适不过。不过我很确定,父亲不会因为这个原因而眼睁睁地看着我失掉所有的快乐。"说完这话,克里斯汀突然又感觉事情可能不会这么简单,不过她还是把这种疑虑压了下去。

"可能事情比我昨晚想的要简单一点儿,"厄莱德说,"感谢上帝,克里斯汀——我不能失去你。如果不能拥有你,那我这一辈子都不会再快乐。"

两人在树下分别,克里斯汀借着黎明的幽光,找到通往诺奈赛特修女们住的客房的路。所有的床都睡满了人,克里斯汀于是将披风摊在地上的麦草堆上,和衣躺下。

她醒来时,时间已经很晚。伊恩格博杰格·弗利普斯戴特坐在旁边的一张长椅上缝补披风。她还是跟以往一样,话说个不停歇。

"你昨天一整晚都是跟厄莱德·尼库拉森在一起?"她问,"你一定得对那个男人小心一点,克里斯汀。如果你同他成为了朋友,西蒙·安德鲁森会怎么想?"

克里斯汀找了一个脸盆洗脸。"那你的未婚夫呢?你觉得他会愿意你昨晚同那个胖墩墩的穆南跳舞吗?可在这样的晚上,无论谁邀请我们都得跳啊;而且怎么说这也是经过伏露·葛罗拉准许的。"

伊恩格博杰格闻言叫唤起来:"埃纳·爱纳森跟穆南先生是朋友,而且,他已经结婚了并且年纪比我们大那么多。再说了,他长得也不好看呀,不过人很好而且很有礼貌。看看他昨晚送给我的纪念品吧。"说着,伊恩格博杰格拿出一个克里斯汀前一天在穆南先生帽子上看到过的金扣。"可那个厄莱德——好吧,去年复活节的时候,对他的禁令已经取消;不过人们都说那个艾琳·奥姆斯戴特从那以后一直住在他在哈萨比的宅子里头。穆南先生说,要是再见到那个女人的话,他肯定又会犯下罪过的。"

克里斯汀听完脸色发白地转头看向伊恩格博杰格。

"难道你不知道吗？"伊恩格博杰格问，"他勾引了一个远在北方哈罗格兰德的女人，以至于那个女人离开自己的丈夫？而他不顾国王的警告和大主教的禁令，坚持把那个女人安置在他的宅子里头？他们生了两个孩子。后来，厄莱德不得不逃到瑞典，而且他缴了很多的罚款，如果他不回头的话，很快就会沦为不名一文的乞丐。"

"哦，是的，你说的这些我都知道，"克里斯汀谎称，她的表情十分僵硬，"不过，他和那个女人都已经是过去的事了。"

"是的，这也是穆南先生说的，他们俩之间可不止断了一回两回，"伊恩格博杰格若有所思地说，"但这对你也没什么影响——反正你就要跟西蒙·达勒结婚了。不过厄莱德·尼库拉森确实是一个英俊的男人。"

做过中午的祈祷之后，诺奈赛特的修女们打算连日离开返回修道院。克里斯汀答应厄莱德，要是能想办法出来的话，两人就在那天晚上坐的石墙边见面。

厄莱德仰面躺在草地上，头枕着手臂。他一看到克里斯汀，立刻跳起身伸出双手去接她——她正准备从石墙上跳下。

克里斯汀抓住厄莱德的手，两个人手拉着手站了一会儿。

然后克里斯汀说："你昨天为什么跟我讲黑尔·比杰恩同伏露·阿希尔德的故事？"

"看来你是知道了，"厄莱德回答，他突然放开了克里斯汀的手，"克里斯汀，现在你是怎么看我？"

"那时，我18岁，"他情绪激烈地继续说道，"10年前，国王——也就是我的亲戚——派我去瓦格伊，我和她在斯泰格恩一起度过了冬天。当时她已经嫁给法官斯加德·萨克萨尔富森。我为她感到遗憾，因为斯加德不仅老，而且难看至极。我不知道一切是怎么发生的；是的，我也喜欢她。我后来跟斯加德摊牌了，问他想要什么补偿；我本想同他好好解决这件事情——在许多方面，他都算得上一个正派的人——但他却想通过法律来解决,于是便起诉了我们。从此,我就被贴上了同女主人通奸的标签。

这件事情传到了我父亲的耳朵里,当时哈空国王也听闻了此事。而他……他把我逐出了他的王宫。要是你想知道整个故事的话:艾琳和我之间除了两个孩子什么都没剩下,而她对孩子也不怎么在意。他们都在奥斯特达尔,我在那儿有一个农场。我把农场给了我的儿子奥姆。但她不想跟子女一起住。我想她是想着斯加德迟早有一天会归天,哎,我也不知道她到底在想什么。

"斯加德把她带了回去,但她说自己在家被当狗、当奴隶。所以她要我在尼达罗斯同她见面。我在哈萨比同父亲也相处的不好。所以我把手头上所有的东西都变卖了,然后跟她一起逃到了哈兰德;雅克布伯爵是对我很好的一个朋友。除此之外,我还能怎么做呢?她肚子里怀着我的孩子。我知道有许多男人都跟别人的老婆发生过关系却一点事儿没有——如果他们足够有钱的话。但哈空国王是那种对自己人特别严格的人。我们当时已经有一年没有见面,但后来我的父亲过世,她也就跟着我回了家。这才有了后面的事情。我的佃户拒绝支付土地租金也不愿跟我派去的人说话,而原因就是我曾被教会除名。对此我予以狠狠报复,但后来我又惹上了一桩抢劫官司,而且我已经没有钱养家里的仆人。你应该看得出来,我还太年轻,不能很好地应对这些困难,而且我的亲戚都不愿帮我——除穆南之外——他在不惹妻子生气的前提下竭尽全力帮我。

"所以克里斯汀,现在这一切你都知道了,我已经做出了许多妥协,我的土地和我的名誉都已牺牲掉。如果你嫁给西蒙·安德鲁森的话,自然会过上更好的生活。"

克里斯汀用双手环住厄莱德的脖子。

"我们都将遵守昨晚的誓言,厄莱德——如果你和我是一样的想法。"

厄莱德将克里斯汀拉得离自己更近,亲吻她,然后说:"你也要相信,我的境遇一定会有所改变。现在这个世界上除了你之外,没有人还能影响到我。哦,美丽的人儿,昨晚你在我的膝头睡着时,我想了好多好多的事情。就算是魔鬼,也不能让我带给你伤痛或伤害——你,我生命中最珍贵的人儿。

 第四章

住在斯科格的时候,拉夫拉恩斯·比杰加尔弗森曾在父母亲逝世纪念日之际将自己的财产捐给格达鲁德教堂,以此作为对父母灵魂的追思弥撒。父亲比杰加尔弗·凯缇尔森的祭日是8月13日,这一年拉夫拉恩斯同弟弟商量决定要把克里斯汀接到他的宅子里头,好让克里斯汀也参加纪念弥撒。

克里斯汀担心叔叔会因为什么事情而反悔。她已经察觉到,亚斯蒙德并不是特别喜欢她。不过弥撒举行的前一天,亚斯蒙德·比杰加尔弗森还是来到了修道院接自己的侄女。别人告诉克里斯汀这一天要穿日常服装,不但要是深色而且样式要简单一些。之前有一些议论,说是诺奈赛特的修女们经常在外面,因此大主教便下令:不准备成为修女的年轻姑娘们出去见亲戚时,不能穿任何类似于修道院袍的衣服——这样人们

就不会把她们误认为新晋修女或正式修女。

克里斯汀同叔叔策马前行时心情十分愉悦，亚斯蒙德在意识到自己的侄女也是一个聊得来的同伴时，他对克里斯汀的态度也更加友好了些。不过，亚斯蒙德还是相当沮丧；他说，秋天的时候将进行一场远征，国王会同军队一同奔赴瑞典为自己的小舅子和侄女丈夫遭受的残暴而报仇。克里斯汀也听说了瑞典公爵被谋杀的事，她觉得这是最怯懦的行为，虽然这种事情似乎离她很远。在家里的时候，没有人会谈论这种事情。但她也还记得父亲曾经参加过反抗埃里克公爵的运动。亚斯蒙德将过往和公爵之间的事情都跟克里斯汀讲了。克里斯汀并不是很懂叔叔所说的事情，不过双方订下婚约但之后国王女儿私自毁约的事情她还是很用心地在听。让她稍微松口气的是，并不是所有地方都跟她们村子里一样——一旦订婚就等同于两个人立下婚约。所以克里斯汀鼓起勇气跟叔叔讲了圣哈尔瓦德日前一晚的事情，并问他是否认识哈萨比的厄莱德。亚斯蒙德对厄莱德的评价很高，说他虽然做了一些错事，但最应该责怪的还是他的父亲和国王。亚斯蒙德说，他们表现得好像是厄莱德之所以会陷入如此境地，完全是因为他自己变成了魔鬼。国王是一个太过虔诚的人，而尼库拉斯老先生生气是因为厄莱德想要许多财产，所以是他们两个联手点燃了这把通奸的罪恶之火。

"任何身体健康的年轻人都会有一点反叛心理，"亚斯蒙德·比杰加尔弗森说，"而且那个女人又是那么的漂亮。不过你可没理由跟厄莱德扯上什么关系，所以他的事你不要管。"

厄莱德没有如约参加弥撒，做弥撒的时候，克里斯汀想得更多的是厄莱德为什么没来这件事情而不是上帝的话。不过她并不懊悔。她只是有一种奇怪的感觉，好似先前紧密联系的一切突然变得陌生了。

克里斯汀试图安慰自己；厄莱德或许只是不想让对自己有影响的人发现他俩之间的事。她自己倒也可以理解这一点。但她还是热烈地想见他一面，所以那天晚上上床睡觉时她还是忍不住哭了——她跟叔叔的几个小女儿一起睡在阁楼上。

第二天，克里斯汀跟叔叔最小的六岁女儿去森林里玩。走了一段距离，便见厄莱德追了上来。克里斯汀不用看，也知道后面跟着的是谁。

"我一直都坐在这个山头上，整天盯着下面的农院，"他说，"我知道你一定会找机会溜出来的。"

"你觉得我是来这儿见你的吗？"克里斯汀大笑着说，"还有，你带着狗和弓箭在我叔叔的林子里晃荡，难道就不害怕他发现吗？"

"你叔叔允许我在这儿捕猎一段时间，"厄莱德说，"这些狗也是亚斯蒙德的——它们今天早上发现了我。"说着，厄莱德拍了拍狗，又把小女孩从地上抱起来。"你还记得我吗，拉格恩迪德？不过你不能跟别人说你在这儿见过我，要是你能做到的话，我就给你这个。"厄莱德拿出一小袋葡萄干递给拉格恩迪德。"我可是有备而来，"他不无得意地跟克里斯汀说，"不过，你觉得这小女孩会说出去吗？"

两个人说笑着。厄莱德身穿一件紧身的棕色短上衣，黑色的头发紧紧裹在一个小小的红色丝质帽中；他看起来相当年轻。厄莱德大笑着逗小姑娘玩，不过每过一会儿，他就会拉起克里斯汀的手，紧紧握着，握到疼……

厄莱德高兴地同克里斯汀讲有关出征的传言。"要是那样子的话，我赢回国王的友谊就比较容易了。到时候所有事情都会容易许多。"他显得很是激动。

最后，两人在离林子有一段距离的草地上坐下。厄莱德把小姑娘抱在他的膝上。克里斯汀就坐在他的身旁。厄莱德拨玩着克里斯汀的手指。他把用绳子串着的三个戒指放到克里斯汀手中。

"用不了多久，"厄莱德在克里斯汀耳旁轻声说，"你想要多少戒指，就会有多少戒指的。"

"只要你还留在斯科格，以后每天这个时候我都会在这儿等你，"两人分别时厄莱德说，"如果能来的话，就尽量过来。"

第二天，亚斯蒙德·比杰加尔弗森同妻子、孩子一道，去贾里德一族位于哈德兰德的祖宅。打仗的传言让他们深为惶恐。对于埃里克公爵数年前的残暴入侵，奥斯陆周边的民众到现在仍心有余悸。亚斯蒙德的老母亲惶恐至极，她决定去诺奈赛特修道院寻求一点庇护；但老人家的身体已是很脆弱，无法同其他人一起赶远路。所以克里斯汀就留在斯科格陪祖母，直到亚斯蒙德从哈德兰德回来。

约莫午中时分，农场里的仆人们都在午休，克里斯汀走到她睡觉的阁楼。她带了一些衣服放在皮革箱中，然后就一边换衣服一边哼着小曲儿。

父亲给了她一件用东部厚棉织物做成的裙子；天蓝色，上面绣着繁复的红色花朵图案。克里斯汀换上这件裙子。洗脸梳头，精心地打扮了一番。然后，克里斯汀又用一条红色的丝质皮带紧紧束住腰，并把厄莱德给她的戒指带到手上。她一边打扮自己，一边在心里想厄莱德是否会觉得她美丽。

克里斯汀还把在森林里跟着厄莱德的两只狗带到她睡觉的阁楼里。此刻，克里斯汀就逗那两条狗跟她一起出门。她偷偷地绕过屋子，循着前一天的路朝林子走去。

林子里的草地上空空如也，在正午的阳光下闪着光芒。草地四周的云杉散发出浓烈的香味。燃烧着的太阳和蓝色的天空看似离树顶特别近，仿佛伸手就可以触到。

克里斯汀在空地边缘的阴凉处坐下。厄莱德还没来，她并没有感到失望。因为她相信厄莱德肯定会来，先到的她独自坐在草地上倒有一种别样的喜悦感觉。

草地被炙热的阳光烤的焦黄，克里斯汀凝神听草地上的虫鸣。她信手摘下几朵香气氤氲的干花，并用手指卷弄着花瓣，放到鼻子下闻那味道；眼睛睁得老大，渐渐地她有些出神了。

克里斯汀听到森林里传来马蹄声，她没有动弹。身旁的几只狗则是竖起毛汪汪地叫嚷；之后又冲到草地上，一边叫一边摇尾巴。厄莱德骑到森林边上便下了马，他拍拍马背，让马自由活动。接着厄莱德便朝克里斯汀跑过来，几只狗则是在他的身后蹦来蹦去。厄莱德用手抓住两只狗的鼻圈,继续朝克里斯汀走去;其中一只狗是麋鹿灰的颜色,另一只则看起来有点像狼。克里斯汀微笑,她还是没有起身,只是朝厄莱德伸出手。

克里斯汀双手放在膝头,厄莱德则把头埋在她的手中;克里斯汀的眼前突然浮现了一幅画面。一所房子远远地立在山坡上,仿佛是从黑云中突然出现的,看的分外清晰;那是一个让人不安的日子,阳光也是明晃晃地耀眼。她的心突然涌起一种柔情,那是阿恩·哥德森曾经想要的东西,而她当时根本不明白阿恩说的话。克里斯汀急忙把眼前的这个男人拉向自己,让他的脸紧紧靠在她的胸前,热烈地吻他,好似害怕会失去他。当她看着怀抱中的厄莱德,她感觉像是抱着一个孩子。她用手遮住厄莱德的眼睛,并在他的唇上、脸颊上印下一个一个的吻。

草地上已经没了阳光。大树的上方,是一片深蓝的天空。云间有一道道铜红色的条纹,好似火焰燃烧的烟雾。巴佳德朝他们走了几步,响亮地嘶鸣一声,之后便一动不动,只是盯着一个地方。过了一会儿,天空突然一道闪电,接着便听见轰隆隆的雷声。

厄莱德站在那儿手牵着马的缰绳。草地最下面有一个老旧的谷仓,俩人连忙朝那儿奔。厄莱德把巴佳德拴在谷仓里的一块木板上。谷仓后面堆着一堆干草,厄莱德于是解下自己的披风放了上去。两个人席地而坐,身旁跟着两条狗。

很快,外面就下起了瓢泼大雨。森林里大风呼啸,雨水冲击着山坡。后来,两人不得不往谷仓里面移一点位置,因为屋顶有个地方漏雨。

每次雷鸣电闪的时候,厄莱德都会跟克里斯汀耳语:"你怕不怕,克里斯汀?"

"有一点,"克里斯汀也会轻身回答,然后更紧地依偎住厄莱德。

两人也不知道在那儿坐了多久。暴风雨很快就停了,不过还是能听到远处雷声轰鸣;太阳已经出来,阳光照着湿湿的草地,屋顶时不时地还会滴下几滴雨水。大雨过后,谷仓里面的干草散发出格外甜香的味道。

"我得走了。"克里斯汀说。

厄莱德回说:"嗯,我想也是的。"他用手握住克里斯汀的双脚。"走路回去的话一定会打湿脚的。你得骑我的马回去,我走路。等出了森林……"说着,他突然奇怪地看了克里斯汀一眼。

克里斯汀全身颤抖——她觉得,应该是因为心跳得太厉害——她的双手也黏黏的,冰凉。厄莱德亲吻她大腿处裸露的皮肤时,克里斯汀想把他推开,可一点力都没有。厄莱德抬起脸,顿了一顿,这让克里斯汀记起修道院曾经救济过的一个男人。于是,她张开双手重新坐回到干草上,不再拦阻厄莱德的动作。

厄莱德从双臂中抬起脸时,看到克里斯汀坐的笔直。突然他用手肘撑住自己的身体。

"克里斯汀,不要这样子!"

他的话更让克里斯汀的灵魂为之一痛。他不高兴——他也沮丧了。

"克里斯汀,克里斯汀……"

过了一会儿,他问:"你觉得我引你到林子里来,就是想要你的身子,想对你用强?"

克里斯汀只是轻捋着厄莱德的头发,没有看他。

"我不认为这是用强。如果我让你放开的话,我想你肯定会让我走的。"克里斯汀轻声说。

"这个我可不敢保证。"厄莱德说着把头埋到了克里斯汀的膝间。

"你觉得我会抛弃你吗?"厄莱德突然情绪激动地问,"克里斯汀——我以我对上帝的信仰发誓——如果我这辈子背叛你的话,就让上帝将我遗弃。"

克里斯汀一句话都说不出;她只是一遍又一遍地爱抚着厄莱德的头发。

"现在,我真的该回去了。"克里斯汀最后说,她感觉自己好似有点害怕听到厄莱德的回答。

"我想是的。"厄莱德神色黯然地答道。他迅速站起身,朝自己的马走去,接着解下马的缰绳。

然后克里斯汀也站起身——缓慢地,她觉得自己有点晕晕乎乎,摇摇欲坠的样子。克里斯汀也不知道自己究竟想让厄莱德怎么做——也许是扶她上马,带她一起回家,这样她就不需要回到其他人身边。她的整个身体似乎都因为惊恐而疼痛——这是所有歌曲都曾唱过的邪恶。因为厄莱德对她做的这些事情,克里斯汀感觉自己已经是属于厄莱德的,若不能和厄莱德生活在一起,她不能想象会是什么样子。克里斯汀现在不得不同厄莱德道别,但她简直不能想这件事。

厄莱德牵着马穿过林子,他将克里斯汀的手紧紧握在手中,不过两人都不晓得要对彼此说些什么。

走了很远,终于可以看到斯科格的房屋,厄莱德同克里斯汀告别。

"克里斯汀,不要悲伤。我很快就会把你娶回家的。"

但厄莱德说这话的时候,克里斯汀的心却猛地一沉。

"你的意思就是说,你现在要离开我?"克里斯汀担心地问。

"你一离开斯科格,"厄莱德说,他的声音突然提高了很多。"如果没有打仗,那我就会跟穆南讲。他一直都催我早点结婚,我敢说他一定会替我做主,前去跟你父亲商谈的。"

克里斯汀垂下头。厄莱德每说一个字,横在前面的时间仿佛就越长,她就越不敢去想——修道院,乔拉恩加德——那种感觉就好像是,她漂在一条溪流上,拥有的一切都被水流冲走。

"现在你的亲戚都走了,你是一个人睡在阁楼吗?"厄莱德问,"如果是这样的话,那我今晚过去找你。你愿意让我进去吗?"

"好。"克里斯汀嗫嚅着说。之后,两个人便分手。

回去后,那一整天克里斯汀都是陪着祖母,吃过晚饭后她伺候祖母上床睡觉。然后,克里斯汀便回了自己休息的阁楼。房间里有一个小窗户,克里斯汀就坐在窗户下面的箱子上,她一点睡意都没有。

她要等很久。当她听到长廊传来轻轻的脚步声时，外面已是漆黑一片。厄莱德用披风裹住手叩响克里斯汀的房门，克里斯汀于是起身拉开门闩，让厄莱德进屋。

克里斯汀注意到，当她用手缠住厄莱德脖子并紧紧依偎着他时，厄莱德很是高兴。

"我还担心你会生我的气呢。"厄莱德说。

过了一会儿，他又说："你一定不要为这件事伤神。这没什么。就这种事情而言，上帝的法则和我们人间的法则不一样。我的弟弟加纳尔夫曾跟我详细解释过。如果两个人决定长相厮守之后发生关系，这两人就相当于让上帝见证他们的婚姻；除非犯下不可饶恕的罪，不然双方都不能打破自己的誓言。要是我记得住的话，还可以用拉丁语跟你讲——我以前会说拉丁语。"

克里斯汀忍不住想，厄莱德的弟弟为何会跟他谈起这个呢？这是不是针对厄莱德与其他某个女人的事情讲的？不过她还是把这种隐隐的恐惧放到一边，并努力在他的话中寻求安慰。

两个人依偎着坐在箱子上。厄莱德用手环住克里斯汀，她感到温暖而安全——只有在厄莱德的身边，她才会觉得安全、觉得自己有人保护。

厄莱德不时地说上许多话，情绪激昂。之后又沉默很长时间，只是爱抚克里斯汀。克里斯汀竭力在厄莱德话中寻找能添加他魅力的东西，寻找能为他曾经犯过的错辩解的借口——虽然她自己并不自觉。

厄莱德及兄弟姐妹出生时，他的父亲尼库拉斯老先生年纪已经很大，他没有耐心也没有能力亲自抚养孩子。两个儿子都是在海斯特奈斯的巴德·皮特森家长大。除了弟弟加纳尔夫，厄莱德没有其他的兄弟姐妹；加纳尔夫比厄莱德小一岁，在教堂里做神父。"除你之外，我最珍爱的人就是他了。"

克里斯汀问厄莱德加纳尔夫和他长得像不像，但厄莱德只是大笑说，他俩的脾气和长相都大相径庭。加纳尔夫在国外学习。这已经是他离家后的第三个年头,但他一共只寄过两封信回来;上一封信还是去年的事,当时他正打算离开巴黎前往罗马。"加纳尔夫回家时要是知道我结婚了,一定会很高兴。"厄莱德说。

之后,厄莱德又谈起自己从父母那儿继承来的浩大家业。克里斯汀突然觉得,厄莱德好似并不清楚他自己目前面临的境况。她对父亲处置土地庄园的方式很熟悉,但厄莱德确是完全相反的一种做法。厄莱德售卖、分散、抵押、挥霍自己的财产,尤其是在过去几年,他试图同那个女人分手;心想随时间的推移,他之前的放浪生活可能就会被人们遗忘,亲戚们也会重新接纳他。他相信到最后,他也会跟父亲一样成为一方之首。

"可是现在,我不知道事情最后会变成怎样,"他说,"可能我最后会跟比杰恩·加纳森一样沦落到某个偏僻山村的破旧农场,因为养不起马,就只能跟奴隶一样肩背手扛。"

"上帝保佑你,"克里斯汀说着大笑,"那样子的话,我最好是陪着你。我想我对农活什么的会比你在行。"

"我可不认为你会背过粪肥袋呢。"厄莱德说着也大笑了起来。

"是,我没有背过,可我知道大家是怎么撒肥的,以前在家的时候,我几乎年年都会去收割作物呢。我的父亲通常都是亲自犁耙最近的地,然后头一段的种就由我来播,因为我能带给他好运……"记忆突然刺痛了克里斯汀的心,所以她的语速也变快了。"你也需要一个女人为你洗衣做饭,为你酿酒挤牛奶。到时候你还得从近处富有的农民那儿租一两头奶牛呢。"

"哦,谢谢上帝我还能再听到你的笑声。"厄莱德说着将克里斯汀按到他的膝上,这样克里斯汀就像个小孩一样躺在他的怀中。

接下来的六个晚上,厄莱德每晚都会前来阁楼陪伴克里斯汀,直到亚斯蒙德·比杰加尔弗森回来。

最后一个晚上,两人都是一副郁郁寡欢的样子;厄莱德一遍遍地说,如果不是被逼无奈,两个人以后再也不要分开一天。

最后,他低沉着声音说:"如果事情不顺,我不能在冬天之前回到奥斯陆——而你刚好需要朋友的帮助——你可以去找个大陆大的西拉·乔恩;我们是打小的朋友。穆南·巴德森也是可以信任的人。"

克里斯汀只能点头。她意识到,厄莱德现在说的正是她每一天的所想,但厄莱德就说了这一次。所以,她也沉默,不想让厄莱德知道她此时的心有多痛。

时间越来越晚,平时这个时候厄莱德都会离开,不过这是两人的分别之夜,所以厄莱德热切地请求克里斯汀让他陪着躺一会儿。

克里斯汀很害怕,但厄莱德不肯让步地说:"你放心,就算我被人撞见在你的房间里,我也知道如何为自己辩护。"

克里斯汀也很想和厄莱德多待一会儿,而且她没有办法拒绝厄莱德任何事情。

可克里斯汀又担心两人睡过了头。所以她几乎是靠着床头坐了一夜,不时打点瞌睡,所以她也分不清究竟是厄莱德真的在爱抚自己抑或只是梦境。克里斯汀的一只手放在厄莱德的胸口,这样她就能感受到他的心跳,同时她又把脸朝向窗子,这样破晓之时她就能够知道。

最后,克里斯汀不得不推醒厄莱德。她披上衣服同厄莱德一道走到回廊。厄莱德靠着栏杆,脸朝另一栋房子。之后便消失在转角。克里斯汀回到阁楼内,再次缩回床上;然后,她终于不再强忍悲伤,放声痛哭——这也是失身给厄莱德之后,她第一次哭泣。

第五章

诺奈赛特的日子仍然和以前一样。克里斯汀在寝房、教堂、织布房、图书馆和食堂来回度日。修女们和修道院的下人们在药草园和果园收割采摘;随着秋天的到来,圣十字节也日益临近,之后便是米迦勒节前的斋戒时间。让克里斯汀诧异的是,竟然没有一个人注意到她的异样。不过她在陌生人面前总是沉默不语,而日夜陪着她的伊恩格博杰格·弗利普斯戴特则总是呱啦个不停,她也就用不着说太多的话。

所以没有人注意到克里斯汀的心思早已不在修道院。厄莱德的女人。她告诉自己:现在她是厄莱德的女人。似乎这是一场梦——圣玛格丽特节的黄昏,在谷仓的时光,斯科格度过的那些同床共枕的夜晚。也许是以前的梦境,也许是现在还没醒的一场梦。但有一天,她终将醒来;那一天迟早会来。她知道,自己一定是怀了厄莱德的孩子。

但她无法想象这件事公开之后会有怎样的结果——她或许会被扔进黑黑的牢房或者是被遣送回家。她的脑海中突然闪现出父母亲的样子。克里斯汀闭上眼睛，头晕晕沉沉；她是被这想象中的狂风暴雨给淹没了，她试着去承受这种不幸，因为她觉得到最后她肯定会在厄莱德的怀抱中直到永远——现在，那是唯一让她有家的感觉的地方。

所以在这种紧张之中，有多少期待，就有多少恐惧；同时又混杂着甜蜜和痛苦。她不开心，但她感觉对厄莱德的爱仿佛是一棵种在心上的植物，时间每过一天，她的心上就开出一朵新的更美丽的花——尽管她的内心满是痛苦。最后分别的那个晚上，厄莱德躺在她的身旁，她感觉如此甜蜜，只是那甜蜜走得太快；在他的怀中，克里斯汀感到一种前所未有的激情和喜悦。此刻，回忆让她全身颤抖；那种感觉就像是阳光炙热的花园刮起一阵热气蒸腾的辛辣的风。路旁的私生子——这是因加曾经跟她说过的词。她伸出手仿佛要抓住这个词，并将它紧紧地攥在手中。路旁的私生子——在林间或草地秘密降生的孩子。她记得阳光的灿烂，也记得阳光中云杉的气息。一想到肚子里未出生的孩子，克里斯汀的内心就会有种新的刺痛感觉，身体也加速脉动；这不断地提醒她，她走上了一条新的险路。但不管接下来会遭遇怎样的艰难，她知道这条路最后一定会引着她去往厄莱德的身边。

她坐在伊恩格博杰格和阿斯特德修女的中间，正在绣一条有骑士和小鸟图案的挂毯，骑士和小鸟的上面还有颤动的树叶。她一直在想，等事情瞒不下去了，她就要离开。她要沿着这条路走，打扮得像个贫穷的妇女，把自己所有的金银都装进布包攥在手中。她要在一个与世隔绝的村庄找一个栖身之处。她去给别人做工，担着水桶去挑水。她会帮别人看管马厩，做饭洗衣，因为她不肯说出孩子父亲的名字而遭受众人的辱骂冷眼。然后厄莱德有一天会来，会找到她然后带她走。

有时，她觉得厄莱德会等很久很久才会来。然后，她会躺在一张简陋的床上，纯白美丽。厄莱德走进屋子的时候会低下头。他会穿一件长长的黑色披风，就是斯科格的那些晚上来找她时穿的那件。会有一个农妇带着他来找她。他蹲下身子，握住她冰冷的手，眼睛里满是绝望的悲伤。"你就一直在这儿,唯一能给我快乐的人儿?"然后,他会强忍悲伤,将她和他的孩子抱在怀中带她离开。

不,这不是她要的结局。她不想死,厄莱德也不该受这样的伤痛。但此时的她已是沮丧万分,这样的想象能让她好过一些。

突然,她突然想清楚了一件事情——孩子确确实实在她的肚中,这不是想象出来的,他一定会降生。有一天她必须要解释自己做的事情,因为恐惧,她感觉自己俨然已停止心跳。

可一段时间之后,克里斯汀对怀孕这件事却不那么确定了。她不明白的是,没怀孩子竟然也没能让她高兴起来。那种感觉就像是先躺在一张暖和的毛毯下,伤心痛哭;而现在她却必须起身走进寒冷中。时间一个个月地过去。最后克里斯汀确信,自己没有怀孕。可这个结果让她感觉冰冷而空虚,她比以往任何一个时候都更不高兴,而且心里渐渐滋生了对厄莱德的苦涩感觉。基督降临节就要来临,可厄莱德却是杳无音讯;她完全不知道他在哪儿。

当下,克里斯汀觉得自己再也无法承受这种痛苦和不确定;似乎她和厄莱德之间的关系已经出现裂痕。现在,她真的很恐惧。可能会出现某种变故,以至于她永远都没有办法再见到厄莱德。她已经切断了与过去所有的联系,而现在她和厄莱德之间的关系又是如此脆弱。克里斯汀并不认为厄莱德会抛弃她,可世事难测,谁又知道中间会发生什么呢?她不知道这种日复一日的等待要怎样熬下去。

有时,克里斯汀会想起父母和妹妹。她想念他们,可又感觉已经永远失去了他们。

身处教堂时或其他的某些时刻,克里斯汀会强烈渴望皈依教堂,将自己的一生献给上帝。教堂一直都是她生命的一部分,可现在因着那不可言说的罪过她却不得不远离。

她告诉自己,与家、与家人、与基督的隔离都只是暂时的。某天,厄莱德一定会牵着她的手带她回去。等拉夫拉恩斯同意她和厄莱德之间的情事,她就能像以前一样陪在父亲身边;再等到跟厄莱德完婚之后,他们两个人就可以一道忏悔赎罪。

克里斯汀试图证明，其他人也和她一样，多少都有自己的罪过。她开始留心周围的流言蜚语，她把身边那些表明修道院的修女也不完全是圣洁并远离红尘俗世的小事一一记录下来。那都是些鸡毛蒜皮的小事——在伏露·葛罗拉的领导下，诺奈赛特的修女在外边人的眼里头完全是圣洁的化身。修女们热诚地侍奉上帝，勤劳肯干，并对老弱病残格外照顾。修道院的规章制度也并非严格到不近人情，修女们能同亲戚朋友见面，得到事先保证的情况下还能陪亲戚朋友到镇子上去。但伏露·葛罗拉掌权的这些年里，诺奈赛特的修女们从来没有做过让修道院蒙羞的事情。

克里斯汀现在对修道院内的小抱怨、小嫉妒和小虚荣这些小纷扰分外敏感。如果不是为着护理，就没有修女愿意帮着做粗活；所有人都想变得博学而才华横溢。每一个人都试图超越别人，而那些没有天分的修女只能退出这场无声的硝烟战，仿佛一缕迷雾在这修道院里飘来飘去。

伏露·葛罗拉本身是一个博学而睿智的女人。她密切关注这些修女们的操行，但却不甚注重她们的灵魂升华。她对克里斯汀一直很和善，似乎比对其他年轻姑娘都要好些；但这是因为克里斯汀在读书和针线活方面有所造诣，而且勤劳肯干不惹是非。伏露·葛罗拉从来都不想听听底下修女们的心声。另一方面，她却很喜欢同男人说话。男人们在她的住所来来去去：与修道院利益休戚相关的地主和护卫、大主教身边的布道修士、还有霍夫多修道院的代表，她同这些人确有正事需要商谈。她需要管理修道院的大片土地、账目、神职人员的打扮、还有派人取书翻印等，这些让她忙得不可开交。即便是最吹毛求疵的人，也无法挑出伏露·葛罗拉的毛病。她喜欢讲的那些事情女人们似乎都不太懂。

修道院的副院长住在北边一栋单独的房子里头，她似乎只想着两件事，一件是芦苇笔，另一件就是修道院院长换人。修道院后勤大部分事务多半是由普泰夏修女管。她曾在德国一家名声显赫的修道院里做过见习修女，现在奉行的规则也多出自那儿。普泰夏修女本名叫斯格里德·

拉格恩瓦尔德斯戴特,不过正式入教堂成为修女之后,她便按照其他国家的习俗改了名字。提出仅在诺奈赛特修道院小住的学生们也要穿年轻见习修女服饰的人也是她。

塞西莉亚·巴德斯戴特修女和其他修女有些不一样。她经常一个人沉默地在修道院内走动,眼睛始终低垂着。回答别人问题的时候,也是一副惴惴的样子,仿佛低人一等;她似乎更喜欢做那些粗活重活,而且斋戒次数超过修道院的规定——也就是伏露·葛罗拉允许的斋戒次数。有时晚祷后或晨祷前,她在教堂里一跪就是几个小时。

不过有一天傍晚,塞西莉亚突然在饭桌上大声哭了起来,而白天的时候她一直是跟两个俗人修女在溪边洗衣服。她瘫坐在石板地上,然后又在修女中间爬来爬去,手捶打着自己的胸。塞西莉亚的脸因激动而变得通红,眼泪哗啦啦地往下流,她请求大家原谅她。她说自己是罪过最深重的一个——她终日不可一世。她活在这世界之上,心里装的不是谦卑或对救世者基督的感恩,而是骄傲;她逃到修道院,不是因为爱上一个男人的灵魂而是因为她迷恋上了自己的骄傲。她满心傲慢地服侍着自己的修女姐妹,她从自己的水杯中喝到的是虚荣之水,当其他修女喝麦芽酒、吃黄油面包时,她就在自己的面包上涂上厚厚的一层"狂妄自大"。

这一切让克里斯汀明白,即便是塞西莉亚·巴德斯戴特这样的人也并非心灵纯洁无瑕。天花板上吊着一个未点亮的蜡烛台,上面满是烟灰和蜘蛛网——这就是她对自己无爱的基督信仰的比喻。

伏露·葛罗拉亲自过去将号啕大哭的塞西莉亚从地上扶起。她严肃地说,鉴于塞西莉亚在饭桌上如此失态,就让塞西莉亚从修女寝房搬到修道院院长的房子去住,直到她平复自己的情绪。

"还有,塞西莉亚修女,你会在我的位子上坐8天。我们会就灵魂方面的事情征询你的意见,并因你对上帝的无比恭敬而尊敬你,这样你的骄傲就会因其他罪人的赞扬而得到满足。然后你再来判断,这件事是否值得如此纠结;并决定以后是像我们其他人一样循规蹈矩地生活,还是继续你的自虐。然后你再思考,现在你说的、你做的这些事情是否会让我们尊敬你,只有怀着对上帝的爱意行事才能赢得他的宽恕呀。"

一切按伏露·葛罗拉说的做。塞西莉亚修女在院长的屋子里住了两个星期;她发了高烧,伏露·葛罗拉亲自照料的她。塞西莉亚康复后,她又做了8天的院长,处理教堂内外的大小事情,所有人都得听从她的安排。可塞西莉亚一直哭个不停,仿佛自己被什么咬到了一样。再后来,她就变得温柔许多,人也更快活。她的行为习惯还是没怎么大变,不过要是你在她扫地或在教堂里独自散步的时候看她一眼,她就会跟个新娘子样似的羞红了脸。

塞西莉亚修女的这件事情让克里斯汀生出了一种强烈的渴望,她渴望平和,渴望与之前切断的一切握手言和。克里斯汀想起了埃德温修士,一天,她鼓起勇气请求伏露·葛罗拉同意她去看看这个赤足修士朋友。

她看得出伏露·葛罗拉对此并不乐意;她与方济会和其他主教教区的修道院关系都不怎么亲近。而且克里斯汀说要见的朋友埃德温也不是她待见的人。伏露·葛罗拉说,埃德温修士是个不忠诚于上帝的人,总是四处游荡在其他主教教区化缘。很多地方的农民都认为他是一个圣人,但他似乎没有意识到方济会修士的第一职责是侍奉自己的上级。他聆听那些违法犯罪之徒和被逐出教会的人的忏悔;未经批准就替这些人的孩子洗礼。不过他的罪过大多数是因为不明白这些是对上帝意志的忤逆,而他也默默承受着其他人因这些事加诸在他身上的斥责。因为埃德温擅长雕刻,所以教堂对他十分宽容;但即便是在雕刻这门艺术中,他也同其他人有冲突。伯根大主教教区的大师画家就不允许他在他们的教区内活动。

克里斯汀大胆地问,埃德温的名字听起来不像是挪威名,那他这个名字从何而来呢?伏露·葛罗拉恰好有说话的兴致。她说,埃德温在奥斯陆出生,但他的父亲是一个名叫李卡德·阿莫马斯特的英国人,他娶了斯科格黑姆地区一个农民的女儿,两人在奥斯陆定居。埃德温的两个兄弟都是城里受人尊敬的军械士。不过作为阿莫马斯特家长子的埃德温却天生有一颗不安分的心。从小他就对修士生活心生向往；所以年纪一到就参加了霍夫多的"灰色修士"。霍夫多修道院将他派到法国学习；他的确是能力过人。埃德温被允许从西多会（天主教隐修会修院之一）转入方济会。修士们自行决定在东边修建一座教堂，而主教并不同意。埃德温修士是抗争最厉害、最顽固的一个——他甚至用榔头锤大主教派来阻止教堂修建的人，还差点杀了人。

已经很久没有人同克里斯汀讲这么多话。伏露·葛罗拉后来让克里斯汀离开，克里斯汀恭敬而热诚地俯身亲吻修道院院长的手，泪水差点夺眶而出。但伏露·葛罗拉却以为克里斯汀是因为悲伤而哭——她说，某天或许会让克里斯汀去找埃德温。

几天后，克里斯汀被告知修道院里几个做事的人要到国王的城堡里去，所以她们可以陪克里斯汀去找埃德温。

埃德温修士在家。克里斯汀没想到自己见到久违的埃德温竟然会这般高兴，她原本以为除了厄莱德，再也没有人会让她高兴。两人坐着说话，埃德温一边感谢克里斯汀的到来一边摩挲她的手。自从那晚在乔拉恩加德住了一晚之后，埃德温就没再到那儿去过，不过他听说了克里斯汀要嫁人的事并送上了自己的祝贺。之后，克里斯汀请求埃德温同他一起到教堂去。

两人走出修道院绕一圈便到了教堂的主入口；埃德温修士不敢领着克里斯汀直接穿过庭院。他变得谨小慎微，生怕做什么冒犯上帝、冒犯他人的事。克里斯汀暗想，埃德温老了，确实老了。

克里斯汀将自己的供品放上教堂的神父圣坛，然后请埃德温聆听她的忏悔，可埃德温却表现得分外恐惧。他不敢，他已被禁止听别人的忏悔。

"也许你听说了，"他说，"我以前从来不拒绝这些可怜人的请求，那是上帝赋予我的职责；可我现在却只能将他们打发到其他合适的地方去……哦，好吧，克里斯汀，你必须跟修道院的副院长去忏悔。"

"可有些事我不能对副院长讲。"克里斯汀说。

"你想对有资格聆听你忏悔的人隐瞒一些事情,却希望让我来聆听这些事,你觉得这样好吗?"埃德温修士的表情更加严肃了。

"如果你不听我的忏悔,"克里斯汀说,"你可不可以听我说说我的心里话,然后给我一点意见?"

埃德温修士往四周看了看。教堂当时空无一人。他在角落里的一个箱子上坐下。"你得记得,我没有办法赦免你的罪过,但我会给你建议同时替你保密。"

克里斯汀站在他面前,说:"你知道吗?我不能嫁给西蒙·达勒。"

"关于这件事,你知道我无法给你建议,不过副院长可以,"埃德温修士说,"上帝不喜欢不听话的孩子,你的父亲把他做的一切都为你做了——你得明白这一点。"

"如果你听完下面的事情,我不知道你又会给我什么意见,"克里斯汀说,"现在的情况是,我已经失掉了贞操,而西蒙是太好的一个男人,他要是娶了我就太亏了。"

克里斯汀直视埃德温修士。可当她和埃德温的眼神相接,她注意到埃德温那干涩苍老的脸瞬间变化,眼神里满是悲痛和恐惧,克里斯汀感觉自己内心仿佛有什么东西碎了;眼泪夺眶而出,她差点跪倒在地。可埃德温将她拉了回来。

"别,别,同我坐在这箱子上。我不能听你的忏悔。"说着埃德温往旁边移了移,好给克里斯汀让出一点位置。

克里斯汀还是止不住地哭。

埃德温拍着克里斯汀的手,轻声说:"克里斯汀,你还记得我第一次在哈玛大教堂见到你的那个清晨吗?我曾在国外听过一个传说,说是一个修士不相信上帝会爱所有罪恶的灵魂。于是,一个天使来到他身边并碰了碰他的眼睛,然后他便看见海底有一块石头,石头下面住着一个看不见东西的全身雪白的裸体生物。修士一直盯着那生物看,直到他开始爱上那个生物,因为它是那样的小、那样的让人怜爱。那天早上我看到你,那么小、那么可怜地坐在那巨大的石头建筑里,然后我就想,上帝应该爱你这样的人。你可爱而纯洁,但你需要保护和帮助。我想我能看见整个教堂,你就在那里面,在上帝的手心上。"

克里斯汀柔声说:"我们已经向彼此许下最神圣的誓言——我听说,这种誓言只要许下,便永远都不能改变,就如父母给我们生命的承诺一样。"

但埃德温却显得有些绝望,他说:"克里斯汀,我看,一定是有人跟你讲了我们的教规,但他却没能完全参透。你把自己许给这个男人,如何能不是对父母犯下的罪过呢?在你遇到他之前,父母是在你自己之上的。如果这个男人的亲戚知道他勾引了一个多年来尽心守护荣誉的男人的女儿,他们难道不会为此感到悲伤且羞耻吗?我知道,你不认为自己犯下多么大的罪过——但你却不敢把这一切向教区的神父坦白。如果你觉得自己嫁给这个男人真的那么好,那你为什么不戴亚麻的修女头巾,而是这样子走在年轻的少女之间呢?要知道你现在同她们可不一样了。因为现在你的心思一定放在其他事情上。"

"我不知道自己究竟在想些什么,"克里斯汀疲惫地说,"确实,我所有的心思都围绕着这个我日思夜想的男人。如果不是为着父母亲,我会很高兴在这一天将自己的头发盘起来——我不介意他们叫我作男人的情人,只要这个男人是他。"

"那你了解这个男人的打算吗?他会不会将你光明正大地娶回家呢?"埃德温修士问。

于是,克里斯汀将她和厄莱德·尼库拉森之间的所有事情都告诉了埃德温。她说的时候,仿佛已经忘记自己也曾怀疑过事情的结局。

"埃德温修士,难道你不明白吗?"克里斯汀继续说,"我们无法控制自己。愿上帝保佑我,让我同你告别之后能在教堂外面遇见他,只要他开口,我可以抛下一切跟他走。而且你要知道,我已经明白这世间上的每个人都有自己的罪过。以前在家的时候,我不明白怎么会有力量那么强大的事物,以至于让人们忘了对罪过的恐惧;可现在我深深地明白了,如果一个人因欲望或愤怒而犯下的罪过不能正名,那即便天堂也会变成一片沙漠。他们说你也曾愤怒之下差点杀了一个人。"

"没错,"埃德温修士说,"多亏上帝的宽恕,我才没被叫成杀人犯。那是许多年前的事了。当时我还是个毛头小伙子，我认为大主教非要反对我们这群穷兄弟的决定很不公平，我受不了。哈空国王——当时他还只是伯爵——给了我们一块建教堂的地，但我们没有钱请人干活，所以一切都只能自己动手；另外还有几个愿意帮忙的兄弟也一块儿干，他们更多地是把这当成做好事为自己积德。也许身为穷修士，却想着建一座属于我们自己的宏伟教堂有些自不量力；不过当教堂初步落成时，我们在草地上唱赞歌，每个人都高兴得像个孩子。愿上帝保佑拉纳尔福修士。他是一个能干的泥瓦匠，也是教堂主要的建造者；他的知识和能力都是上帝赐给他的礼物。当时我是负责用石头雕刻祭坛装饰品。我完成了圣克拉拉的一个雕像，表现得是圣诞节的清晨，天使领着她去往圣弗兰西斯的教堂。雕刻很是漂亮，我们所有人都为之欢呼雀跃。可那些该死的魔鬼把我们的墙拆了，石头倒下来砸毁了我的雕刻。所以我抡起一把锤子就朝其中一个人砸去；我没有办法控制自己。

"是的，我看到你在微笑，克里斯汀。可你难道没有意识到现在你的处境有多糟糕吗？你宁愿去打探别人的罪过，也不愿探知那些高尚人士的行为，后者才是你应该效仿的榜样呀。"

克里斯汀正准备离开，埃德温修士对她说："我很难给你什么建议。如果你做了你认为对的事情，那就会给你的父母带去伤痛，给你的整个家族带去耻辱。另外，你必须得让西蒙·安德鲁森同意放你走。然后耐心等待上帝安排给你的快乐。在你的内心尽情忏悔吧——别让厄莱德诱惑你再次犯下罪恶，而是要让他尽量同你的亲人还有上帝和解。"

"我无法赦免你的罪过，"两人分别时，埃德温修士说，"不过我会尽心为你祈祷。"

说着，埃德温将自己苍老且瘦骨嶙峋的手放在克里斯汀头上，为她的平和喜乐而祷告。

 第六章

埃德温修士后来跟她说的话,克里斯汀没能记起。不过告别埃德温修士之后,她有一种奇怪的清醒感觉,灵魂也得到了安定。

以前,她总是感到一种空荡而隐秘的恐惧,她试图同这恐惧斗争——自己并非罪过深重。现在埃德温修士清楚地指出,她确实犯下了罪过,种种事情都证明她的罪恶,而她必须用耐心和尊严来承担这一切。克里斯汀试着心平气和地去想厄莱德,不去管他杳无音讯这个事实,也不管自己如何想念他的爱抚。她只是想相信他,把所有善良温柔都给他。克里斯汀还想到了父母,她知道毁掉跟狄福林家的婚约将会让父母十分伤心,但她却跟自己说,等父母稍稍平复伤痛就要全力回报他们的爱。克里斯汀想的最多的还是埃德温修士的意见,她不应当在其他人的失败中寻找慰藉;她感觉自己突然变得谦逊而善良,感觉赢得他人

的友谊是那么简单的一件事。与人相处也不是那么难,这个想法瞬间让她得到了安慰——她觉得,她跟厄莱德的相处应该也不会太难。

在她给厄莱德承诺之前,她总是努力去做那些所谓的正确事情,不过那都是为别人而做。现在,她感觉自己也从一个少女变成了一个女人。这不仅仅是因为那些得到过的和给予过的激情而隐秘的爱抚。她也不仅是离开父亲的保护,转而顺应厄莱德的意志生活。埃德温修士说要为自己的生命负责,这句话让她印象深刻;其实也是为了厄莱德,她要优雅而有尊严地来承受这一切。所以圣诞季的时候,克里斯汀就与修女们一块儿,在那欢乐祥和气氛的包围中,她自然不再怀疑自己的价值,而是用一种信念自我安慰——很快她就能救赎自己。

不过新年过后的一天,安德鲁斯·达勒先生不期而至,同时还带着他的妻子和五个孩子。他们打算去城里同亲戚朋友共度圣诞假期最后的一段日子,特意前来邀请克里斯汀一道前去。

"我在想,我的姑娘,"伏露·安格德说,"现在,你可能不会介意见几张新面孔吧。"

狄福林家族住在一栋漂亮的房子里头,这所离大主教的城堡很近的房子属于安德鲁斯先生的侄子。下人们睡的房子宽敞明亮,还有一个装饰华丽的阁楼房间,里面置有一个砖石壁炉和三张上好的床铺。安德鲁斯同伏露·安格德带着他们最小的儿子加德蒙德睡在其中一张床上,克里斯汀同他们另外两个女儿阿斯特德及斯格里德睡在第二张床上。第三张床上睡的就是西蒙和他的哥哥,加德·安德鲁森。

安德鲁斯先生的几个孩子都生的模样俊俏——其实西蒙在其中算是最不好看的了,不过人们都认为他很英俊。一年前她也在狄福林家的庄园里待过,当时她就注意到西蒙的父母和四个兄弟姐妹都相当听西蒙的话,按他的意愿做事;现在她觉得这一切有过之而无不及。所有的亲戚都是真心地彼此关爱,但无一例外地都把西蒙放在第一位。

这些人都过着优哉游哉的快活日子,每天白天去教堂做礼拜,晚上就和朋友开怀畅饮,年轻人们就可以自由玩乐跳舞。每个人都对克里斯汀表现出最大的善意,但似乎没人注意到她并不快活。

晚上，阁楼里的蜡烛吹灭，每个人都上床准备睡觉，西蒙站起身走到姑娘们睡的地方。他在床边坐了一会儿，多半是和妹妹们说话，不过黑暗中他却把手偷偷放在了克里斯汀的胸部。克里斯汀躺在那儿，愤怒让她满身大汗。

克里斯汀现在对这种事情非常敏感，她知道西蒙太过骄傲也太过羞涩，所以当他注意到克里斯汀不愿多谈时，有很多事情他就不知道如何同她启齿。而且克里斯汀竟对西蒙生出一种奇怪的痛恨情绪，因为她觉得西蒙是想表现地比那个俘获她芳心的男人更好——虽然西蒙还不知道那个男人的存在。

不过一天晚上，大家都到另一个庄园跳舞，阿斯特德同斯格里德落在了后面并且打算同她们的一个干姐姐睡。那天晚上，当阁楼里的人都已睡着，西蒙便走到克里斯汀的床边并爬了上去；他躺在皮毛上头。

克里斯汀把被子拉到下巴处，并交叠着双手紧紧护住胸前。过了一会儿，西蒙伸手去摸克里斯汀的胸部。克里斯汀触到西蒙腰部的丝质绣花，她意识到西蒙此时已是一丝不挂。

"晚上的你和白天的你一样害羞呀，克里斯汀，"西蒙吃吃笑着说。"你会让我握住你的手，对吗？"他问道，克里斯汀于是让他握住自己的手指尖。

"现在我们终于有机会可以独处一会儿，你不觉得有几件事我们得说一下吗？"西蒙说。克里斯汀觉得也对，便同意了。可她却一个字都说不出。

"我能钻到皮毛下面去吗？"西蒙再次问道，"房间里很冷。"然后西蒙便钻到皮毛和克里斯汀盖着的羊毛毯中间。他的一只手弯曲着放到克里斯汀脑后，不过这样子他还是触不到克里斯汀。两个人就这样躺了一会儿。

"你也不是一个容易求爱的人，"西蒙顿了一会儿说道，之后又迟疑着笑了起来。"我保证，如果你不想我吻你的话，我就不吻；不过你可以跟我说说话儿，行吗？"

克里斯汀用舌头润了润嘴唇，但她还是没有说什么。

"我感觉你似乎在颤抖，"西蒙继续说，"克里斯汀，你是不是对我有些抗拒？"

克里斯汀觉得自己不可能同西蒙睡觉，所以她说："没有，仅此而已。"

西蒙又躺了一会儿，他试图再引起一个话题。不过最后还是笑着说："我懂了，你觉得我应该就此感到满足——你不抗拒我——至少今晚是这样，而我甚至该为此感到高兴。你真是太骄傲了，骄傲的让人不理解。不过你还是得亲我一下，那么我就下床，今晚不再折磨你。"

西蒙亲了亲克里斯汀，然后坐起身穿鞋下床。克里斯汀觉得，她应该要跟西蒙说出她心里的话——可西蒙已经下床，她还听得到西蒙穿衣服的声音。

第二天伏露·安格德对克里斯汀就没有以往那么和蔼了。克里斯汀知道，她一定是听说了什么，而作为母亲，她觉得克里斯汀这样对他儿子是不应该的。

那天午后，西蒙提出他想跟他的朋友买一匹马。他问克里斯汀是否愿意一道前去看看。克里斯汀说可以，于是两人便一同去镇上。

那是一个晴朗的日子，天朗气清。前一天晚上下了一点雪，白天却是阳光灿烂，不过天气还是很冷，雪在两人的脚下咔嚓咔嚓地响。能到户外走走让克里斯汀很高兴，所以当西蒙找到他要的那匹马时，克里斯汀也跟他侃侃而谈了很多。克里斯汀从小就受父亲的熏陶，所以她对马知之甚多。西蒙看中的这匹马确实很不错：一匹老鼠灰颜色的种马，背部有一道道黑色的斑纹，鬃毛短而蜷曲。这匹马体型优美，显得很有精神，不过体格有些很小很轻。

"若是一个全副武装的男人骑在上面，它恐怕撑不了多久。"克里斯汀说。

"是的，不过我想的不是这个。"西蒙说。

西蒙把马牵到农场后面的开阔区域，并让马奔跑走动，亲自骑了一圈，克里斯汀跟着也坐了上去。两人在白色的户外牧场待了很长时间。

最后，当克里斯汀用手中的面包喂马时，西蒙斜倚着马身双手放在身后，突然说："克里斯汀，我怎么觉得你和我母亲之间有些不愉快呢？"

"我从来没想过要跟你的母亲置气，"她说，"不过我同伏露·安格德没有多少话好说。"

"似乎你跟我也没有多少话好说，"西蒙说，"克里斯汀，在我俩正式成婚之前，我不会对你用强。不过事情不能一直这样子下去；我根本都没有机会同你说话。"

"我从来都不是一个健谈的人呀，"克里斯汀说，"这我自己也知道，如果我俩走不下去，希望你不会觉得这是一个多大的损失。"

"你知道我是怎么想的吗？"西蒙看着克里斯汀说。

克里斯汀的脸红通通的。她很讶异地发现，自己并不反感西蒙·达勒的求爱。

过了一会儿，西蒙说："克里斯汀，你是一直都忘不了阿恩·哥德森吗？"克里斯汀盯着他。西蒙继续说，语气里是善意和理解，"我不会因此而怪你。你们从小像兄妹一样长大，而且他不幸被人杀死才一年。不过你不能一直都放不下这事呀；我只想你过得好。"

克里斯汀的脸色变得十分苍白。两个人趁着黄昏穿过城镇，谁也没说话。走到街的尽头时，天空已是一片蓝绿色，一轮新月怀抱着一颗明亮的星星挂在天上。

一年，克里斯汀在心里想，她都记不起上次想到阿恩是什么时候。这突然让她感到恐惧——也许她就是一个放荡邪恶的女人。一年前她看到阿恩躺在灵堂中的棺材里，那时她以为自己这辈子都不会再高兴起来。她为自己的三心二意而惊恐，也为物是人非而悲伤。厄莱德，厄莱德——他会不会忘了她？更糟糕的是，可能她也会忘了他。

安德鲁斯先生带着众人去国王的城堡里参加圣诞大庆。克里斯汀目之所及的一切都是那么华丽宏伟，他们还被邀请到哈空国王与伏露·伊莎贝尔·布鲁斯坐的大厅跳舞，伏露·布鲁斯是埃里克国王的遗孀。安德鲁斯先生走向前同国王问好，他的几个孩子和克里斯汀则跟在后面。克里斯汀想起伏露·阿希尔德曾跟她说过的那些事情，她记起国王是厄莱德的近亲——他们两个的祖母是姐妹。而她是厄莱德勾引的女人；她没有权利站在这儿，尤其是站在这些衣着光鲜的上等人中间，站在安德鲁斯的孩子中间。

突然，她看到了厄莱德·尼库拉森。厄莱德走到伊莎贝尔王后的跟前，王后正跟他耳语着什么，他则是恭敬地垂着头，双手放在胸前。厄莱德身穿棕色的丝质短外套，就是之前他去赴宴穿的那件。克里斯汀慌忙走到安德鲁斯先生的女儿身后站着。

过了一些时候，伏露·安格德陪着三位年轻姑娘去拜见王后，克里斯汀已经瞧不见厄莱德的踪影，不过她还是不敢抬起眼睛。她猜想厄莱德此刻是否就站在大厅的某处；她觉得厄莱德正在看着她。克里斯汀觉得所有人都正盯着她，仿佛他们都知道头戴金色花环的她是个骗子。

厄莱德不在年轻人们用晚餐的地方，也没有出现在舞池。那天晚上，克里斯汀不得不跟西蒙跳舞。

靠墙有一张桌子，国王的仆人们不间断地往上面摆麦芽酒、蜂蜜酒和葡萄酒。西蒙把克里斯汀拉到那张桌子旁向她敬酒，就在这时，克里斯汀看见厄莱德就站在西蒙身后，离她只有几步之隔。西蒙将酒杯递给克里斯汀，而此时厄莱德正盯着她看，克里斯汀举起酒杯的手都有些颤抖。厄莱德同身旁的男人耳语几句——一个身材魁梧、相貌英俊但年纪较大的男人——他脸上是生气的表情，轻蔑地摇着头。之后，西蒙就带着克里斯汀重新回到舞池跳舞。

克里斯汀不知道舞会究竟进行了多久；舞曲似乎永远都不会完，每一秒对她而言都是那么的无聊，那么的痛苦，她的心中满是骚动不安。最后，舞会终于结束了，西蒙陪着她再次去酒桌旁取酒喝。

西蒙的一个朋友走过来同他说话，并拉着他走到一群年轻人中间。就在这时，厄莱德出现在克里斯汀的面前。

"我有好多的话想跟你说,"厄莱德同她耳语,"可我不知道应该从何说起。克里斯汀,你告诉我,你过得怎样?"厄莱德问得很急切,因为他注意到克里斯汀的脸已是煞白一片。

克里斯汀看不清他;仿佛他俩之间隔着流动的水。厄莱德从桌子上端起一个酒杯喝了一口,然后他将杯子递给克里斯汀。可克里斯汀觉得那个杯子太重了,或是因为她的手臂已经脱臼?总之,她没有办法把杯子举到唇边。

"所以事情就是这样的——你同你的未婚夫把酒言欢,却不愿陪我喝一杯?"厄莱德问得很小声。但克里斯汀手中的杯子突然滑落,整个人往前栽到厄莱德的怀里。

醒过来的时候,克里斯汀发现自己躺在一张长椅上,头枕在一个不认识的姑娘的腿上。她的腰带和胸针都已经解开。有人正在拍她的手,而她的脸则是湿漉漉的。

克里斯汀坐起身。她在周围的人群里看见了厄莱德苍白的脸。克里斯汀觉得身子很虚弱,仿佛所有的骨头都断了,头变得又大又空。即便这样,她的脑海里依然有一个清晰的念头——她必须跟厄莱德说上话。

于是,克里斯汀对身旁的西蒙·达勒说:"我一定是热过头了。这儿点了太多蜡烛,再加上我也不习惯喝这么多葡萄酒。"

"你现在好点了吗?"西蒙问,"你可把我们都吓坏了。要不,我带你回家?"

"我想我们还是等你父母一起走吧,"克里斯汀语气平静地说,"不过,我们就在这儿坐坐,我不想再跳舞了。"说着,她拍了拍旁边的坐垫。然后,她把另一只手伸向厄莱德。

"来这儿坐,厄莱德·尼库拉森。我还没来得及跟你打招呼呢。伊恩格博杰格最近还老说,恐怕你已经把她忘到九霄云外去了。"

克里斯汀看到厄莱德好不容易才定住神,他似乎比她还紧张。见此情形,克里斯汀很想笑,但她还是尽量忍住。

"啊,她还记得我,你一定要替我谢谢她,"厄莱德说的有些结巴,"我还担心她会忘了我呢!"

克里斯汀暗忖了一会儿。她不知道还能借轻浮的伊恩格博杰格向厄莱德传达什么信息。突然，这几个月来经历的无助和痛苦在她心里升腾起来，于是她说："亲爱的厄莱德，你觉得我们这些姑娘会忘记如此守护我们名誉的男人吗？"

克里斯汀看到厄莱德仿佛受到重击。当西蒙问她这话是什么意思时，克里斯汀才后悔不该说这句话。克里斯汀于是跟西蒙讲了她跟伊恩格博杰格在爱卡伯格树林里的险遇。她察觉到，西蒙听完后并不高兴。克里斯汀便让西蒙去找伏露·安格德，看他们是不是打算走了。反正，她确实已经很累。西蒙走后，克里斯汀回头去找厄莱德。

"真是让人意外，"厄莱德把声音压得很低，"你竟然这么机智——这是我以前没想到的。"

"我必须学会隐藏事情真相，这一点你应该想得到。"克里斯汀语气严肃。

厄莱德呼吸沉重。他的脸色依然苍白。

"就是这样？"厄莱德轻声道，"可你答应过我，如果你走得开的话就去找我的朋友。上帝可以为我做证，我每天每夜都在想你，想是不是最坏的事情发生了。"

"我知道你说的最坏的事情是什么，"克里斯汀简单地说，"你无须担心。似乎你一去便杳无音讯对我才是更糟糕的情况吧。难道你不明白，同那些修女们住在一起，我就像某种奇怪的鸟儿吗？"克里斯汀突然停住了，因为她感觉眼泪已经不受控制地涌了出来。

"所以这就是你现在跟狄福林家的人在一起的原因？"厄莱德问。克里斯汀闻言，心中一片绝望，她无法开口回答。

然后，克里斯汀看到伏露·安格德和西蒙出现在门口。厄莱德的手搭在膝上，同她的手很近，可她却不能碰触。

"我得跟你好好谈谈，"厄莱德很认真地说，"我们该说的话，一句都还没讲。"

"圣诞季最后一天的庆祝结束之后，你到马利亚教堂做弥撒的地方找我。"克里斯汀边站起身去迎西蒙他们边急忙对厄莱德说。

回去的路上,伏露·安格德对克里斯汀很是怜爱亲切,她还亲自伺候克里斯汀上床睡觉。克里斯汀直到第二天才有机会同西蒙说话。

西蒙说:"你为什么要帮厄莱德和伊恩格博杰格·弗利普斯戴特传那样的信?如果他们之间有什么不可告人的,这种事你根本不应该插手。"

"我可不知道这背后还会隐藏什么深意,"克里斯汀说,"她就是个话匣子而已。"

"你竟然跟那个叽叽喳喳的姑娘冒险走到林子里头,你不觉得以后做事情要更放聪明点吗?"西蒙说。但克里斯汀辩驳说,她们走到岔路上是迫不得已,那不是她们的错。西蒙便也不再说什么了。

第二天,狄福林家的人在返家以前先护送克里斯汀返回修道院。

厄莱德每周都会有一天到修道院的教堂里头做晚祷,但克里斯汀一直没机会同他说话。她感觉自己就像一只被锁住了的鹰隼,双眼被布蒙住。最后一次见面两人说的话也让她感到很不痛快;事情本不该是这样子的啊。即便克里斯汀不断告诉自己,一切发生得太突然,所以两个人都不晓得自己在讲些什么——但这还是不能让她好受一些。

某天黄昏,一个看起来像城里人的漂亮女人出现在修道院。她要求见克里斯汀·拉夫拉恩斯戴特,并说自己是一个布商的妻子。她的丈夫刚从丹麦回来,手头上有一些上好的披风,而亚斯蒙德·比杰加尔弗森希望能送给他的侄女一件,所以她想带克里斯汀过去自己选。

修道院同意了克里斯汀同这个女人前去挑选披风。但克里斯汀心想,叔叔不像那种会特意给她买贵重礼物的人,而且奇怪的是,他为什么会派一个陌生的女人来接她呢?

一开始,女人很少说话,只是简单地回答克里斯汀的问题,不过快走到镇上的时候,女人突然说:"我不想骗你,惹人怜爱的姑娘。我要告诉你事实的真相,然后你再自己做决定。我不是你叔叔派来的,而是一个男人——可能你猜得出他的名字,如果你猜不出的话,那你就不该跟我来。我没有丈夫，我只能靠打理一个旅馆和卖麦芽酒过活——不过我不会让你在我的屋子里头被人欺骗。"

克里斯汀停住了脚步，她的脸刷红一片。很奇怪，她竟替厄莱德感到难过和惭愧。

女人说："我会陪你返回修道院，克里斯汀，但你必须给我一点东西让我渡过难关。骑士答应会给我丰厚的回报，不过我也曾经美丽过，而我也曾被人骗过。今晚，你可以在祈祷的时候记起我。他们叫我布拉恩希尔德·伏露加。"

克里斯汀从手指上取下戒指递给那个女人。

"你很善良，布拉恩希尔德，不过要是你说的是厄莱德·尼库拉森，那我就没什么好怕的。他只是想让我调解他和我叔叔的关系。我不会怪你——不过还是谢谢你的提醒。"

布拉恩希尔德·伏露加转身隐藏自己脸上的笑意。

她领着克里斯汀穿过克莱门特教堂后面的回廊，向北朝河边走去。河岸旁立着几间小小的彼此孤立的农场。两人穿行过几处篱笆，之后便见厄莱德朝她们走来。他往四周看了一圈，然后脱下披风把克里斯汀裹进去，并用头巾遮住克里斯汀的脸。

"你觉得这个办法怎么样？"厄莱德压低声音问道，"你觉得我做错了吗？不过我必须得跟你谈谈。"

"纠结于对错，对你我都没有好处。"克里斯汀说。

"不要这么说，"厄莱德请求道，"都是我的错。克里斯汀，我每天每夜都在想念你。"他在她的耳旁轻声说。

当克里斯汀迎上厄莱德的眼神，她的身体一震。她感到一阵内疚，因为厄莱德那样子注视她的时候，她竟然还想着其他事情。

布拉恩希尔德·伏露加已经走到了前头。两人到旅馆时，厄莱德问克里斯汀："你想去主房，还是去楼上的阁楼？"

"随你吧。"克里斯汀回答。

"上面很冷，"厄莱德说得很温柔，"那我们就得钻到被窝里去。"克里斯汀只是点头。

厄莱德一关上门便把克里斯汀拥进了怀里。他抚摸着克里斯汀的身子，遮住她的眼睛，吻她吻到窒息；一边不耐烦地将两人的披风脱掉扔到地上。然后他抱起穿着白色修道服的克里斯汀，让她紧紧靠着自己的肩膀，然后放到床上。克里斯汀被厄莱德的粗暴和自己对这个男人的欲望吓着了，她用双手环住厄莱德，并把脸埋在他的脖子处。

　　阁楼里非常冷，两人都能看见他们的鼻息仿佛雾云一样凝在桌上蜡烛的前头。不过床上铺有很多毯子皮毛，最上头盖着一张大熊皮，两人钻到被子里面，将熊皮拉的盖住脸。

　　克里斯汀不知道那样子躺在厄莱德的怀里究竟多久，只听见他说："现在我们要谈谈那些不得不谈的事情了，我的克里斯汀。我不敢让你在这儿逗留太长时间。"

　　"如果你想让我留的话，我今天一整晚都可以留在这儿。"克里斯汀轻声说。

　　两人的脸紧紧贴在一起。

　　"那我就对你太不厚道了。现在事情已经很糟糕，不过我还是不想因为我而让你被别人指指点点。"

　　克里斯汀没有作声，她只是感到一阵心痛。克里斯汀不明白为什么厄莱德都已经把她带到布拉恩希尔德·伏露加的房子里头，却还要跟她说这样的话。她莫名地觉得这不会是一个好地方。而厄莱德希望一切都像从前一样，窗帘里头还放着一杯蜂蜜酒。

　　"我一直在想，"厄莱德继续说道，"要是真的没有其他办法，我就强行把你带到瑞典。伊恩格博杰格公爵夫人这个秋天对我很照顾，还跟我提了我们之间的亲戚关系。不过我现在是在赎罪——我以前逃离过这个国家，你知道的——我不想让你背上和我一样的骂名。"

　　"把我带到你在哈萨比的家去，"克里斯汀平静地说，"我不能忍受和你分开，天天跟那些修道院的姑娘们住在一起。我想，你我的亲戚朋友最终都会允许我们在一起，并和好如初。"

　　厄莱德紧紧地抱住克里斯汀，咕哝着说："我不能带你去哈萨比，克里斯汀。"

"为什么不行?"克里斯汀问得很小声。

"艾琳这个秋天回来了,"厄莱德顿了一会儿答道,"我不可能把她赶走啊,"他说着变得有些生气,"除非我强行把她拉到雪橇上然后亲自把她赶走。我做不到——她还把我和她的两个孩子带了过来。"

克里斯汀感觉自己的心越来越沉,越来越沉。因为恐惧,她的声音都变得有些尖利:"我以为你已经和她分手了。"

"我本来也是这么认为的,"厄莱德回答得很简略,"不过她肯定是听说了我打算结婚的事。你看到圣诞舞会上跟我站在一起的男人了吧——那就是我的养父,巴德·皮特森。从瑞典回来之后,我就是投奔的他;之后还去看望了一个亲戚海明·阿尔弗森,他也住在萨尔特维克。我跟他们说我现在想结婚,希望他们能帮我。艾琳肯定是知道了这些。

"我跟她说,随便她和孩子想要什么,我都会尽量满足。但她觉得她的丈夫司佳德活不过这个冬天,那样就没有人可以阻止她和我在一起了。

"我和哈弗托还有奥尔夫睡在马厩,艾琳就睡在我的床上。我想我的随从一定在背后笑话我。"

克里斯汀一句话也说不出。

过了一会儿,厄莱德又说:"你知道,等我们正式订婚的那天,她就会知道这样做对她一点好处都没有——她已经影响不到我了。

"但这对孩子们不好。我已经有一年没有见到他们——两个孩子都长得很好看——但我无力改变他们的境况。即便我同他们的母亲结婚,也帮不了他们多少。"

克里斯汀此时已是泪流满面。

厄莱德见状说:"你听到我说的话了吗?我和我的亲戚提了结婚的事?他们也为我感到高兴。然后我还告诉他们,我想娶的人只有你。"

"他们对此不太高兴吧?"克里斯汀最后惴惴地问。

"你想得到的,"厄莱德阴沉着说,"他们都说,除非你和西蒙·安德鲁森的婚约取消,不然是不可能替我去向你父亲求亲的。克里斯汀，你同狄福林一家人共过圣诞，这就让我们俩的事更难了。"

听到这儿，克里斯汀完全崩溃了，她再也说不出话，只是流泪。她一直都知道自己的这份感情有许多不明智、不光明的东西存在，但现在她才意识到，一切错都是她铸成的。

克里斯汀从被窝里爬出来，才过一会儿她就开始全身颤抖，厄莱德连忙用披风裹住她的身子。外面天色已经全黑，厄莱德送克里斯汀到克莱门特教堂的庭院；之后，便是布拉恩希尔德陪克里斯汀回到诺奈赛特。

第七章

第二周,布拉恩希尔德带话来说披风已经做好,克里斯汀于是与她一道离开,在阁楼里同厄莱德见面。

两人分别时,厄莱德给克里斯汀披上一件披风,"说是来取披风的,总不能空手而归。"他说。披风是用蓝色的天鹅绒与红色丝绸织就,厄莱德问克里斯汀是否注意到,这件披风同她那天在森林里穿的裙子是一样的颜色。这让克里斯汀很惊喜,厄莱德的话让克里斯汀欢喜无比——她甚至觉得这是厄莱德带给她最大喜悦的一次。

不过现在他们不能再用这个借口见面幽会,而其他的办法也不容易想。厄莱德还是会去修道院的教堂做晚祷,有几次做完礼拜后,克里斯汀被派去corrodians的农场;两个人这才趁着冬天的夜色,在篱笆旁偷偷说了几句话。

之后，克里斯汀想到请普泰夏修女批准她去看望几个中风的老妇人以表示修道院的慈悲，那几个老妇人住的离修道院有些远。她们的屋子后面有一个牛棚，里面养着一头奶牛。克里斯汀借口说替她们去喂奶牛，然后借机让厄莱德也进来牛棚。

克里斯汀有些惊讶地发现，厄莱德虽然高兴能同她见面，但她想的这个办法似乎让他有些痛苦

"你对我越来越熟悉，其实对你未必是一件好事，"厄莱德有天晚上说，"现在你都已经学会用这种诡计了。"

"这你不能怪我。"克里斯汀沮丧地答道。

"我不是怪你。"厄莱德连忙说，显得有些尴尬。

"我从来没有想过，"克里斯汀接着说道，"撒谎对于我而言竟是这么容易的事。但除此之外我别无他法。"

"这也不总是对的，"厄莱德不改其音，"你还记得去年的冬天，你没有办法告诉你的未婚夫，你不能同他结婚吗？"

克里斯汀没有作声，只是摩挲了下厄莱德的脸。

当厄莱德说这些时而让她沮丧、时而让她惊喜的话时，克里斯汀觉得自己比以往任何一个时候都更爱他。她甚至很高兴，这份感情不光彩、不体面的部分都可归咎于她。如果她有勇气告诉西蒙真相，那这件事情就可以解决一大半了。厄莱德跟他的亲戚说了结婚的事，他已经尽了自己的力。每当克里斯汀觉得修道院的日子越过越长、越过越无聊时，她就这样跟自己说。厄莱德本想让所有事情都回到正轨。当克里斯汀想起厄莱德描述对婚礼的想象时的神情，她的脸上就会不自觉地浮出微笑。她会穿上丝绸和天鹅绒的裙子骑着马去教堂，她会被领着走向新娘的婚床，头上戴着高高的金色头冠，头发披在肩上——多么漂亮的头发，他会一边说，一边用手指穿过她的头发。

"不过，对你而言可能有些不一样，因为你已经占有了我。"有一次厄莱德说起这些时，克里斯汀曾这样回答。

然后，厄莱德便激动地把克里斯汀拉进他的怀抱。

"你觉得我会记不起第一次庆祝圣诞时的情形吗？或者冬天返家后

第一次看到山又变绿的心情?哦,我当然会记得我第一次拥有你时的点点滴滴,之后的每一次我都记得。不过,占有你就像永远庆祝圣诞或者永远在绿色的山坡上猎鸟一样。"

克里斯汀听了厄莱德的这一番话非常高兴,她更紧地依偎在厄莱德的怀里。

其实,她并不是相信事情真会像厄莱德想象的那样发展。克里斯汀知道决断的日子很快就会来临。事情不可能这么顺利。不过她对此并不是特别恐惧。她更害怕的是,厄莱德可能在事情解决之前便去了北方,而她还得留在这里,那两人将不得不再次分开。穆南·巴德森在阿克斯尼斯,而皇家财产都在塔恩斯伯格,国王就是在那儿病死的。但有一天,厄莱德肯定不得不回去打理他的家产。克里斯汀不愿承认自己害怕这件事,因为那样子的话他就会回哈萨比的家去,而他的情妇正在那儿等着他。不过相比独自面对西蒙并同他挑明,和厄莱德两个人一起面对罪过还没有那么让她害怕;另外还有父亲那一关要过,父亲可是一直在她心里的人呀。

所以,克里斯汀甚至是盼望惩罚能落到她的头上,越快越好。因为她现在满脑子都是厄莱德。她白天想的是他,晚上梦的还是他。克里斯汀并不后悔同厄莱德在一起,同厄莱德偷尝禁果终归是会付出沉重代价的——既然享受了甜蜜,就得承受后果,这样想她竟感到些许安慰。在老妇牛棚里同厄莱德私会的短暂时光,每次克里斯汀都会热烈地扑进他的怀里,仿佛连灵魂都要交给他一样。

时间一点点过去,厄莱德也似乎一直有幸运女神的眷顾。克里斯汀注意到修道院里没有一个人怀疑她,虽然伊恩格博杰格发现了她与厄莱德见面的事。但克里斯汀知道,伊恩格博杰格只是认为她是找点乐子而已。伊恩格博杰格怎么也想不到,一个像她这样有身份且已经订过婚的姑娘,如何敢私自同另一个男人幽会呢?恐惧曾一度再次将克里斯汀攫住;也许这是大家闻所未闻的事情,也许她会成为所有人的笑柄。她再次隐隐希望别人能很快发现,这样事情也就可以有个了断了。

复活节到了。克里斯汀也不知道这个冬天究竟是怎么了；见不到厄莱德的日子仿佛有一年那么长，而这长长的一天天也渐渐累计成了一周周。现在已经是春天，都到复活节了，而克里斯汀感觉时光还停留在圣诞节；她觉得厄莱德默许了她所有的愿望。两人破了四旬斋的戒，这是两个人共同犯下的错。不过她想遵守复活节的戒规——虽然见不到厄莱德会让她很难受。厄莱德也许很快就要离开；关于这件事，他很少提及；不过她知道国王已经死了，而这很有可能会让厄莱德的处境发生变化。

复活节的几天后，克里斯汀被叫到修道院大堂与未婚夫谈话。

西蒙一朝她走来并伸出手，克里斯汀就知道事情不对劲。他的脸同平时不一样；那一双小小的灰色眼睛也不见了笑意。克里斯汀竟不由在心中感慨，收起往日的快乐乐天反倒有了别样的气质。穿一件合身旅行衣的西蒙看过去相当帅气，戴头巾的棕色齐肩披风则被他拨到了身后。湿湿的空气让他的淡棕色头发更显蜷曲。

两个人坐着聊了一会儿。西蒙四旬斋期间留在弗摩，他几乎每天都会去乔拉恩加德探望。家里人都很好。阿尔夫希尔德出乎意外的健康。拉恩伯格现在也回了家；她已经长成了一个可爱迷人的姑娘。

"你在诺奈赛特的日子也接近尾声，"西蒙说，"他们很可能正在家里筹备我俩的订婚宴呢。"

克里斯汀未发一言，只是西蒙一个人在说。

"我跟拉夫拉恩斯说，我会到奥斯陆同你谈这件事。"

克里斯汀垂着眼轻声说道："事情到这一地步，西蒙，我们还是私下里谈这件事比较好。"

"我也是这么觉得，"西蒙·安德鲁森回答说，"我正想问你，愿不愿意请求伏露·葛罗拉同意我俩去她的园子里走走呢？"

克里斯汀突然站起身，没说什么便出了房间。过了一会儿她回来了，身旁跟着一个手拿钥匙的修女。

客厅有一条大门直接通向修道院西边建筑物上面的药草园。修女打开锁，只见前面一片迷雾，两人的可视范围只有几步路。最近的一棵大树树干仿佛煤炭一样黢黑；每一枝干都悬着水珠。湿湿的地面仍可见正在融化的小团新雪，不过树丛下面黄白的百合已经开始长苞，紫罗兰的草地上还传来了一阵沁人心脾的香气。

西蒙领着克里斯汀到最近的一张椅子旁。西蒙坐了上去，手肘撑在膝盖上，身体微微前靠。然后他抬起头看着克里斯汀，脸上是一种古怪的微笑。

"我差不多可以想到你要跟我说的事情，"他说，"你爱上了别的男人，比爱我更多，是吗？"

"你说得没错。"克里斯汀柔声回答。

"我觉得，我应该有权知道他的名字吧，"西蒙说着，声音已经有些粗嘎。"是哈萨比的厄莱德·尼库拉森？"

过了一会儿，克里斯汀低声说："所以，你已经注意到了？"

西蒙回答之前，顿了一会儿。

"你不是觉得我那么愚蠢吧，你以为圣诞节的时候我什么都没觉察出来？只是当时我不能说什么，因为我的父母亲都在那儿。这也是为什么我要单独前来见你的原因。我不知道跟你说这件事算不算一个明智的举动，但我觉得结婚之前，我们应该把这件事摊开来讲。

"而昨天，我碰到一个亲戚奥斯坦恩。他跟我说起了你。他说，有一天晚上曾撞见你穿过克莱门特教堂的庭院，身旁跟着一个被称作布拉恩希尔德·伏露加的女人。我跟他赌咒说，他一定是搞错了。如果你现在告诉我是他看错了，我会相信你。"

"神父说得没错，"克里斯汀倔强地回答，"你不应该赌那种咒，西蒙。"

然后，西蒙沉默地坐了好久，才开口说话。

"你知道这个布拉恩希尔德·伏露加是谁吗，克里斯汀？"见克里斯汀摇头，西蒙告诉她，"是穆南·巴德森结婚后将她安排在这儿的一个旅馆里——她贩卖走私酒和其他之类的东西。"

"你认识她吗？"克里斯汀面露嘲笑地问。

"我从来都没想过要成为一个修士或神父，"西蒙说着脸红了起来,"不过我从来没有对一个少女或其他人的妻子做过不应该的事。难道你不觉得一个尊贵的男人是不可能让这样一个女人深夜陪你出门的吗?"

"厄莱德没有勾引我,"克里斯汀说,她的脸变得通红,一副气恼的表情。"他也没有承诺过我任何事。他什么都没对我做,可现在我的整颗心都在他的身上。从第一眼见到他开始,我就义无返顾地爱上了他。"

西蒙坐在那儿,将匕首从这只手换到那只手。

"从自己未婚妻的口中听到这样的话,可真是稀奇,"西蒙说,"克里斯汀,现在我们俩的事情可不妙啊。"

克里斯汀深吸一口气。"如果娶了我,你一定得不到很好的服侍,西蒙。"

"全能的上帝知道这一点。"西蒙·安德鲁森说。

"那我相信你会支持我的决定,"克里斯汀惴惴地说道,"让安德鲁斯先生和我父亲取消我们之间的婚约?"

"哦,这就是你的想法?"西蒙说。之后,他沉默了一会儿。"只有上帝知道你是否真正明白我的意思。"

"我明白,"克里斯汀告诉西蒙,"我知道法律有规定,没有人能强迫一个少女嫁人;如果是那样的话,她可以告上法庭。"

"我想应该是告到大主教跟前,"西蒙说着苦笑了下,"不过我才不管法律对这种事是怎样的规定。难道你不觉得,你也没有理由这样做吗?你知道的,如果你真的铁了心,我也不会逼你嫁给我。只是你没意识到……我们订立婚约已经有两年,你之前从来没有抗拒过,等到现在订婚宴和婚礼都已准备妥当,你却提出这样的要求……克里斯汀,你有没有想过执意解除我们的婚约意味着什么?"

"反正,你现在是不会要我了。"克里斯汀说。

"不,我会要你,"西蒙的话简洁有力,"如果你还有其他想法,最好想想清楚。"

"厄莱德·尼库拉森和我已经用我们的基督信仰起誓——如果我们

不能成婚,那我们中的任何一个都将终身不嫁或终身不娶。"

西蒙沉默了好久。然后有些疲倦地说:"克里斯汀,你说他没有勾引你也没有承诺你什么,我真不明白你是什么意思。他让你从一桩所有亲人都认可的婚姻中脱逃。能让一个有夫之妇做他的情妇,难道你就没考虑过这个男人的品行吗?而今他又想勾引别人的未婚妻。"

克里斯汀忍住泪水,低沉着声音说:"你的这些话伤到了我。"

"你以为我想伤害你吗?"西蒙柔声回答。

"如果你……事情就不会是这个样子,"克里斯汀犹豫着说,"西蒙,其实你也不是主动选择的我。是你的父亲和我的父亲决定了这桩婚事。如果是你自己选择的我,那事情又将是另一番局面。"

西蒙将匕首直直地插入凳子,过了一会儿又将匕首拔出来,然后他准备再插进去——可是匕首已经插不进去了,因为刀尖已经弯掉。于是,西蒙又把匕首在两只手中来回换着玩。

"你很清楚……"他说,声音很低而且有些颤抖。"你知道,如果你假装我从来没有……那你是在自欺欺人……你很清楚,很多次我都想告诉你,但你却表现得如果我说了出来我就不算一个磊落的男人。"

"一开始我以为你是因为死去的阿恩。我以为应该给你一点时间……可你不明白我的心思……我以为阿恩尸骨未寒之际跟你表白心迹,会对你造成伤害。可现在我明白了。你并不需要多长时间去忘记……而现在……现在……"

"不,"克里斯汀轻声说,"我明白的,西蒙。我已经不敢奢望你还能做我的朋友。"

"朋友!"西蒙古怪地笑了笑,"你现在需要我的友谊吗?"

克里斯汀红了脸。

"你现在已经长成一个男人,"她柔声说,"已经有这么大了。你可以决定自己的婚姻。"

西蒙瞪了克里斯汀一眼。之后又大笑起来。

"我明白了,你想说的是,这桩婚事没成得怪我,是吧?"

"如果你真的下定决心——如果你敢面对这一切——那我就按你说

的办，"西蒙柔声说，"我会跟我的家里人说，也会和你的亲戚说——除了你的父亲。你得自己去跟你父亲坦白这一切。如果有需要的话，我也可以带信给你父亲，尽量帮你铺点路。不过你必须让拉夫拉恩斯·比杰加尔弗森知道，我从来没有违背过我和他之间的诺言。"

克里斯汀双手抓住凳子的角；这些比西蒙以往说的任何话都让她更震惊。她脸色苍白，满脸惊恐，只是盯着西蒙。

西蒙站起身。

"我们现在得走了，"他说，"不然两个人都得冻坏在这儿，而且那个修女还拿着钥匙在那儿等。我给你一周时间把这些事情想想清楚。我也要在城里办点事。离开这儿之前，我会再来找你一次，就看你到时候还愿不愿意见我了。"

 第八章

　　克里斯汀告诉自己，事情最后就是这样解决的。但她不知怎的竟有一种疲倦的感觉，仿佛被人吸干了，只想躺进厄莱德的怀抱中。
　　她在床上辗转反侧了大半夜，然后决定做一件之前不敢做的事情——带信给厄莱德。要找到合适的人帮她跑这一趟差可不容易。俗人修女从来都不会独自出门，她也想不出还有其他人可以帮她做这件事。干农活的那些男人都已经上了年纪，而且除了同院长商量事情很少会到修女的住处来。所以，奥莱福是唯一的人选。奥莱福是一个半大小伙子，在园子里干活。一天早上，修道院的人在教堂的阶梯上发现了还在襁褓中的奥莱福，之后他便被伏露·葛罗拉收作继子。人们说，他的母亲可能是俗人修女中的一个。那个女人本来可以成为正式的修女，但她因为不服从命令在监狱里关了6个月——据说，这是在奥莱福被发现

之后——而后便成了一名俗人修女，一直在农场里干活。过去的几个月中，克里斯汀经常想伊恩葛丽德修女的命运，但她一直都没有机会同伊恩葛丽德说上话。让奥莱福去办这件事实在是很冒险；他还是个孩子，而且伏露·葛罗拉及所有的修女只要看见他便会同他说话，逗他玩儿。但克里斯汀想，反正事情到这一地步，她也没什么好怕的了。几天后的一天早上，奥莱福正打算去城里；克里斯汀叫住他并让他帮忙带信到阿克斯尼斯，告诉厄莱德找借口让两人单独见次面。

就在那天下午，厄莱德的随从阿尔夫出现在修道院的大门口。阿尔夫声称自己是亚斯蒙德·比杰加尔弗森的随从，被主人派来看看可不可以接他的侄女克里斯汀到城里待一会儿，因为他自己没有时间亲自到诺奈赛特来。克里斯汀暗想这一招肯定行不通；不过当普泰夏修女问她是否认得这个送信人的时候，她说认识。于是，克里斯汀便跟着阿尔夫到了布拉恩希尔德·伏露加的旅馆里。

厄莱德在阁楼里等她。他神情十分紧张，克里斯汀意识到他是在担心最让他恐惧的那件事情发生。

每当克里斯汀想到厄莱德会如此害怕她怀上孩子，她就会觉得心里一阵刺痛——明明两个人似乎都离不开对方。那天晚上，克里斯汀感觉焦虑万分，她跟厄莱德说了许多话，带着满腔的愤怒。厄莱德的脸也变成了深红色；他把头靠在克里斯汀的肩上。

"你说得对，"他说，"克里斯汀，我应该试着让你一个人过段清静日子，而不是这样子拿你的运气做赌注。如果你想……"

克里斯汀搂住厄莱德，放声大笑，但厄莱德却紧紧地钳住克里斯汀的腰并将她按倒在一张长椅上；然后厄莱德坐到桌子的另一边。克里斯汀朝厄莱德伸出手，厄莱德于是热烈地亲吻她的手掌。

"如果你知道我把我们两个堂堂正正结婚这件事看得多重，你就会明白我一点都不比你轻松。"厄莱德说得很认真。

"那你之前就不应该占有我。"克里斯汀说。

厄莱德把脸埋进双手中。

"是，真希望我没对你犯下这样的错。"他说。

"我们两个谁也不希望，"克里斯汀咯咯笑了起来，"只要我的亲人和上帝到最后可以谅解我，那么就算要我戴上已婚妇女的头巾，我也心甘情愿。我经常想，只要能和你在一起，哪怕生活动荡一些我也不在乎。"

"你会给我的庄园带去光荣，"厄莱德说，"我不想让你跟我一样落得一个不体面的名声。"

克里斯汀摇了摇头，接着说："如果我告诉你，我已经跟西蒙·安德鲁森摊牌了，你会不会很高兴？而且，他不会用那一纸婚约来束缚我。"

厄莱德闻言欢呼雀跃，克里斯汀只得把事情的始末都给他讲一遍，不过克里斯汀只字未提西蒙贬损厄莱德的那些话。另外，她还提了西蒙不想让拉夫拉恩斯责怪他的事。

"这想得通，"厄莱德说，"你的父亲和西蒙惺惺相惜，对吧？拉夫拉恩斯肯定没那么喜欢我。"

克里斯汀认为厄莱德这样说，肯定是明白了这件事情离最终解决还有很长的一段路要走，而她对此很是感激。不过之后厄莱德就没再提过这个话题。厄莱德是高兴坏了，他说之前一直担心克里斯汀没有勇气跟西蒙开口。

"我看得出，其实某方面来说，你还是喜欢西蒙的。"厄莱德说。

"在你我共同经过这些之后，我才意识到西蒙是一个正直有能力的男人，这还重要吗？"克里斯汀问道。

"如果你没有遇见我，"厄莱德说，"克里斯汀，你和他可能会过上好日子。你笑什么？"

"哦，我是想起了伏露·阿希尔德曾经说过的话，"克里斯汀回答说，"那时我还是个小孩子。但她说，'理智的人有他们的快乐日子，但最辉煌的时光属于敢不按理智行事的人'。"

"阿希尔德教你这些，真是太好了，"厄莱德说着让克里斯汀坐到他的膝上，"很奇怪，克里斯汀，但我真的从来没有见过你恐惧。"

"你从来没有见过吗？"克里斯汀说着，也更紧地依偎住厄莱德。

厄莱德让克里斯汀坐到床头并脱下她的鞋子，不过之后又把她拉回到桌子旁。

"哦，不，克里斯汀——现在我俩的事情总算有了眉目。我不会再对你做那种事情，"厄莱德一边说，一边捋克里斯汀的秀发，"你知道吗？每次看见你，我都觉得上帝不可能赐给我这样一个美丽贤淑的妻子。来，坐过来，陪我喝点酒。"

这时响起了敲门声，仿佛是有人用剑柄在刺一样。

"开门，厄莱德·尼库拉森，我知道你在里面！"

"是西蒙·达勒。"克里斯汀轻声说。

"快开门，如果你还是个男人的话！"西蒙一边大吼，一边用力砸门。

厄莱德走到床边拿起自己的剑。他慌张地往四周看了看。"这儿没有地方躲——除了床底下……"

"我躲到床底下也无济于事，"克里斯汀说。此时她就站在那儿，看起来相当平静，但厄莱德察觉到其实她的身子在颤抖。"你得把门打开。"克里斯汀不改其音。外面传来西蒙再次砸门的声音。

厄莱德走过去，拉开门闩。西蒙一个大跨步就迈进了屋里，他手中拿着一把出鞘的剑，不过他立刻把剑收了回去。

三个人站在那儿，很长一段时间都没有说话。克里斯汀全身发抖，但有那么几个瞬间，她的心底竟然奇怪地涌起一种甜蜜而兴奋的感觉。两个男人为她而争斗——这让她的呼吸都变得缓慢起来：无数个月的沉默等待和忧虑恐惧，现在故事就要进入高潮。克里斯汀看看西蒙，又看看厄莱德；两个男人都是脸色苍白，但眼睛里都闪着光；突然，克里斯汀的这种兴奋感觉又变成了一种深不可测的绝望，冷入骨髓。西蒙·达勒的眼睛里更多的是冷冷的轻蔑，而不是愤怒或嫉妒；而她在厄莱德倔强的表情之下看到的是惭愧。她突然明白了其他男人会怎么评价厄莱德——一个让她陷入如此境地的男人——那无异于打他耳光；她知道厄莱德恨不得拔出自己的剑刺向西蒙。

"你怎么会来这儿，西蒙？"克里斯汀大声地问，声音却显得惊恐。两个男人都转向她。

"我来带你回家，"西蒙说，"你不应该在这儿。"

"你已经没有任何权利命令克里斯汀·拉夫拉恩斯戴特做什么事，"厄莱德愤愤地说，"她现在是我的。"

"毫无疑问她是你的人了，"西蒙声音粗噶地说，"看看，你给她准备的婚房多么漂亮呀。"他在原地站了一会儿，呼吸粗重。之后西蒙重新控制住自己的声音，继续若无其事地说："不过就目前而言，我还是她的未婚夫——直到她父亲来带她走为止。到时候我恐怕就要用手中的剑来捍卫荣誉了——自然也有舆论决断。"

"你不需要那么做；我自己就可以。"厄莱德在西蒙的注视之下，脸再一次变得通红。"你觉得我会让你这样一个初出茅庐的小子威胁到吗？"厄莱德大吼，手放在剑柄上。

西蒙则是把手放到了身后。

"你以为我会怕你狗急跳墙吗？"西蒙还是之前一样的语调，"如果你尽快向克里斯汀父亲求亲的话，我一定会和你决斗，厄莱德·尼库拉森。"

"我凭什么听你的，西蒙·安德鲁森。"厄莱德生气地说，脸再次刷红一片。

"不，你对这么年轻的姑娘犯下错，难道不应该赶紧补救吗？"西蒙平静地答道，"这对克里斯汀也好。"

克里斯汀尖叫着在地上踱来踱去，她为厄莱德的痛而痛。

"你走，西蒙，现在就走！你有什么资格管我们之间的事？"

"我已经告诉过你，"西蒙回答说，"我俩得等到你父亲点头之后才算正式断绝关系。"

克里斯汀完全崩溃了。

"走，你走啊，我马上就来。上帝啊，为什么你要这样折磨我，西蒙？我的事不值得你管。"

"我这么做不是为你，"西蒙答，"厄莱德，你是不是得告诉克里斯汀,现在她必须跟我走?"

厄莱德的脸在抖动。他碰了碰克里斯汀的肩。

"克里斯汀,你现在不得不走了。西蒙·达勒和我改日再谈这件事。"

克里斯汀顺从地站起身。她系上披风,然后记起鞋子还放在床边,而她没有勇气当着西蒙的面穿鞋。

外面又起了浓雾。克里斯汀双手紧紧拉着披风头也不抬地往前走。压抑的哭泣全部堵在她的喉咙里;此时,她只想找一个没人的地方好好地哭一场,痛哭一场。而最坏的事情,还在前头等着她呢。那天晚上,她经历了之前从来没有过的感受,而现在那种感觉还在折磨着她——眼睁睁地看着自己身心相许的男人被人羞辱。

克里斯汀跑过狭窄的巷子,穿过街道和广场,而西蒙就一直跟在她的身后;两个人在迷雾中很难看见前路。克里斯汀不小心被绊了下,西蒙连忙拉住她的手臂不让她摔倒。

"别跑这么快,"他说,"大家都在看我们呢。你抖得好厉害。"西蒙的声音很温柔。克里斯汀沉默了一会儿,放慢脚步往前走。

克里斯汀在泥泞中穿行,全身湿透,双脚也是冰凉。脚上穿的长筒袜虽说是皮革做的,却很薄;她甚至能感觉到脚上的袜子被撕开,污泥水直接渗到她裸露的脚上。

两个人走到一座桥上,桥的那头就是修道院;爬坡的时候,速度更加慢了下来。

"克里斯汀,"西蒙突然说,"你的父亲还不知道这件事。"

"你怎么知道我在……那儿?"克里斯汀问。

"我本来是想找你商量,"西蒙回答说,"然后听修道院的人说你被叔叔派来的随从带走了。我知道亚斯蒙德如今人在哈德兰德。你们两个想的点子还真是不怎么样。你有听我刚才说的话吗?"

"嗯,"克里斯汀回答,"是我让人告诉厄莱德,我们要在伏露加的旅馆里见面。我认识那个女人。"

"我真为你感到羞耻!你是认识她,可你知道她是个什么样的女人吗?听着,"西蒙的口气相当严肃,"如果有可能瞒住的话,你一定不能让拉夫拉恩斯知道这些。如果这件事被人知晓了,那你会让你的父亲蒙上最大的羞耻。"

"你当然很关心我的父亲。"克里斯汀颤抖着说。她试图让语气强硬点,却差点哭出声来。

西蒙往前走了一小段距离。之后,他又停下——两人站在浓雾中的时候,克里斯汀瞥了一眼西蒙的脸。她从来没有见过那个样子的西蒙。

"每次去你家,我都发现,"他说,"你,包括你的母亲,都不了解拉夫拉恩斯是个怎样的人。唐德·格杰斯林说他不想让你事事循规蹈矩。拉夫拉恩斯生来就是人上人,他为何要费这一番功夫呢?他天生就是做领导者的料,很多人都乐于跟随他;只是他生不逢时。我的父亲早在巴格哈斯时就认识他。但最后他却是在这偏野山村度过一生,和农民没什么两样。他结婚太早;而你母亲的性格也不允许他追求自己想要的生活。他的确有许多的朋友,但你觉得他的朋友中有一个能真正配得上他吗?他生的几个儿子全部夭折;只剩下你们这三个女儿来延续血统。一个女儿失去健康,另一个女儿名声尽毁,难道你真的想让他经受这样的痛苦?"

克里斯汀双手扣在胸前。她觉得自己必须坚持住,必须强硬。

"你为什么要跟我说这些?"克里斯汀沉默一会儿轻声说,"反正你不会再要我的身子,也不会再想娶我。"

"那个……我不是,"西蒙不太确定地说,"愿上帝保佑我,克里斯汀。我还记得费恩斯贝肯阁楼上的那个你。我是那样地相信你的眼睛,如果还有第二个,愿魔鬼直接将我带走!"

"答应我,你父亲到这之前不要再和厄莱德见面。"两人站在大门口,西蒙这样对克里斯汀说。

"我不能答应你这个。"克里斯汀说。

"那就只能由他来答应了。"西蒙威胁似的说。

"我不会和他见面的。"克里斯汀闻言飞快地回答。

"我送给你的那只可怜小狗，"临分别，西蒙又说，"如果你不想再看到它的话，记得给你的妹妹们——她们都非常喜爱它。"

"明天早上我要启程去北方。"西蒙说着拉起克里斯汀的手同她道别，此时修女们已经打开门在等。

西蒙·达勒朝镇子里走去。他一边走一边在空中挥舞着拳头，在迷雾中低声咒骂。西蒙跟自己发誓，他不是为克里斯汀难过。他曾以为克里斯汀是纯金，可当他近看时却发现那只是铜锡。就在一年之前，她还像一片洁白的雪花，跪着将自己的手伸向燃烧的火焰。而现在，她却可以在伏露加的阁楼里同一个被逐出教会的浑蛋把酒狂欢。她被魔鬼控制了，不要！拉夫拉恩斯·比杰加尔弗森，留在乔拉恩加德的他还相信……拉夫拉恩斯做梦也想不到他会被这样地背叛。他现在必须亲自送信给拉夫拉恩斯，并成为欺骗这个男人的帮凶。这也是他难过和愤怒的原因。

克里斯汀并没打算恪守她对西蒙·达勒的诺言，不过她最终也只是跟厄莱德趁着夜色在路旁说了几句话而已。

克里斯汀抓着厄莱德的手站在那儿，厄莱德跟她讲上次在布里恩希尔德见面时发生的事情时，她显得异常温顺。厄莱德说会再找时间同西蒙面谈。"如果我们在那儿打起来，消息一定会传遍全城，"厄莱德生气地说，"而那个西蒙很清楚这一点。"

克里斯汀知道这件事让厄莱德遭受了很多的痛苦。从那以后，她也总是对这件事挥之不去。这种情况下，厄莱德无疑比她更丢人、更屈辱。克里斯汀感觉他们现在真的合二为一了；她得为厄莱德做过的事情负责，即便她也不喜欢他的某些行为，厄莱德遭受痛苦时，她也会感同身受。

三周以后，拉夫拉恩斯·比杰加尔弗森到奥斯陆来接他的女儿。

克里斯汀去大厅见父亲时，心里既害怕又有些不情愿。看着同普泰夏修女交谈的父亲，克里斯汀第一个想法是他同记忆中的父亲不一样了。也许父亲同一年前分别时没有多少变化，只是她印象中的父亲一直是小时候那个年轻、充满活力、英俊并让她自豪的父亲。在家的年年月月无疑会在父亲的身上刻下痕迹，就像如今的她也已长成一个大姑娘一样——只是她一直没有意识到这一点。她没有注意到父亲的头发已经有些发白，太阳穴也变成了锈红色，原本金黄的头发如今更近灰色。他的双颊变得又干又瘦，以至于脸上的肌肉像细绳一样延伸到嘴角；年轻时白里透红的肤色如今却显现出沧桑的痕迹。父亲的背虽然没有驼，但披风下的肩膀也明显有些蜷曲。父亲张开双臂朝她走来时脚步虽然稳健，但同过去轻快的步伐已不能同日而语。也许一年之前就是这样，只是克里斯汀没有注意到。也许还有一点别的什么———一点沮丧——才让她现在注意到父亲的苍老模样。克里斯汀不禁泪流满面。

拉夫拉恩斯环住克里斯汀的肩，一只手抚摸着她的脸颊。

"好了，好了，平静一下，我的孩子。"拉夫拉恩斯柔声说。

"父亲，你生我的气吗？"克里斯汀也问得很轻声。

"发生这样的事，我能不生气吗？"拉夫拉恩斯回答道，手依然爱抚着克里斯汀的脸颊。"不过你也很清楚没必要怕我，"他的言语中流露出悲伤，"不，你现在必须平静下来，克里斯汀；这样子做难道你不觉得丢人吗？"克里斯汀闻言哭的声嘶力竭，只得在旁边的一张长椅上坐下。"我们不要在这人来人往的地方说这些事情，"拉夫拉恩斯说着也在女儿身旁坐下，并握住她的手，"你都不想问问你母亲的情况吗？还有你的妹妹们？"

"母亲是什么反应？"克里斯汀问。

"哦，你应该猜得到——不过我们还是不要在这讲，"拉夫拉恩斯再次强调，"不过她还好。"之后他又同克里斯汀介绍家里每一个人的情况，直到她的情绪稳定下来。

可是，父亲不愿讲她悔婚的事让克里斯汀更加紧张不安。拉夫拉恩斯给克里斯汀钱，让她给修道院中的穷人和俗人修女们买礼物；他自己也是非常慷慨，修道院里的所有人都认为克里斯汀是要回家同未婚夫正式结婚了。拉夫拉恩斯和克里斯汀在伏露·葛罗拉房间里用最后一餐，葛罗拉对克里斯汀做出了相当高的评价。

但这一切最后终将归于结束。克里斯汀同修女们和修道院的朋友道再见。拉夫拉恩斯陪女儿走到马旁并扶她上马。同父亲以及乔拉恩加德来的人一起骑马到桥头让她感觉十分奇怪,一路上她都偷偷躲着哭;这样招摇地骑行过奥斯陆的大街让克里斯汀感觉心里很不是滋味。克里斯汀想起厄莱德经常跟她说的盛大婚礼进行式。她的心越来越沉重;要是厄莱德带她一起走的话,事情就简单多了。现在她不得不在人前伪装成另一个人,这种日子恐怕还得持续好长一段时间。不过当她看见父亲那苍老严肃的面孔时,她又努力说服自己厄莱德不带她走是对的。

客栈里还歇着其他的旅人。晚上,所有人都在一个带开放火炉的小房间里用餐,里面只有两张床。拉夫拉恩斯和克里斯汀就睡在那两张床上,因为他们是旅馆里最有身份的客人。天色渐晚,大家用过餐后也纷纷道晚安,四散去找睡觉的地方。克里斯汀想到自己曾偷偷溜到布拉恩希尔德·伏露加的阁楼,让厄莱德将她拥进怀里。她的内心既悲伤又害怕,害怕无法成为厄莱德的女人;克里斯汀感觉她不属于这儿,不应在这些人中间。

父亲坐在一张长椅上,看着她。

"这次我们不去斯科格了吗?"克里斯汀打破了沉默。

"不去了,"拉夫拉恩斯回答,"你叔叔已经跟我念叨的够多了——他问我为什么不对你用强。"拉夫拉恩斯解释道。

"是的,我会让你遵守诺言,"过了一会儿拉夫拉恩斯补充道,"只要西蒙不说,他不想要一个不忠的妻子。"

"我从来没有答应西蒙什么,"克里斯汀急切地说,"你以前总是说,不会逼我和人结婚。"

"你和西蒙的婚约是所有人都知道的事,而且已经订了这么长时间,如果我要求你遵守婚约,这算不得用强吧,"拉夫拉恩斯回答,"整整两个冬天,大家都称呼你为订过婚的女子,你也从来没有提出异议或表示不情愿,直到现在婚期定下你才说不同意嫁了。如果你想用去年推迟婚期的事当借口,说你从来没有答应过西蒙什么,那我觉得这真是说不过去。"

克里斯汀站在那儿,盯着火炉里的火看。

"我不知道哪样子算更糟糕,"父亲继续说,"人们要么说你把西蒙踢了,要么说你被人抛弃了。安德鲁斯先生让人带信给我说……"拉夫拉恩斯说到这儿竟红了脸。"他对西蒙很生气,并请求我惩罚他。我只能告诉他实情——我想不出还有其他的办法——如果真要有人受惩罚的话,也应该是我们。我们都丢人丢到家了。"

"我不觉得这件事这么丢人,"克里斯汀小声嗫嚅道,"只要西蒙和我都同意解除婚约。"

"同意!"拉夫拉恩斯抓住这句话头,"谁都看得出这件事让西蒙很郁闷;只是他说和你谈过之后,他觉得要求你履行婚约只会带给你痛苦,这才作罢。现在你必须告诉我,为什么你们会做出这样的决定。"

"西蒙没有跟你说吗?"克里斯汀问。

"他似乎是觉得,"她的父亲说,"你爱上了另一个男人。你现在必须告诉我实情,克里斯汀。"

克里斯汀犹豫了一会儿。

"天知道,"她小声地说,"我已经明白,西蒙是很好的人——他配我绰绰有余。只是我确实认识了另一个男人,而我觉得,如果我同西蒙生活在一起,我这一辈子都不会再快活——即便他成为世界上最富有的男人。而我爱的那个男人即便一无所有,我也愿意跟着他。"

"要我把你嫁给一个下人,坚决不可能。"拉夫拉恩斯说。

"他的出身绝对配得上我,甚至更高,"克里斯汀回答说,"他有足够多的财产和土地;我只是想说,我宁愿同他粗茶淡饭地过活,也不愿同其他任何一个男人享受山珍海味。"

拉夫拉恩斯沉默了好一会儿。

"克里斯汀,我不逼你嫁给不喜欢的人是一回事——虽然只有上帝和圣奥莱福知道你抗拒这门婚事的原因;但我是否同意你嫁给那个你现在死心塌地要跟着的男人又是另一回事。你还年轻,涉世未深……

觊觎一个已经许配过人家的姑娘,也实在不是一个有身份的男人会做的事。"

"但这种事情,你无法控制的呀。"克里斯汀情绪激动地说。

"哦,是的。但你必须要明白——我不可能让你甩掉西蒙立马就同另一个人订婚——尤其是一个可能更有地位或更有钱的男人——这会把狄福林一家都得罪。你必须告诉我这个男人是谁。"拉夫拉恩斯顿了一会儿说道。

克里斯汀紧扣住自己的手,呼吸粗重。她犹豫地说:"我不能告诉你,父亲。如果不能跟这个男人在一起,那你就把我送回修道院,让我永远留在那儿——当然,那样子的话我肯定也是不会再活下去的。不过在我确定他是否待我如我待他一样之前,我不能告诉你他的名字。你……你不能逼我告诉你……除非……除非等到他想上门求亲的时候。"

拉夫拉恩斯沉默了好久。女儿这个样子,让他神情黯然。最后他说:"那就这样子吧。如果你还不知道他的打算,那最好还是不要告诉我他的名字。"

过了一会儿,拉夫拉恩斯又说:"克里斯汀,你现在得去睡觉了。"说着,他走过来吻了吻克里斯汀。

"我的女儿,你的这个打算让我悲伤又气愤,可你知道我最在乎的就是你过得好还是不好。上帝保佑,无论你做了什么,我的这个想法都不会改变。上帝和慈爱的圣母会帮助我们渡过这一关的。现在去好好睡一觉吧。"

拉夫拉恩斯上床之后,隐约听到从另一张床上传来克里斯汀的抽泣声,不过他假装已经睡着。拉夫拉恩斯不敢告诉克里斯汀,他其实很担心有关阿恩和本特恩的传言会再度甚嚣尘上。还有一件事重重地压在拉夫拉恩斯的心头——他没有办法阻止人们在背后说克里斯汀的坏话。而最让他痛苦的是,这一切貌似都是克里斯汀自己造成的。

第三部分
拉夫拉恩斯·比杰加尔弗森

 第一章

春光最明媚的时候,克里斯汀终于回到了家。环绕农场和田地的拉格河一派水流奔腾的景象;透过赤杨丛的新叶,可以看到波光粼粼的溪面。那反射的水光仿佛也有了声音,同滔滔的水流一同欢唱;到黄昏薄暮时,水流声似乎更低沉了。春天的乔拉恩加德,空气中都是水声巨响;克里斯汀恍惚间觉得墙头的横木都在随那水流声而颤抖,仿似齐特琴的音响。

那终日为蓝雾笼罩的山也倒映在水中。地面上热气熏腾,各种作物都钻出了泥土,乍看仿佛给大地披上了新衣;草地上的草益发青翠,风吹过时仿佛丝绸一般闪着光泽。林子里山丘上都弥漫着甜甜的香味,太阳一下山,就有一股植物特有的浓而清新的香味传来;仿佛是大地长叹一声,有点慵懒,但又让人神清气爽起来。克里斯汀记起厄莱德是怎

样让她离开怀抱,她不由身心一颤。每天晚上她都被思念折磨;每天清晨,她都是从梦中满头大汗、筋疲力尽地醒来。

家里人只字不提她日思夜想的事情,这让她十分不解。但时间一天天地过去,大家也不再提她和西蒙解除婚约的事,也不再问她的想法。春耕结束之后,父亲大部分时间都待在林子里。他要拜访烧沥青的人,还要带猎鹰、猎犬到森林里捕猎,一走就是好几天。待到拉夫拉恩斯回家,他和以往一样亲切地同克里斯汀说话;只是话少了很多,出门时也不会叫克里斯汀陪他一起。

克里斯汀原本害怕回家会被母亲责骂,但拉格恩弗里德却什么都没说,这让克里斯汀感觉更难受。每年圣乔恩节的麦芽酒宴上,拉夫拉恩斯·比杰加尔弗森都会把家里上一星期省下来的酒肉分给村子里的穷人。住在乔拉恩加德庄园附近的人通常会亲自过来取。一番宾客尽欢之后,拉夫拉恩斯和客人们及家里其他人都会围住这些上门取食的穷人,因为他们中有一些是知道很多传奇故事和歌谣的老人。然后,他们就会在火炉旁坐下,一边喝麦芽酒,一边尽兴地谈话,晚上呢,就在院子里跳舞。

这一年的圣乔恩节天气冷而阴沉,但没有人抱怨,因为村子里的农民们都担心会发生干旱。自圣哈尔瓦德节以来天还没下过雨,而且山上的积雪也很少,河里的水位已经降到了13年来的最低水平。

拉夫拉恩斯和宾客们去跟围坐在火炉旁的穷人们打招呼时心情都很高兴。人们坐在桌子旁,喝粥,饮烈性啤酒。克里斯汀则在长桌间来来回回地招呼老弱病残。

拉夫拉恩斯热情招呼来往宾客,问他们对食物是否满意。然后他又走到一个刚搬到乔拉恩加德的老人面前表示欢迎。这个老人名叫哈空,曾是老哈空国王手下的一名士兵,他参加了国王最后一次对苏格兰的出征。现在老人一贫如洗,眼睛也几乎失明。人们提出要给老人盖一间房子,但老人更愿意走村串户;因为无论走到哪儿,他都能受到礼遇。老人非常博学,见多识广。

亚斯蒙德·比杰加尔弗森也来了乔拉恩加德做客,拉夫拉恩斯的一只手就搭在弟弟的肩上。他也问哈空对吃的是否满意。

"麦芽酒很好喝，拉夫拉恩斯·比杰加尔弗森，"哈空说，"不过今天熬粥的女人肯定很懒。老话说得好，贪睡的厨师把粥熬焦，看，今天的粥就焦了。"

"让你吃烧焦的粥真是不好意思，"拉夫拉恩斯说，"不过希望老话没那么绝对，因为这粥是我女儿熬的。"说着拉夫拉恩斯大笑起来，并让克里斯汀和托蒂斯赶紧拿肉过来。

克里斯汀连忙冲到屋外的厨房。她的心怦怦地跳个不停——哈空讲厨师和粥的时候，克里斯汀瞥了一眼叔叔的脸。

那天晚上，克里斯汀看到父亲和叔叔在院子里来来回回地走，聊了很长时间。恐惧几乎让她眩晕，第二天她看到父亲变得沉默寡言、神情黯然，这更让她不好受。不过父亲还是什么都没对她说。

亚斯蒙德离开之后，拉夫拉恩斯还是什么都没说。但克里斯汀注意到他不再像往常那样找哈空说话，而且老人提出要走时拉夫拉恩斯也没有多留他，任由他搬到下一户人家。

那个夏天拉夫拉恩斯似乎有很多不高兴的理由，因为村子里的收成出现十分不好的迹象。地主们都集中商讨如何应对接下来的冬天。临近夏末，大多数人都已经清楚他们必须屠宰牲畜或将大部分的牛羊赶到南部市场卖，这样才可以买过冬的粮食。前一年的谷物收成本就不好，家家户户的陈粮都比往年少了很多。

早秋的一天清晨，拉格恩弗里德跟三个女儿去看之前打算漂白的亚麻。克里斯汀赞叹母亲的编织手艺。只见拉格恩弗里德抚着拉恩伯格的头发说：

"这是给你嫁人准备的，我的小宝贝。"

"母亲，"阿尔夫希尔德叫嚷，"如果我去修道院，会不会也有嫁妆奁呢？"

"你的嫁妆肯定不会比你的姐妹少，"拉格恩弗里德回答说，"只是你需要的东西不一样。而且只要我和你父亲还活着，你就可以一直待在我们身边——如果你愿意的话。"

"等你该去修道院的时候,"克里斯汀的声音在颤抖,"阿尔夫希尔德,可能到时我已做了许多年的修女。"

克里斯汀看了一眼母亲,但拉格恩弗里德保持沉默。

"要是我能够嫁人,"阿尔夫希尔德说,"我一定不会离开西蒙。他那么善良,而且跟我们所有人道别时他是那么的难过。"

"父亲说过,我们不许再提起这件事。"拉格恩弗里德说。

但克里斯汀还是说:"是的,我知道跟你们大家分开比跟我分开更让他难过。"

听到克里斯汀这样说,拉格恩弗里德非常生气:"要是再让你看到伤悲,那你让人家的尊严何在?你这样做对西蒙真的不公平,我的女儿。而他还让我们不要逼你或责骂你。"

"不,大概是因为他骂我骂得太多,所以就不需要别人再来说我有多恶毒,"克里斯汀还是之前的调调,"在西蒙发现我爱另一个男人比爱他更多之前,我从来没觉得他有多么喜欢我。"

"你们先回家。"拉格恩弗里德对两个小女儿说。然后她在地上的一块圆木上坐下,并把克里斯汀拉着坐在她的身旁。"你很清楚,"拉格恩弗里德说,"一个男人跟自己的未婚妻不过多地说甜言蜜语,或者和她独坐或表现出很大的热情,这本是再正常不过的事情,这也是一个男人的尊严。"

克里斯汀回答:"如果相爱中的年轻人都不能暂时忘怀自己,不那么恪守长辈们认为应当遵行的规矩,那我会感到很困惑。"

"克里斯汀,你这是危险的想法。"拉格恩弗里德说。沉默了一会儿,她又说,"你的父亲担心你爱上了一个并非真心爱你的男人,看来他很可能是对的。"

"叔叔跟你们说什么了?"克里斯汀沉默了一会儿问。

"他只是说,哈萨比的厄莱德有很好的身家血统,只不过名声不太好,"拉格恩弗里德回答,"是的,他确实有请亚斯蒙德在你父亲面前替他说几句好话。你父亲对此并不高兴。"

不过克里斯汀听了却暗自高兴。厄莱德跟叔叔谈过了。她原本还因为没有厄莱德消息而痛苦万分呢。

拉格恩弗里德又说:"不过,亚斯蒙德确实也提了奥斯陆流传的一些谣言,说是这个厄莱德曾在修道院附近的路上转悠,然后你就溜出了修道院跟他在篱笆旁讲话。"

"是吗?"克里斯汀有些惊讶。

"亚斯蒙德建议我们同意厄莱德的请求,"拉格恩弗里德答,"不过我从来没见过拉夫拉恩斯这么生气过。他说对于一个以这种方式得到他女儿的男人,他只会用手中的剑来说话。我们对狄福林一家本来就很不厚道、很丢面子,要是厄莱德再引诱你跟他在黑夜中会面——我是说在修道院的时候——那拉夫拉恩斯更加会认为,失去这样好的一个丈夫是你活该。"

克里斯汀放在膝上的手不由攥成了拳头。脸上红一阵白一阵。母亲用手环住她的腰,但克里斯汀挣脱了母亲的拥抱,大声尖叫起来,仿佛失去了理智一样:"别管我,母亲!"

突然,克里斯汀站了起来,下意识地用双手抚着自己的脸——拉格恩弗里德打了她一个耳光——她困惑地盯着母亲生气的脸。从小到大,从来没有人打过她。

"给我坐下来,"拉格恩弗里德说,"坐下。"她又重复了一遍,克里斯汀这才坐下。拉格恩弗里德沉默地坐了好一会儿才开口说话,声音明显有些颤抖。

"克里斯汀,我知道你一直都不是很喜欢我。我想可能是因为你以为我爱你不够多——没有像你父亲那样爱你。这些我都不计较。我以为等到你有了自己的孩子,就会明白……

"即便是还在我怀里吃奶的时候,每当拉夫拉恩斯走近,你都会吐出我的奶头只是冲你父亲笑,笑的连刚喝进去的奶水都流出来。拉夫拉恩斯也乐此不疲,可上帝知道我并不嫉妒你对他那样;每次看到你他也都会陪你玩、逗你笑,这我也不嫉妒。我只是为你感到遗憾,我可怜的孩子,因为我那时候成天以泪洗面,我无法控制自己的悲伤。我担心失去你,这种担心甚至比拥有你的快乐还多。但上帝和圣母玛利亚知道的,我对你的爱绝对不比拉夫拉恩斯少。"

拉格恩弗里德说到这儿已是眼泪不止,但她的脸依然平静,声音也是。

"上帝知道我从来没因为你们之间的深厚感情而对他生过气或者对你生气。我一直都是觉得,那些年我没能带给他快乐,所以我很高兴你能带给他这么多快乐。有时候我甚至想,要是我的父亲伊瓦也这么待我,那该有多好……

"克里斯汀,许多事情原本都是母亲应当教会女儿注意的。只是我以为对你没必要,因为你这些年一直都有父亲的陪伴;你应该知道什么是对什么是错。可你刚刚说的话——我不相信你忍心让拉夫拉恩斯这么伤心。

"我只是想说,我希望你能找到一个你能爱的夫君。但你必须要理智对待。不要让拉夫拉恩斯认为你选择了一个只会带来麻烦的人或者某个不尊重女人的人。因为他绝对不可能把你交给一个这样的男人——即便只是为不让你成为众人笑柄的目的,他也不会同意。如果事情真到了那一步,那拉夫拉恩斯会选择让剑作为他和那个毁掉你一生的男人之间的裁判。"

说完这些,拉格恩弗里德便起身走了,留克里斯汀一个人在原地。

 第二章

8月24日是圣多罗买节,哈空国王的外孙在哈加接受盛赞。代表加德布兰德斯戴尔出席的是拉夫拉恩斯·比杰加尔弗森。从年轻时候起,他就是国王身边的人;只是最近这些年他鲜少同国王的人来往,也没有利用反抗埃里克公爵运动中获得的好名声谋一己私利。拉夫拉恩斯也不热衷于去参加这些活动,只是这些是他无法推脱的。诺达尔的法官们接受了一个任务,就是从南方购买粮食,然后将粮食用船运到拉姆斯达尔。

村子里的人都很沮丧,为即将到来的冬天而担心。另一个孩子即将成为挪威的国王,农民们认为这也是一个不祥的预兆。老人们还记得马格纳斯国王死后把王位传给还没长大的儿子时的情形。

西拉·埃里克说:"猫要是还没长大的话,那晚上农场里的老鼠就

没得安生日子过了。"

拉夫拉恩斯出门的日子，农场是由拉格恩弗里德·伊瓦斯戴特来打理，她和克里斯汀都很高兴能有这么多事情做，这样就不会胡思乱想。村子里的每个人都忙着从山上采集青苔和削树皮，因为每家每户剩下的干草已经很少，麦秆更是少之又少，即便是午后捡来的树叶都是又黄又枯。圣十字节这一天，西拉·埃里克扛着耶稣受难像穿过田野，沿途许多人见了受难像都失声痛哭，祈求上帝能慈悲。

圣十字节过了一周后，拉夫拉恩斯·比杰加尔弗森也回来了。

其时已经夜深，但拉格恩弗里德仍坐在织衣房中。她有太多的家务事需要操劳，所以这些日子以来她经常缝缝补补忙到深夜。待在织衣房里总是让拉格恩弗里德很开心。这间房子可能是整个庄园最老旧的一间；大家都叫它"女人的屋子"，说是列国时代就已经存在。克里斯汀和一个名叫阿斯特德的女仆陪着拉格恩弗里德一起坐在平炉旁纺羊毛。

三个人就这么静静地坐在那儿忙着手中的活，都有些昏昏欲睡；突然她们听到一阵马蹄声；一个男人飞速地奔进了院子。阿斯特德走到门口往外探看，没过一会儿，就只见拉夫拉恩斯·比杰加尔弗森跟着进了屋子。

拉格恩弗里德和克里斯汀立马意识到拉夫拉恩斯已是酩酊大醉。拉夫拉恩斯走路摇摇晃晃，拉格恩弗里德替他脱掉湿透的披风和帽子并解开腰带时，他只能抓着排烟管才能站稳。

"你把哈尔夫丹和科尔贝恩怎么了？"拉格恩弗里德明白是怎么一回事，"你是不是把他们两个都给扔马路上了？"

"没呢，我让他们留在劳普特司佳德，"他说着笑了笑，"我一心想着回家，在那儿我没办法入睡。他们都已经在那儿睡下了，不过我就把加尔德斯韦恩骑了出来一路狂奔到家。"

"阿斯特德，快去给我弄点吃的，"他对女仆说，"就把东西拿到这儿来吧，免得你在雨中穿来穿去。不过动作要快；我今儿还只吃了一顿早餐呢。"

"你在劳普特司佳德怎么没吃东西？"拉格恩弗里德惊讶地问。

拉夫拉恩斯在一张椅子上坐下，前前后后地摇晃，吃吃地笑了起来。

"那儿有很多东西吃，可我在那儿不想吃东西。我跟司佳德喝了一会儿酒，不过后来我突然想马上回家来，不想再等到早上。"

阿斯特德拿来了麦芽酒和一些吃的；她还为主人拿了一双干的鞋子过来。

拉夫拉恩斯解开马刺时动作很是笨拙，但他还是自己摸索着。

"克里斯汀，你过来，"他说，"帮帮你父亲。我知道你会用一颗充满爱的心帮我解开的——是的，一颗爱心——至少今天会这样吧。"

克里斯汀听话地蹲下身子。拉夫拉恩斯然后用两只手托住克里斯汀的头，将她的脸抬向一边。

"你很清楚，我的女儿，我只想你过得好。我不会做让你伤心的事，除非那件事能避免你日后更长久的伤心。你还这么年轻，克里斯汀，今年你才17岁，圣哈尔瓦德节之后再过三天就是你的17岁生日……"

克里斯汀帮着父亲解开了马刺。她站起身，脸色有些发白，然后又在火炉旁的矮凳上坐下。

拉夫拉恩斯吃东西时仿佛醉意散了一点儿。妻子和阿斯特德问他这些事他也能一一回答。是的，场面很盛大。他们买了粮食、面粉和麦芽，有些是从奥斯陆买的，有些是从塔恩斯伯格买的。那都是从国外进口回来的东西——可能更好，也可能更坏。另外，他也在那儿遇见了许多亲戚熟人，带回了许多人的问候。拉夫拉恩斯只是坐在那儿，问什么答什么。

"我也跟安德鲁斯·加德蒙德森先生说了话，"阿斯特德走了后，拉夫拉恩斯说，"西蒙在曼维克庆祝和一个年轻寡妇订婚。圣安德尔日这一天会在狄福林家举行婚礼。这一次是西蒙自己做的决定。在塔恩斯伯格的时候，我原本尽量想避开安德鲁斯先生，但他还是特意找到了我。他想告诉我，西蒙是今年仲夏时节同伏露·哈尔弗里德相识。他担心我误会，西蒙同我们解除婚约时就已经计划好了这场婚礼。"拉夫拉恩斯沉默了一会儿，然后苦涩地笑了起来。"你看，这个让人尊敬的男人生怕我们把他儿子想成那个样子。"

克里斯汀松了一口气。她觉得西蒙结婚才是父亲不高兴的原因。也许他一直还在期待，期待西蒙和她能够结婚。开始克里斯汀还担心父亲会打听她在奥斯陆修道院时的所作所为呢。

克里斯汀站起身，同父母道晚安。但拉夫拉恩斯让她再等一会儿。

"我还有件事，"拉夫拉恩斯说，"克里斯汀，也许我应该瞒着你，但我觉得还是告诉你会比较好。是这样的：关于你爱的那个男人，你必须要努力忘记他。"

克里斯汀愣愣地站在原地，低着头。然后她抬起头看着父亲。她的嘴唇动了动，但却没能说出话。

拉夫拉恩斯避开女儿的视线，他向女儿伸出手。

"你知道的，如果我确信这件事对你好，那我是不会反对的。"他说。

"父亲，你这趟听到了什么消息？"克里斯汀问，她的声音听起来还很平静。

"厄莱德·尼库拉森和他的亲戚穆南·巴德森先生到塔恩斯伯格来找我，"拉夫拉恩斯回道，"穆南先生替厄莱德来求亲，希望我把你嫁给他，我拒绝了。"

克里斯汀沉默地站在那儿，大口喘着气。

"为什么你不愿意把我交给厄莱德·尼库拉森？"她问。

"我不知道你对这个你想嫁的男人了解多少，"拉夫拉恩斯说，"如果你自己不知道原因，那经我的口说出来，恐怕会让你更难过。"

"是因为他曾经被逐出教会吗？"克里斯汀还是先前的口气。

"你知道是什么原因让哈空国王将这样一位近亲赶出他的王国吗？你知道最后他被教会除名，是因为他违抗大主教的命令吗？还有，他最后离开挪威时并不是一个人，这些你都知道吗？"

"我知道，"克里斯汀说，她的声音已经有些颤抖。"我还知道遇见她的时候——他的情妇——他还只有18岁。"

"我当时结婚时也是这个年纪，"拉夫拉恩斯说，"年轻的时候，我们都以为一个18岁的男人将能为自己的所作所为负责，也能对他自己和其他人的利益负责。"

克里斯汀沉默。

"你说那个女人是他的情妇，那个同他生活了10年替他生儿育女的女人，"拉夫拉恩斯顿了一会儿说，"要是我把自己女儿嫁给一个同情妇公开生活10年的男人，那我这一辈子都会在后悔中度过。你知道，这不仅仅是带着罪恶生活的问题。"

"可对伏露·阿希尔德和黑尔·比杰恩，你怎么不这么刻薄呢？"克里斯汀轻声问。

"可我也不会想同他们结成一家人。"拉夫拉恩斯回答。

"父亲，"克里斯汀接着说，"难道你和母亲这一辈子就没有犯下过罪过吗？你有资格这样严厉地评判厄莱德吗？"

"上帝知道，"拉夫拉恩斯口气变得严肃，"我从来没有觉得还有人比我的罪过更大。但我不能因为所有人都需要上帝的宽恕，就把自己的女儿交给这样一个男人。"

"你知道我不是这个意思，"克里斯汀也激动了起来，"父亲，母亲，你们都曾经年轻过。因爱而生的罪过很难抵挡，难道你们不记得了吗？"

拉夫拉恩斯闻言不由脸红了起来。

"不。"他回答得很简略。

"那你们现在就是不讲理，"克里斯汀绝望地大叫，"如果非要分开厄莱德·尼库拉森和我的话！"

拉夫拉恩斯坐回到椅子上。

"克里斯汀，你才17岁，"他继续说，"也许你们比我想象地更加深爱。但他也还是太年轻，可能不明白……如果他是一个好男人，就不会用甜言蜜语哄骗你这样一个年轻且不成熟的孩子。他似乎觉得你已经跟别人订婚这件事不算什么。

"但我无论如何也不会允许自己的女儿嫁给一个跟有夫之妇生了两

个孩子的男人。你难道没有意识到他是有孩子的吗？

"你还太年轻，所以不明白这样的情况会造成亲朋好友之间无休止的争吵。那个男人没有办法抛弃自己的亲生子女；但他也不能光明正大地承认他们。他的儿子在社会上立足将是一件很难的事情，女儿除了嫁给做事的人或小户人家也没有其他出路。如果说他的这两个孩子不鄙薄你和你的孩子，那才是奇了怪了……

"克里斯汀，难道这些你都没有想过吗？这样子的罪过……上帝或许能很轻易地原谅这样的罪过，但他却会对家世血统造成无法挽回的伤害。阿希尔德的儿子穆南站在我面前时，我也想起了比杰恩和阿希尔德。穆南是含着金汤匙出生，是国王身边的人。他和他的几个兄弟掌管了原本属于阿希尔德的所有财产，但这些年来阿希尔德贫困潦倒他却从来没有来探望过。是的，这就是你亲爱的厄莱德选来替他说话的人。

"不，我说，不可能！只要我还活在这世上一天，你就不能进那样的家门。"

克里斯汀双手掩脸，痛哭失声。"如果你不改变主意，那我就日日夜夜向上帝祈祷，日日夜夜祈祷他把我带离这个地方！"

"今晚多说无益，"拉夫拉恩斯说，声音里尽是悲伤。"你可能不愿意相信，但我必须这样看住你，这样才不至于酿成苦果。去睡觉吧，孩子。"

拉夫拉恩斯伸出手，但克里斯汀不愿去接，她只是哭着跑出了屋子。

拉夫拉恩斯和拉格恩弗里德沉默地坐了好一会儿。

然后拉夫拉恩斯对妻子说："你可不可以再拿些麦芽酒过来？不，拿葡萄酒过来。我累了。"

拉格恩弗里德照做了。她拿着高脚杯返回时，看到拉夫拉恩斯坐在那儿，脸埋在手中。然后他看向上面，用手将裹头的头巾解开缠到手臂上。

"可怜的人儿，你都湿透了。敬我一杯吧，拉格恩弗里德。"

拉格恩弗里德于是举起酒杯。

"不,我是要你陪我喝一杯,"拉夫拉恩斯提高了声音,然后把妻子拉到自己膝头坐着。拉格恩弗里德只得不情不愿地顺了丈夫的意思。

拉夫拉恩斯说:"在这件事情上你会支持我,对吗,我的妻子?克里斯汀若一开始就明白她应该忘记这个男人,那该多好!"

"这对她而言很难。"拉格恩弗里德说。

"是的,我知道很难。"拉夫拉恩斯叹道。

两个人又沉默地坐了一会儿,然后拉格恩弗里德问:"那个哈萨比的厄莱德,他长得怎么样?"

"哦,"拉夫拉恩斯有些犹豫地说,"他长得倒是英俊——从某个方面来说。不过看起来就像是那种只会勾引女人的家伙。"

顿了一会儿,拉夫拉恩斯又说:"他并未妥善打理从尼库拉斯先生那儿继承来的财产,所以现在财产已经所剩无几。我是不愿意要这样一个女婿的。"

拉格恩弗里德心情紧张地在屋子里踱来踱去。

拉夫拉恩斯继续说:"最让我生气的是,他竟然试图用银子买通科尔贝恩,想让科尔贝恩偷偷带一封密信给克里斯汀。"

"你看了信吗?"拉格恩弗里德问。

"没看,我不想看,"拉夫拉恩斯不悦地说,"我把信退回给了穆南先生,并把我对这种行为的态度明白无误地告诉了他。厄莱德还在信上签了印章;碰上这种幼稚的把戏,我真是哭笑不得。穆南先生把印章给我看——说那原本是斯库尔国王的私人印章,是厄莱德从他父亲那儿继承过来的。他以为这样子做就能让我觉得,把女儿嫁给他是一件光荣的事情。哈萨比家族在尼库拉斯先生和巴德先生在世的时候确实享有无上荣光和至高权力,但现在他们家族已经走上了下坡路;要是穆南先生意识到这一点,恐怕就不会这么热忱地想要替厄莱德求亲了。按照厄莱德的出身,他原本可以结上一门好亲事,可现在却是不可能的了。"

拉格恩弗里德在丈夫面前停下。

"我不知道在这件事情上你是对还是错,我的丈夫。但我想说,现在这个时代,许多继承大庄园的人都不如自己父辈那么辉煌。你自己也很清楚，不管是收租还是做生意，现在要攒下一笔财富并不是一件容易的事，这和以前没什么区别。"

"我知道，我知道，"拉夫拉恩斯不耐烦地打断，"不过对于继承来的财产，怎么说也要妥善打理呀。"

但拉格恩弗里德不甘示弱。"还有一点：我并不觉得克里斯汀配不上厄莱德。在瑞典，你的家族血统绝对属于最上等；你的祖父和你的父亲一出生便被封为骑士。我的远房祖辈也是爵士出身；另外我的祖父和父亲也都是一方之首。确实，你和唐德都没能获得王室的授封或土地赠予，但我觉得厄莱德·尼库拉森和你俩的情况差不多。"

"这不能相提并论，"拉夫拉恩斯情绪变得很激动，"骑士的封号和权力对于厄莱德而言原本是唾手可得，可他却为了一个淫妇丢掉了这一切。我知道，你现在也和我作对。你可能和亚斯蒙德还有唐德一样，觉得出身这样高贵的一个人想要娶我的女儿是我的光荣。"

"我告诉你，"拉格恩弗里德也激动起来，"你没必要这么生气，也无须担心厄莱德的亲戚会认为他们是屈尊。只是有一件最重要的事情，难道你没有意识到吗？我们一向温柔听话的克里斯汀竟然会有勇气拒绝西蒙·达勒。难道你不觉得自打奥斯陆回来之后，她就像变了个人吗？她整天形神恍惚，分不清东南西北。难道你没意识到她是真的很爱那个男人，如果你不肯让步，可能就会有巨大的不幸降临在我们头上？"

"你说这话什么意思？"拉夫拉恩斯问，他死死地盯着妻子。

"许多人的女儿都跟男人有过关系，只是身为父亲的人不知道而已。"拉格恩弗里德说。

拉夫拉恩斯听完整个人好似都愣住了，他的脸色变得苍白。

"你是她的母亲呀！"拉夫拉恩斯声音粗噶地说，"难道你……你……以前就知道些什么……你才敢说这样的话？"

"不，不，"拉格恩弗里德答得飞快，"我的意思不是你想的这样。只是没有人知道究竟什么事发生过以及将会发生什么事。也许有一天，她会让我们看到她爱那个男人超过爱她的名声——甚至超过生命。"

拉夫拉恩斯闻言跳起身来。

"你是疯了吗？你怎么可以这样想我们善良漂亮的女儿？跟修女们在一起，她肯定不会发生什么事。你要明白，她肯定只同厄莱德见过几次面。她会忘掉他的。这只是年轻少女的一时激情而已。上帝知道看到她这么伤心，我的心有多痛，只是这伤只能由时间来治愈！

"你说生命，还有尊严。在家里，我一定能保护我的女儿。我不相信一个家世良好且从小信仰基督的少女会这么轻易地放下自己的名声和生命。不，只有写歌谣故事的人才会干这种事。当一个男人或女人被诱惑做出了这样的事情，他们就编出一个故事；这对于他们而言是一种纾解，不过他们其实也不会真的这么做……

"换作你，"说着拉夫拉恩斯挡在妻子面前，"如果我们俩当初结婚的时候你心里还有另一个男人。然后你父亲让你自己做主，那又会是怎样的境况？"

现在轮到拉格恩弗里德脸色苍白了。

"上帝啊，谁告诉你……"

"就在我们搬到这儿之后，劳普特司佳德的司佳德跟我讲了一点，"拉夫拉恩斯说，"你回答我的问题。如果你的父亲伊瓦把你嫁给那个男人，你会不会比现在更快乐？"

拉格恩弗里德的头垂得很低。

"那个男人，"她的声音几不可闻，"并不想要我。"似乎拉格恩弗里德的身子抖动了一下；他握紧拳头在空中挥了挥。

拉夫拉恩斯的手轻柔地搭上拉格恩弗里德的肩。

"是这样子吗？"他问，声音里既有悲伤又有惊讶。"是这样子吗？这些年来……你一直都因为他而暗自神伤，拉格恩弗里德？"

拉格恩弗里德全身抖动，没有作声。

"拉格恩弗里德？"拉夫拉恩斯仍是先前的语调，"比杰加尔弗死了……你……你想让我……只是我不能……当时你是不是还想着他？"拉夫拉恩斯声音小了很多，他显得既惊恐又困惑，看起来十分痛苦。

"你怎么可以这么想？"拉格恩弗里德低声说，她的眼泪就快止不住了。

拉夫拉恩斯用额头抵住拉格恩弗里德的额头，轻轻摆动头部。

"我不知道。你太奇怪了，你今晚说的所有事情……我害怕，拉格恩弗里德。我觉得自己不能理解你们女人。"

拉格恩弗里德无力地笑了笑，用手环住拉夫拉恩斯的脖子。

"上帝知道，拉夫拉恩斯……我求你，是因为我爱你，而不是为了灵魂的救赎。我恨那个男人，可我知道我的恨只会让魔鬼更高兴。"

"亲爱的拉格恩弗里德，我是全心全意地爱着你，"拉夫拉恩斯温柔地说道，接着又在拉格恩弗里德额头印下一个吻。"你知道吗？我曾经以为我们过得很开心——对吗，拉格恩弗里德？"

"你是最好的丈夫。"拉格恩弗里德啜泣着答道，她紧紧依偎着拉夫拉恩斯。

拉夫拉恩斯也紧紧地抱住拉格恩弗里德。

"今晚我想跟你一起睡，拉格恩弗里德。如果你打算跟过去一样待我，那我就不会……不会这样傻。"

拉格恩弗里德闻言僵在丈夫的怀里，她微微挣开了一点距离。

"可现在是斋戒期间。"拉格恩弗里德轻声说，她的声音僵硬得古怪。

"没错。"拉夫拉恩斯吃吃笑道，"你和我，拉格恩弗里德，我们一直都虔诚地守戒，努力按照上帝的告诫生活。可现在我觉得……如果我们不这么严守律令的话，可能我们会过的快乐一些。"

"不要这么说，"拉格恩弗里德绝望地请求，她用干瘦的手扯住拉夫拉恩斯的头巾。"你知道的，我只想你做你认为对的事情。"

拉夫拉恩斯再次将妻子拉近。他大口喘息着说道："上帝帮帮她。上帝帮帮我们，我的拉格恩弗里德。"

"我累了，"说着拉夫拉恩斯放开了拉格恩弗里德。"你现在也该睡觉了，对吗？"

拉夫拉恩斯靠门站着，等拉格恩弗里德熄灭火炉中的火和屋子里的灯。两人一同冒雨朝主屋走去。

拉夫拉恩斯刚想跨上阁楼楼梯，他又回头看了一眼妻子，当时拉格恩弗里德还站在入口。拉夫拉恩斯再次热烈地将她拉进自己怀里，在黑暗中亲吻她。然后他在妻子脸上画了一个十字，接着便头也不回地上了楼。

拉格恩弗里德脱下衣服钻进被窝中。她静静地躺了一会儿，凝神细听楼上丈夫的脚步声；之后床嘎吱嘎吱地响了会儿，然后一切归于寂静。拉格恩弗里德用细瘦的手臂抱着自己已经干瘪的胸部。是的，上帝会保佑她。她是一个什么样的女人？她又是一个怎样的母亲？她很快就会老去。但她还是没有变。当她为那个将自己封闭起来的男人而生气时，她不再像年轻时候那样害羞而又谦虚地乞求；而当她变得热诚——当她想给他超过丈夫的权利时，他却已经变得冰冷。事实就是这样，她不满足于丈夫温情脉脉的爱，而这既让她羞愧也让她生气。然后，当她怀孕需要温柔和善意时，他又给了她那么多的温暖。在她生病和痛苦的时候，丈夫总是不知疲倦地关心她、爱护她，好似清凉的露珠洒在她热腾腾的灵魂上。他愿意为她承担一切麻烦，只是有些个人的事情他不愿意分享。她太爱自己的孩子，以至于每次失去时她都感觉自己的心好似被切去了一块。上帝啊上帝，她是一个什么样的女人，像她这般痛苦的人有谁还能尝到甜蜜的滋味呢？

克里斯汀。她甘愿为自己的女儿赴汤蹈火；只是他们都不会相信，不管是拉夫拉恩斯还是克里斯汀，他们不会相信，可这是事实。她的心中涌起一阵对自己的愤怒，这种愤怒甚而变成一种恨意。

拉格恩弗里德不敢起身，因为她不知道躺在另一张床上的克里斯汀此时是否醒着。不过她还是无声地蹲起身，额头抵着床板，她想祈祷——为女儿祈祷，为丈夫祈祷，也为她自己祈祷。她的身体渐渐因为寒冷而变得僵硬，她再次回到了每晚熟悉的旅程——开辟一条通往平和的心路。

 第三章

　　哈根位于山谷西边的高坡上。在这样一个月光皎洁的夜晚,整个世界都变的纯白。白色的峰和黛青的山连绵相接,而干净如洗的天空中则点缀着几颗闪亮的星。因着月亮的缘故,即便是远远的雪峰顶投下的影子在这一晚也显得格外明亮。

　　走进通往山谷的森林,你会看到白色的积雪和冰霜覆满山坡;山坡围着的便是农场,农场里有各样图案的篱笆和建筑物。不过在山谷底部,影子则是深成了一片黑暗。

　　伏露·阿希尔德从牛棚出来,将身后的门关紧,在雪中停了一下。整个世界银装素裹,但离基督降临节还有三周多的时间。圣克莱门特节的寒冷宣告了冬天的来临。唉,总之这是收成不好的一年。

　　阿希尔德重重地叹口气,站在门外出神,她的心中满是悲伤。又到

冬天了，又将是一整季的寒冷和孤寂。过了一会儿，阿希尔德拿起牛奶桶和灯笼朝屋子走去，走的时候，她再次环视了一圈。

突然，她看到下坡的森林路上有四个黑色的点。那是四个骑马的男人。因为月光下看得见矛尖的闪光。他们正艰难穿行。从降雪以来，就没有人再来这儿。他们会是往这边来的吗？

四个全副武装的男人。来者不善，因为寻常探访者肯定不是这副装扮。她想到屋子里有一个箱子，里面放着她和比杰恩的贵重物品。是不是应该先把箱子藏到外屋？

阿希尔德又看了看周围的一派凋零。然后，她走进屋子。两只躺在火炉前头的老狗正用尾巴蹭着地板。比杰恩带着较年轻的一只狗去了山里。

她吹燃炉子里的煤火，又往里头添了一些木材。然后将装满雪块的铁锅挂到火上。她舀了一些牛奶放到木盆中，端着牛奶走进挨门的储物间里。

阿希尔德脱掉身上满是汗味和牛棚味道的粗糙未染色手工布裙，换上一件深蓝色的裙子。头上包着的粗糙棉布手帕也换成了白色的亚麻布头巾，头和脖子都裹进头巾中。接着又脱掉脚上的羊皮靴子，换上一双带银扣的鞋。

然后，阿希尔德开始整理屋子。她把比杰恩白天睡过的枕头和毛毯收拾妥当，长桌也擦了一遍，并将长椅上的椅垫摆放整齐。

两只狗大叫的时候，伏露·阿希尔德正站在壁炉前面搅动火上的粥。她听到院子里有马进来，然后是几个男人走到回廊上的脚步声，很快门口就传来尖矛敲击的声音。阿希尔德把锅子从火上移开，拉扯下裙子，然后走向前把门打开。

被月光照亮的院子里头站着三个年轻男人，他们牵了四匹身上覆满冰霜的马。站在回廊里的男人高兴地大喊："阿希尔德姨妈，你亲自来开门的吗？那我必须得说'Ben trouve！'"

"外甥——是你吗？那我也要向你回以同样的问候！快进来坐，我先带你的人到马厩去。"

"家里就你一个人吗？"厄莱德问。阿希尔德给三个随从指路的时候，厄莱德也跟了上来。

"是的，黑尔·比杰恩带着他的人坐雪橇出去了。他们想看看能不能带回来一点我们储藏在山中的生活必需品，"伏露·阿希尔德说。"另外呢，我也没有女仆。"她笑着又补充了一句。

很快，四个年轻男人就背靠着桌子在长椅上坐定，他们看着阿希尔德不慌不忙地在屋子里穿梭为他们准备食物。阿希尔德在桌子上摊了一张布并点燃了蜡烛；她拿来黄油、奶酪、一只熊腿、还有一堆上好的小面包干。接着，她又从地下室取出麦芽酒和蜂蜜酒，并用一个漂亮的木制食盘盛了粥放在桌上，然后她客气地请大家坐下用餐。

"这对你们年轻小伙子来说可能少了，"阿希尔德大笑着说，"我得另外再煮一锅粥。明天你们可以吃顿更好的——不过除了做面包或酿酒之外，冬天我是把伙房关了的。农场里就几个人，而我也已经老了。"

厄莱德大笑着摇头。他注意到他手下的人对阿希尔德前所未有的客气和尊敬。

"你真是一个神奇的女人，姨妈。母亲比你年轻十岁，但上次我们见面时，她看起来都比你现在更老。"

"是的，玛格恩希尔德老得快。"伏露·阿希尔德柔声说。"你们是打哪儿来？"过了一会儿，她又问。

"我们在北边莱斯加的一个农场里待了段时间，"厄莱德说，"我在那儿租了个房子。我不知道你是否猜得到我到这儿来的原因。"

"你的意思是说，我是否知道你想让拉夫拉恩斯·比杰加尔弗森把女儿嫁给你？"伏露·阿希尔德问道。

"是的，"厄莱德回答，"我正式跟拉夫拉恩斯求亲过，可他一口回绝。而克里斯汀和我无论如何都不想分开，我不知道除了强行带她离开还有什么其他办法。我已经……已经在村子里安排了一个替我打探消息的人，我知道她的母亲会在桑达布待到圣克莱门特节过完之后才回来，而拉夫拉恩斯也带着手下去希尔取过冬的物资了。"

伏露·阿希尔德沉默地坐了一会儿。

"你最好放弃这个想法，厄莱德，"她说，"我不觉得克里斯汀会愿意跟你私奔，你也不会强行带她走，对吗？"

"哦，她一定会的。这件事我们谈过许多次。她多次求我带她走。"

"克里斯汀是不是……！"伏露·阿希尔德顿了一会儿，大笑起来，"怪不得你算准了她会跟你离开，原来是她跟你说的。"

"哦，是的，"厄莱德回答，"姨妈，我现在是在想，你可不可以邀请乔拉恩加德的克里斯汀到这儿来拜访你——就说因为她父母不在，想让她在这儿待一周左右的时间。这样在被人发现之前，我们就能赶到哈玛。"厄莱德解释道。

伏露·阿希尔德仍有笑意："当拉夫拉恩斯上门来要女儿时，你还替我们——黑尔·比杰恩和我——想好了说辞，是吧？"

"是的，"厄莱德说，"你们就说，我们是四个全副武装的大男人，而且克里斯汀自愿跟着我们离开。"

"这个忙我帮不了你，"阿希尔德严肃地说，"多年来，拉夫拉恩斯一直是我们忠实的朋友。他和他的妻子都是品行端正、有头有脸的人，我不能背叛他们或让他们丢脸。厄莱德，你就让克里斯汀平静地过日子吧。你的亲戚们也更愿意听到你做些正事，而不是偷偷摸摸地带着女人私奔啊。"

"姨妈，我们需要单独谈谈。"厄莱德突然说。

伏露·阿希尔德于是拿来一根蜡烛，走进储物间，并关上了身后的门。她在一袋面粉上坐下；厄莱德则是双手插在皮带里向下望着她。

"你也可以告诉拉夫拉恩斯·比杰加尔弗森，格达鲁德的西拉·乔恩会替我们证婚；并且瑞典的伊恩格博杰格·哈空斯戴特公爵夫人也会接待我们"

"我明白了，"伏露·阿希尔德说，"你知道公爵夫人为什么会接待你吗？"

"在塔恩斯伯格的时候，我同她说过话，"厄莱德回答说，"她说我们有一点亲戚关系，同时也感谢我在那儿和在瑞典时对她的服侍。而且穆南答应替我写封信给她。"

"可你知道,"伏露·阿希尔德说,"即便你能找到一个神父替你们证婚,克里斯汀也将失去继承她父亲任何财产的权利。而且她生的孩子也成不了合法继承人。众人会不会承认她是你的妻子还是个未知数。"

"也许我们不会在挪威。这也是我想去瑞典的原因。她的继父劳伦提斯·拉格蒙德从未跟本格塔行过婚姻仪式;他们也没有得到亲朋好友的祝福。不过大家还是把本格塔看做劳伦提斯的妻子。"

"他们没有孩子,"伏露·阿希尔德说,"如果有一天你不在了,克里斯汀成了寡妇,带着几个没有合法身份的孩子,你觉得我的儿子们会不争夺你的财产吗?"

"你对穆南有偏见,"厄莱德回答说,"你其他的几个子女我不太了解。你没有理由对他们好,这点我明白。但穆南一直是站在我这一边。他希望看到我结婚;他还代表我跟拉夫拉恩斯求亲。而且根据法律,我也可以申请给我和克里斯汀的孩子过继财产和名号的。"

"可孩子的母亲却会被当做情妇,"伏露·阿希尔德说,"而且我不认为那个胆小的神父乔恩·黑尔格森敢冒险得罪大主教,不顾法律替你们俩证婚。"

"今年夏天我把事情都跟他说了,"厄莱德说着声音也沉了下去。"他答应我,如果没有其他办法,他就替我们证婚。"

"我明白了,"伏露·阿希尔德回答,"厄莱德,那你可就背上了弥天的罪过。克里斯汀在家和父母亲过着快乐无忧的日子。她原本可以嫁给一个英俊潇洒、有头有脸、出身高贵的男人。"

"克里斯汀自己跟我说的,"厄莱德说,"你说,她跟我可能很适合对方。而西蒙·安德鲁森并不适合当她的丈夫。"

"哦,不要管我说没说过这句话,"阿希尔德突然说,"我这一辈子说过这么多话。我觉得你和克里斯汀不可能这么容易就过关的。你们肯定也不是经常见面。而且,我觉得克里斯汀没那么容易就搞定。"

"我们在奥斯陆相识,"厄莱德说,"之后她跟她的叔叔在格达鲁德待了一段时间。她跑到树林里同我见面。"厄莱德轻声说,他的眼睛低垂,"我在那儿让她成为了我的女人。"

伏露·阿希尔德听到这跳了起来。厄莱德的头垂得更低了。

"那之后……她还愿意跟你来往吗?"阿希尔德不敢置信地问。

"是的,"厄莱德的微笑有些惨白,"自那以后我们还是朋友。她也没有强烈地抗拒我;不过这不是她的错。也就是那时候,她想让我带她私奔;她不想再回到亲人身边。"

"可你拒绝了她?"

"是的,我想征求她父亲的同意,光明正大地娶她为妻。"

"这是什么时候的事?"伏露·阿希尔德问。

"一年前的圣拉夫拉恩斯节。"厄莱德答道。

"你没有立刻求亲。"阿希尔德说。

"可当时她还没有解除婚约。"厄莱德回答。

"从那以后,你就没再跟她太过亲近吧?"阿希尔德问。

"我们之后又见了几次面。"厄莱德的脸上再次闪过颤颤的微笑。"在城里的一个地方。"

"以上帝之名,"伏露·阿希尔德说,"我会尽力帮你们两个。我知道发生了这样的事,再让克里斯汀留在她的父母身边将是一件特别痛苦的事。没有隐瞒其他事吧?"她问。

"丝毫没有隐瞒。"厄莱德回答得很干脆。

顿了一会儿,伏露·阿希尔德问:"你有没有想过,克里斯汀在这个村子里有许多的朋友和亲戚?"

"我们必须做的尽量隐秘,"厄莱德说,"这也是我们需要尽快离开的原因,这样在她父亲回家之前我们就能多赶一些路。你得借我们雪橇,姨妈。"

阿希尔德耸了耸肩。"她叔叔在斯科格。要是他听到你和他哥哥的女儿在格达鲁德庆祝婚礼该怎么办?"

"亚斯蒙德也在拉夫拉恩斯面前替我说过话,"厄莱德说,"他不会尽力帮我,这是事实,不过他很可能是袖手旁观。我们会晚上赶路,然后趁夜找神父证婚。我想亚斯蒙德很可能会告诉拉夫拉恩斯,他那样敬畏上帝的人不合适拆散经过神父证婚的我们。甚至,他可能还会给我们祝福,这样我们就能算合法成婚了。这些事情你也要和拉夫拉恩斯说。只要能认可我们,他可以提出任何条件。"

"在这件事情上,我不觉得拉夫拉恩斯·比杰加尔弗森会这么容易说话,"伏露·阿希尔德说,"上帝和圣奥莱福知道我真的不喜欢这种事情,外甥。但我知道如果你想弥补对克里斯汀造成的伤害,这是你最后一次机会。明天我会亲自去乔拉恩加德,另外你再派个人跟我一起,这样我就能让伊恩葛丽德去北边照料我的牲畜。"

第二天月亮刚在天上露出头,伏露·阿希尔德便赶到了乔拉恩加德。克里斯汀到院子里接她,她看到面前的克里斯汀是一副面色苍白、形容憔悴的模样。

伏露·阿希尔德在火炉旁坐下陪克里斯汀的两个妹妹玩。她偷偷地看了眼正在摆桌子的克里斯汀。干瘦的克里斯汀沉默着没有说话。克里斯汀一向不爱说话,但她现在的这种沉默和以往明显不一样。伏露·阿希尔德可以想象这沉默背后的紧张和固执。

"你很可能已经听说,"克里斯汀走过来说,"这个秋天发生的事吧?"

"是我妹妹的儿子向你求亲,对吧?"

"你还记得吗?"克里斯汀说,"你曾经跟我说,我和他可能彼此合适?除了他太富有而且出身名门所以我配不上他之外?"

"我听说拉夫拉恩斯有不同想法,"阿希尔德说的有些生硬。克里斯汀的眼睛里闪过一丝光芒,她微微笑了笑。虽然伏露·阿希尔德并不情愿,但她还是会帮厄莱德完成他的计划。

克里斯汀为客人铺床,伏露·阿希尔德要求克里斯汀和她一起睡。两人躺下之后,主屋里万籁俱寂,伏露·阿希尔德于是道明了自己的来意。

看到克里斯汀并没有考虑过她将带给父母的伤痛，伏露·阿希尔德的心变得异常沉重。阿希尔德心想，我同巴德在一起痛苦地生活了20年。但也许这就是我们的命。克里斯汀似乎并没有意识到，阿尔夫希尔德的身子在这个秋天虚弱了很多。阿希尔德觉得克里斯汀这一走，将不可能再见到活着的阿尔夫希尔德。但她什么都没说。克里斯汀的这种巨大喜悦和勇气撑得越久，对她就越好。

克里斯汀站起身，黑暗中她将自己的珠宝首饰收进一个小箱子，然后把箱子放到床头。

伏露·阿希尔德对她说："克里斯汀，我还是觉得，最好是等你父亲回来之后厄莱德再亲自上门坦诚他对你做过的错事，并让拉夫拉恩斯来决断。"

"那样子的话，我想父亲会杀了厄莱德。"克里斯汀说。

"如果厄莱德不向他的岳父亮剑，拉夫拉恩斯也不可能这么做的。"阿希尔德回答。

"我不想让厄莱德受那样的屈辱，"克里斯汀说，"我也不想父亲知道，厄莱德在堂堂正正向我求亲之前就已经占有了我的身子。"

"你觉得拉夫拉恩斯听到你和厄莱德私奔逃跑的消息时，他会少生一点气？"阿希尔德问，"还有，你以为你的父亲就能够承受这些吗？根据法律，如果你不经过父亲的同意便跟厄莱德双宿双飞，那你只能算作他的情妇。"

"可我们的情况不一样，"克里斯汀说，"他已经试图堂堂正正地娶我过门，只是我的父亲不同意而已。我不会被当成他的情妇的。"

伏露·阿希尔德沉默。她寻思，拉夫拉恩斯·比杰加弗森回家后发现自己的女儿不见了，她铁定得给拉夫拉恩斯一个交代。

克里斯汀又说："我知道，你会认为我是一个坏女儿，伏露·阿希尔德。但自从父亲回来之后，在家里的每一天对他对我都是巨大的折磨。如果这件事能最终解决，那对所有人都好。"

第二天清早，两个人就从乔拉恩加德启程；中午刚过她们便到了哈根。厄莱德在院子里等，克里斯汀不顾还有厄莱德随从在场一下扑到厄莱德的怀里。进屋后，她同比杰恩·加纳森还有厄莱德的另外两个随从打招呼，仿佛他们是老熟识一样。伏露·阿希尔德看不出她害羞或者害怕。随后，所有人都在桌子旁坐下，厄莱德便开始讲自己的计划。克里斯汀也进言献策，她对要走的路线提出了自己的建议。她说，最好是第二天晚上趁夜从哈根出发，待月亮下去他们便能赶到峡谷处；之后再摸黑穿过希尔直到过了劳普特司佳德。从那儿起，他们应该沿着奥塔河一直走到大桥，然后再转到奥塔河的西边从小路走，马能走多远就往前走多远。然后白天的时候在山坡上的某间春屋稍作停留，她说："按照霍莱迪斯的法律，我们可以跑到没有人认识我们的地方。"

"你有没有想过马匹的饲料问题？"伏露·阿希尔德问，"你不可能从人们的春屋中获得一年吃的粮食——就算里面有粮食——而且以今年的收成，你也不知道从哪儿可以买到粮食。"

"这一点我想过了，"克里斯汀说，"你一定要借给我们三天的马粮和准备物资。这也是我们不能大部队行进的原因。厄莱德必须要把乔恩送回哈萨比。唐德拉格今年的收成并不坏，我想圣诞之前在山的那边弄到一些生活物资还是有可能的。伏露·阿希尔德，村子南边还有一些穷人，也希望你能替我和厄莱德给他们一些帮助。"

这时，比杰恩突然发出一阵阴阳怪气的笑，伏露·阿希尔德便跟着摇了摇头。

男仆阿尔夫这时也抬起他那黝黑的脸，特别狡黠地冲克里斯汀一笑。"克里斯汀·拉夫拉恩斯戴特，哈萨比什么东西都没了，所以谈不上好也说不上坏。不过要是你去打理的话，事情可能会有所不同。从你的言谈中，我觉得你就是厄莱德需要的妻子。"

克里斯汀冲阿尔夫平静地点头，然后继续她的发言。她说，他们必须尽量避过主要道路。而且途经哈玛貌似也不是一个好的注意。厄莱德对此提出反对，因为穆南就在那儿等他们——这关系到给公爵夫人的信。

"阿尔夫可以在法格博格同我们分开走，他骑马去找穆南先生，我们则往西朝米洁莎湖的方向走,并经由哈德兰德的小路穿到哈克达尔。那儿有一条偏僻的路往南通到马格莱塔达尔;我听我的叔叔提起过那个地方。如果狄福林家正举行盛大婚礼,那我们再骑马穿过拉马利克就不是一个好主意了。"说着克里斯汀大笑起来。

厄莱德走过来,用手环住克里斯汀的肩膀,她便也往后紧紧靠着他,丝毫不顾周围的人都在注视他们两个。

伏露·阿希尔德酸酸地说:"你说,听了你这番计划,谁不会以为你之前有过私奔经验呢。"

黑尔·比杰恩再次笑起来。

过了一会儿,伏露·阿希尔德起身去厨房准备食物。因为厄莱德的人晚上要在那儿睡,所以她已经在厨房里生了火。她让克里斯汀也跟着一块来,"因为我还要向拉夫拉恩斯·比杰加尔弗森发誓保证,你们两个在我的屋子里一刻都没有独处过。"阿希尔德故意为难地说。

克里斯汀大笑,然后便跟着阿希尔德一同出去。厄莱德立刻也装作晃悠地跟了上去,他拉过一张三脚凳在火炉旁坐下,反正就一直在厨房里挡道碍事。每次克里斯汀走近,厄莱德都会抓住她,克里斯汀便连忙跑开。最后,厄莱德终于把克里斯汀拉到了他的膝上。

"也许阿尔夫说得对,你就是我需要的那个妻子。"

"哦,是的,"阿希尔德又好笑又气恼,"她当然会把你服侍得很好。在这场冒险中,她赌上了自己的一切,你呢,其实并没有多大风险。"

"没错,"厄莱德说,"不过我已经表达过想要走正道娶她的意愿。别生气啦,阿希尔德姨妈。"

"我怎么能不生气,"她说,"你现在得带着一个女人私奔啊,总是乱七八糟的。"

"你要记得,姨妈,"厄莱德说,"一个男人甘愿为一个女人惹麻烦,那他肯定算不得最坏的男人。这可是圣人说的话。"

"哦,上帝保佑。"阿希尔德叹道,她的脸色柔和下来。"厄莱德,我以前也听过这番言论。"她把手放进厄莱德的手中,摩挲他的头发。

这时，阿尔夫·哈尔多森推门进来，并立刻将深厚的门关上。

"厄莱德，来客人了——我想，可能是你最不愿见到的一个人。"

"是拉夫拉恩斯·比杰加尔弗森吗？"厄莱德从凳子上跳起来。

"不是，"阿尔夫说，"是艾琳·奥姆斯戴特。"

门从外面被推开；那个女人进门便把阿尔夫推到一边，走到有光的地方。克里斯汀看向厄莱德。刚开始他好像就要倒下，但他很快又站直身子，脸变得通红。

"该死，你是从哪儿来？你来这儿做什么？"

伏露·阿希尔德走上前说："艾琳·奥姆斯戴特，跟我们进屋去吧。我们都是些懂礼的人，没有在厨房接待客人的道理。"

"伏露·阿希尔德，我从来不期望厄莱德的亲戚能对我以礼相待，"那个女人说，"你问我是从哪儿来？我从哈萨比来呀，这你很清楚。奥姆和玛格丽特要我代他们向你问好；他们都很好。"

厄莱德没有作声。

"我听说你让吉萨尔·阿恩菲森替你筹钱，你要再去南方，"她自顾自地说，"我想这种时候，你很可能是来拜访你在加德布兰德斯戴尔的亲戚。我还知道你打听过他们邻居的女儿。"

说完她和克里斯汀的眼神相遇，这也是两人第一次见面。克里斯汀脸色苍白，不过她看着艾琳的表情很平静，同时又带点探询的意味。

克里斯汀静如磐石。从听到来的是艾琳的那一刻起，她便努力克制住自己内心的不安。她努力不去想厄莱德是否真的不再受他前任情妇的牵绊。事实摆在眼前，她再反抗也是无用，不过她还是不想逃避。

她看到，艾琳·奥姆斯戴特确实是一个漂亮的女人。她不再年轻，但仍然动人，毫无疑问年轻时候的她一定是个明艳美女。她的头巾披在身后；额头圆且平滑，颧骨微微有些凸出——不过很容易看出，她以前肯定是目光的焦点所在。包头巾只遮住头的后半部；说话的时候，艾琳将一头闪亮的金发拨到前面。克里斯汀从来没见过眼睛比她更大的女人；那样一双黑棕色的圆眼睛在细细的黑眉毛下面闪亮，配上长长的睫毛和金黄色的头发显得格外美丽。可能是冒寒赶路的缘故，她的脸和嘴唇有些开裂，但这并不影响她的美丽——甚至还让她看起来更加楚楚动人。她身上穿着厚重的旅行衣，不过她却把那衣服穿出了自信骄傲的味道。艾琳其实没有克里斯汀那么高，但她看起来却比苗条、小骨架的克里斯汀要高。

"她一直在哈萨比陪着你吗？"克里斯汀轻声问。

"我没待在哈萨比，"厄莱德急忙说，他的脸又红了。"我大半个夏天都是在海斯特奈过的。"

"厄莱德，我想告诉你一个消息，"艾琳说，"你无须再寄宿在亲戚家，考验他们对你的热情程度，我那儿替你留着房子。这个秋天，我成了寡妇。"

厄莱德一动不动地站在院里。

"去年我并没有让你到哈萨比来照料房子。"厄莱德说的有些费劲。

"我听说那儿的境况不好，"艾琳说，"而我呢，对你多少还有旧情，所以就觉得应该为你做点什么——虽然上帝知道，你并没有善待我或我们的孩子。"

"能够为孩子做的我都已经做了，"厄莱德说，"你也很清楚，我是看在孩子的分儿上，才让你留在哈萨比的。你不能说这是为了我好或者孩子们好，"厄莱德恨恨地补充道，"就算没有你帮忙，吉萨尔也能打理好的。"

"是的，你总是那么相信吉萨尔，"艾琳说着笑了起来，"但事实是，厄莱德——现在我自由了。如果你愿意的话，你可以兑现你曾经给我的诺言了。"

厄莱德沉默不语。

"你还记得我给你生儿子的那晚吗？你答应等司佳德死后，你就娶我。"艾琳问。

厄莱德往后捋了捋汗湿的头发。

"是的,我还记得。"他说。

"那你现在说话还算话吗?"艾琳问道。

"不行。"厄莱德说。

艾琳·奥姆斯戴特看向克里斯汀,她微笑着点了点头,再次转向厄莱德。

"那已经是十年前的事了,艾琳,"他说,"那天之后,我们就一直分分合合,受尽了苦楚折磨。"

"并不完全是这样子的。"她脸上仍然挂着微笑。

"我和你之间早已没什么了,"厄莱德说,显出疲惫的神情。"这对孩子们没有帮助,你知道……你知道我已经没有办法再跟你共住一个屋檐下。"他几乎要尖叫起来。

"今年夏天在家的时候,我怎么没觉得你有这种意思呢,"艾琳意味深长地笑着说,"那个时候我们可不是敌人。从来都没有过。"

"如果你觉得那就意味着我们是朋友的话,那也随便你。"厄莱德无力地说。

"你就打算站在这儿吗?"伏露·阿希尔德说。她将粥装到两个大木盘中,并把其中一个递给克里斯汀。克里斯汀接过了粥。"把粥端进去。这个,阿尔夫,你来端这一盘。放到桌子上;不管接下来如何,晚饭还是要吃的。"

克里斯汀和阿尔夫端着粥出去了。伏露·阿希尔德又对艾琳和厄莱德说:"你们两个跟我来;站在这儿互掐可对你们没什么好处。"

"我想,现在最好让我和艾琳在这单独谈一下。"厄莱德说。

伏露·阿希尔德便也没再说什么,转身出去了。

克里斯汀把食物放到桌子上,之后又从地窖里拿来了麦芽酒。她在长凳上坐下,身子仿佛烛台一样挺得笔直;她的脸上看不出情绪,也没有吃东西。比杰恩和厄莱德的几位随从也都不怎么有胃口。只有比杰恩的随从和艾琳带来的人吃得很欢。伏露·阿希尔德喝了点粥。屋子里谁也没说话。

最后，艾琳·奥姆斯戴特独自进来。伏露·阿希尔德在她和克里斯汀之间给艾琳让出一个位置；艾琳坐下之后吃了点东西。每隔一会儿，她的脸上便会浮出神秘的笑容，然后看一眼克里斯汀。

之后，伏露·阿希尔德去到厨房。

厨房里的炉火已经熄灭。厄莱德双手抱头坐在火炉旁的三脚凳上。伏露·阿希尔德走过去，手搭上他的肩膀。"厄莱德，愿上帝原谅你处理事情的方式。"

厄莱德抬起头。他竟然是泪流满面，很痛苦的样子。

"她怀孕了。"厄莱德说着闭上了眼睛。

伏露·阿希尔德的脸变得火红；她用力抓住厄莱德的肩。"孩子是谁的？"她突然若有所思地问。

"那个，孩子不是我的，"厄莱德答得很无力，"可是，你很可能不会相信我。没有人会相信……"他再一次崩溃。

伏露·阿希尔德在厄莱德面前坐下。

"厄莱德，你一定要把思绪整理清楚。在这件事上要相信你真的不容易。你敢发誓，这不是你的孩子吗？"

厄莱德抬起憔悴的脸。"我向上帝发誓，千真万确。自从我遇见克里斯汀之后，我再没碰过艾琳一下！"厄莱德嚷道，阿希尔德只得示意他小声点。

"那事情还没那么糟糕。你一定要找出孩子的父亲，然后给那个男人钱，让他跟艾琳结婚。"

"我觉得应该是吉萨尔·阿恩菲森，我留在哈萨比的管家，"厄莱德无力地说，"去年秋天我们谈过这件事——之后又谈过一两次。早在前段时间，大家就知道司佳德一定会死。吉萨尔说只要我愿意给一笔可观的嫁妆，艾琳成为寡妇后，他就愿意娶她。"

"我明白了。"伏露·阿希尔德说。

厄莱德又道："可她跟我发誓，说不会嫁给吉萨尔。她要让我当孩子的父亲。如果我发誓说我不是……你觉得会有人相信我吗？"

"你得说服她，"伏露·阿希尔德说，"没有其他的办法了。你明天必须得跟她一起回哈萨比。然后立场坚定地安排操办她和吉萨尔的婚事。"

"你说得对。"厄莱德说。说着他弯下腰大声抽泣起来。

"姨妈，可是……你觉得克里斯汀会怎么想？"

那天晚上，厄莱德跟随从们睡在厨房。克里斯汀则跟伏露·阿希尔德睡一张床，艾琳·奥姆斯戴特睡另一张床。比杰恩睡在马厩。

第二天早上克里斯汀跟随伏露·阿希尔德去到牛棚。伏露·阿希尔德去厨房做早餐时，克里斯汀则是把牛奶端到屋子里头。

桌子上点着一根蜡烛。艾琳正坐在床头穿衣。克里斯汀柔声同她打招呼，然后拿出一个盆把牛奶倒了进去。

"可以给我一点牛奶吗？"艾琳问。克里斯汀于是递给艾琳一个木勺。艾琳一边大口大口地喝牛奶，一边偷眼看克里斯汀。

"所以你就是克里斯汀·拉夫拉恩斯戴特，那个抢走厄莱德爱情的女人。"艾琳说着将木勺递回。

"你应该知道，他对你已经没有爱，所以谈不上抢不抢的。"克里斯汀回答。

艾琳咬着嘴唇。"如果厄莱德有一天厌烦了你，并提出让你跟他的下人结婚，你会怎么做？你会听他的吗？"

克里斯汀没有回答。

艾琳接着大笑道："我想，你什么事都会听他的吧。克里斯汀，作为厄莱德·尼库拉森的情妇，我们两个掷骰子来决定这个男人属于谁吧？"见克里斯汀还是不回答，艾琳再次大笑起来，"你怎么这么单纯，难道就甘心承认你是他的情妇吗？"

"我不想对你撒谎。"克里斯汀说。

"反正，你也得不到什么好处，"艾琳还是原先的语气。"我知道他。我可以想见，你们第二次在一起时他一定像只黑色的松鸡。这对你而言是一件坏透了的事吧，你还是个漂亮的孩子。"

克里斯汀的脸变得苍白。她感到一阵恶心，但只是轻声地说："我不想再跟你说话。"

"你以为他对你会比对我好吗？"艾琳不肯罢休。

克里斯汀听到这句话，突然尖声嚷道："不管厄莱德做什么，我都不会抱怨他。是我自己选择了这条歧路，即便最后走到绝境，我也不会抱怨、不会后悔。"

艾琳沉默了一会儿。她红着脸说："克里斯汀，他占有我的时候，我也还只是个少女——虽然我已经嫁给那个老男人好几年。但你恐怕明白不了那种生活有多么糟烂。"

克里斯汀全身开始剧烈颤抖。艾琳紧紧盯着她。然后她从脚边的旅行箱里拿出一个酒瓶。

艾琳拔掉瓶塞，平静地说："克里斯汀，你还年轻，而我已经老了。我知道和你争抢也没有用——现在轮到你了。你愿意陪我喝一杯吗，克里斯汀？"

克里斯汀没有动。艾琳则把酒瓶举到唇边。克里斯汀看到，她其实也没有喝。

艾琳说："你至少要给我这个面子，陪我喝一杯——答应我，你不要成为一个坏继母，对我的孩子好一点儿。"

克里斯汀接过酒瓶。这时，厄莱德推门进来。他愣在原地，看看克里斯汀，又看看艾琳。

"这是在干什么？"他问。

克里斯汀回道："我们在喝酒，你的两个情妇在喝酒，没看到吗？"她的声音听上去很尖。

厄莱德一把抓住克里斯汀的手腕，把她手中的酒瓶抢走。"安静点，"他厉声道，"你不能和她喝。"

"为什么不能？"克里斯汀还是之前的语气，"你勾引她的时候，她和我一样纯洁。"

"这种话她说过太多遍，所以连她自己都信以为真了，"厄莱德回答，"艾琳，你还记得你让我跟司佳德撒的那个谎吗？当时他说抓到了你跟另一个男人苟且的证据。"

克里斯汀听到这儿一阵恶心,于是转身走开。艾琳的脸也一下子变得通红。然后,她有些恶狠狠地说:"就算是这样,她跟我喝杯酒,也不会让她被人瞧不起吧?"

厄莱德怒气冲冲地转向艾琳——可他的脸突然变得僵硬,惊恐地喘起粗气。

"天哪!"厄莱德的声音几不可闻。他抓住艾琳的手臂。

"那你就去跟她喝呀,"他说,声音尖厉而颤抖。"你先喝,然后她再跟你喝。"

艾琳也大声喘气。她不断地往后退,厄莱德则紧跟她的脚步。

"喝啊,"他大嚷,接着从腰上抽出一把匕首,逼了上去。"尝尝你为克里斯汀准备的酒呀。"厄莱德用力抓着艾琳的手把她拖到桌子旁,迫使她凑到酒瓶。

艾琳尖叫起来,脸埋在双臂中。

厄莱德放开了艾琳,全身颤抖站在原地。

"嫁给司佳德就是一场噩梦,"艾琳尖叫,"你……你答应过……可你对我更差,厄莱德!"

这时,克里斯汀走上前抓起酒瓶。"我们之中一定要有个人喝——你不可能同时拥有我们两个。"

厄莱德慌忙从克里斯汀手中抢过酒瓶,克里斯汀被屋子里的床绊得摔倒在地。他强行把酒灌到艾琳·奥姆斯戴特的口中。厄莱德单膝跪在艾琳身旁的一张长椅上,手托着艾琳的头,想逼她把酒喝下去。

艾琳拼命挣扎,她抓起桌子上的匕首刺向厄莱德。不过没刺中要害,只是划破了厄莱德的衣服。然后艾琳又把刀尖对准自己,人一歪就倒进了厄莱德的怀里。

克里斯汀挣扎着从地上爬起来,慌忙朝他们走去。厄莱德正抱着艾琳;而艾琳的头向后靠向厄莱德的手臂。艾琳已经奄奄一息;她的喉咙被割破,嘴里不停地有血流出来。临了,艾琳断断续续地说:"你背叛了我……我一直……一直都想……让你喝下……毒酒。"

"快去叫伏露·阿希尔德。"厄莱德低声说。克里斯汀一动不动。

"她就要死了。"厄莱德又说。

"她会比我们好,"克里斯汀说。厄莱德看着她,眼中的绝望让克里斯汀不由得心软起来。于是,克里斯汀转身离开了房间。

"这是怎么一回事?"克里斯汀去厨房里叫的时候,伏露·阿希尔德吃惊地问道。

"我们杀了艾琳·奥姆斯戴特,"克里斯汀说,"她就快死了。"

伏露·阿希尔德连忙朝屋子奔去。可她才刚迈过门,艾琳就已经咽气了。

伏露·阿希尔德将死去的艾琳放在长椅上;她擦掉艾琳脸上的血,然后用亚麻布盖住。厄莱德则是愣愣地靠着长椅身后的墙。

"你们知不知道,"伏露·阿希尔德说,"这是最坏的情况?"

说着,阿希尔德将树枝和引火物投进火炉;然后把酒瓶扔进火中。

"你们的人可以信任吗?"她问。

"我想阿尔夫和哈弗托还是可以信任的。不过我对乔恩不怎么了解,还有跟艾琳一起来的人。"

伏露·阿希尔德又说:"如果让人知道你跟克里斯汀一起出现在这儿,而且艾琳死的时候只有你们两个人在,那你直接让克里斯汀喝掉艾琳的毒酒还来得比较痛快。要是再渲染下投毒的事,那人们肯定会联想起我之前被控诉的罪名。她还有亲戚或朋友吗?"

"没有,"厄莱德阴着声音说,"除了我,她没有依靠。"

"即便是这样,"伏露·阿希尔德神情沉重地说,"要想神不知鬼不觉地处理掉艾琳的尸体且不让人对你产生怀疑,仍然很难。"

"她一定要葬入坟场,"厄莱德说,"即使有困难,你觉得呢,克里斯汀?"

克里斯汀点头。

伏露·阿希尔德则是保持沉默。她思前想后,越发觉得这件事情没有办法解决。厨房里坐着四个大男人;厄莱德如何能封住他们四个的口？像艾琳带来的人，如果给他们钱，他们会愿意离开这个国家吗？这还是很冒险。而且乔拉恩加德的人都知道克里斯汀在这儿。要是被拉夫拉恩斯知道真相，她完全可以想见他的反应。现在必须要想办法把尸体弄走。通往西边的山路现在没办法走得通；只有去拉姆斯达尔或翻过山到尼达罗斯或者去山谷的南边。到时就算事情被捅了出去，也找不出证据。

"我要跟比杰恩商量一下。"阿希尔德说着起身走了出去。

比杰恩·加纳森听着妻子的讲述，表情没有丝毫变化，他只是紧盯着厄莱德不放。

"比杰恩，"阿希尔德绝望地说，"必须要有人发誓，亲眼看到艾琳抹了脖子。"

比杰恩的眼神逐渐暗淡；他看着妻子，露出一个扭曲的笑容。

"你的意思是，我应该成为这个人？"

伏露·阿希尔德向比杰恩伸手。"比杰恩，你知道这对他们两个……"

"反正，你是觉得我这样就行了是吧？"比杰恩缓声问道，"还是说你觉得我还是以前的那个我，为了救你的厄莱德而做伪证？我……已经过去了这么多年……我感觉自己被不断地卷进旋涡。"他一遍又一遍地重复。

"你说，这是因为我现在老了。"阿希尔德轻声道。

克里斯汀本是面无表情一言不发地坐在阿希尔德的床边，此刻她突然放声痛哭。好似伏露·阿希尔德的话打开了她的心。阿希尔德的话承载了许多过往的爱情甜蜜，这也让克里斯汀第一次完整明了了她和厄莱德之间曾经的感情。那种燃烧的激情的快乐可以冲掉一切，冲掉前一晚她萌生出的恨意。这一刻，她只感受到心中的爱，她只想活下去。

其他三个人都不解地看着克里斯汀。然后黑尔·比杰恩走过来，用手抬起克里斯汀的下巴，注视她的眼睛。"克里斯汀，你告诉我，她是自己割破喉咙的吗？"

"你听到的每一个字都是真的，"克里斯汀坚定地回答，"我们威胁她，然后她便抹了脖子。"

"是她先想让克里斯汀喝下毒酒的。"阿希尔德说。

黑尔·比杰恩放开了克里斯汀。接着他走到艾琳的尸体旁，将尸体搬到艾琳前一晚睡的床上，然后用毛毯裹起。

"你一定要跟乔恩还有你不了解的那个随从说艾琳要陪你一起到南方去，把他们打发回哈萨比。让他们中午时分启程离开，跟他们说屋子里的女人们都在睡午觉，并让他们在厨房用午餐。然后再告诉阿尔夫和哈弗托。她以前有没有威胁自杀过？如果有人问起，你可不可以找来证人？"

"住在哈萨比的人都知道，"厄莱德无力地说，"每当我提出要离开她，她就会威胁说要自杀——有时还威胁说要取我的性命。"

比杰恩大声笑起来。"我想也是。今晚我们就给她穿上旅行衣然后放到雪橇上。你必须坐到她身旁——"

厄莱德晃了一下。"我做不到。"

"只有上帝知道你审视自己这20年来的所作所为时会是什么看法，"比杰恩说，"那么，你来驾雪橇，如何？我坐到她身旁。我们要趁夜从小路赶到福罗恩。天气这么冷，也不会有人知道她死了多长时间。我们要赶到罗阿尔德斯塔德的修道院。在那儿，你和我要证明你们两个在雪橇上吵了起来。这可以证明自从针对你的禁令取消之后，你就不想再和她生活在一起；而且你后来还跟另一位和你门当户对的女子求过亲。赶路期间一定要和阿尔夫和哈弗托隔开一段距离，这样必要的时候他们还能证明，离开这儿时艾琳还活着。你可以让他们做到这些，对吧？到修道院之后，你可以把艾琳放进棺材；然后跟神父商量将她葬入墓地以求安息。"

"我知道这么做不好，但你已经把事情搞成这个样子，还能怎么办呢？别再愣着了。上帝保佑你，我的孩子——我想你从来没有体验过刀抵着喉咙时的感受，是吧？"

山上刮过来一阵刺骨凛冽的寒风。众人准备动身时，蓝色的天空飘满白雪，纷纷扬扬。

两匹马都已准备妥当，一匹马在前，一匹马在后。厄莱德坐在雪橇的前头。克里斯汀朝他走去。

"厄莱德，这一次，无论如何你都要给我捎信，告诉我事情进行的怎样。"

厄莱德紧紧抓住克里斯汀的手，紧到克里斯汀觉得手指甲都要滴出血来。

"你还敢跟着我吗，克里斯汀？"

"是的，我要跟着你，"她顿了一会儿后说道，"这件事得由我们两个来承担。是我逼你的，因为我想让她死。"

伏露·阿希尔德和克里斯汀目送他们离开。雪橇在雪中移动，很快就消失在一片白茫茫中。

阿希尔德和克里斯汀坐在壁炉旁，两个人都背对着空空的床；伏露·阿希尔德拿出床单和麦秆。她们觉得，艾琳的鬼魂就站在那儿，紧盯着她们。

"我们今晚要不要睡到厨房去？"伏露·阿希尔德问。

"睡哪儿都改变不了事实。"克里斯汀说。

伏露·阿希尔德走到屋外看了看天气。

"别看了，不管是暴风雨来袭还是冰雪融化，都没有关系；他们走不了多远的，真相很快就会被人知晓。"克里斯汀说。

"哈根的风总是刮得很大，"伏露·阿希尔德说，"看起来天气好似不会晴。"

两个人再度陷入了沉默。

"你不能忘记，是她想毒害你们两个在先的。"伏露·阿希尔德说。

克里斯汀柔声回答："我一直在想，要是我是她，我恐怕也会这么做。"

"你不会想让另一个女人变成情妇的。"伏露·阿希尔德说得斩钉截铁。

"还记得吗？你曾经跟我说过，认为一件事情不对所以不敢做，这是好的；但因为自己不敢做而认为一件事情不对，这就不好了。"

"你不敢，是因为那是罪过。"伏露·阿希尔德说。

"不，我不这么认为，"克里斯汀回答，"许多以前认为自己永远都不会做的罪恶事情，现在我都做了。不过我当时不明白，罪恶的后果之一就是不得不折磨他人。"

"厄莱德在遇见你之前，就想从这段感情中抽身，"阿希尔德情绪激动地说，"他们两个早就断了。"

"这个我知道，"克里斯汀回道，"不过她可能没料到厄莱德竟然是铁了心要离开，她没有办法让他改变心意。"

"克里斯汀，"伏露·阿希尔德惴惴地请求道，"你现在不会离开厄莱德，对吗？除非彼此救赎，不然你们两个永远无法得到救赎。"

"神父不太可能说这样的话，"克里斯汀说着冷冷地笑了笑，"不过我知道，我不会放开厄莱德的——虽然我不得不因此而让我的父亲受折磨。"

伏露·阿希尔德站起身。

"我们最好是让自己忙起来，别干坐在这儿，"她说，"现在睡觉估计是睡不着的。"

说完，阿希尔德从储物间拿来搅黄油的家什，又拿了几个牛奶盆，往里面装满牛奶和黄油，接着便搅拌起来。

"让我来做吧，"克里斯汀请求道，"我年纪轻点。"

两个人默默地干起活来，谁也没说话。克里斯汀站在靠近储物间门口的地方搅拌，阿希尔德则在火炉旁纺羊毛。克里斯汀搅着搅着突然说："阿希尔德姨妈——你就不害怕要面对上帝审判的那天吗？"

伏露·阿希尔德听后，走到克里斯汀面前。

"也许我会鼓起勇气问创造我的上帝，时机到了，他会不会愿意宽恕我。因为违反他的训诫时，我从来没有祈求过他的宽恕。现在我在尘世受惩罚，我也从来没有责问过上帝或任何一个人。"

过了一会儿，她轻声说："穆南是我的长子，他今年已经20岁。我记忆中的他不是这个样子。当时我的孩子们都不是这个样子……"

克里斯汀也柔声回答:"不过,这些年始终有黑尔·比杰恩日日夜夜陪在你身边。"

"是的,"阿希尔德说,"我还有比杰恩。"

又过了一会儿,克里斯汀完成了黄油的搅拌工作。伏露·阿希尔德这才说,现在或许可以试着躺会儿了。

黑暗中,伏露·阿希尔德用手环住克里斯汀的肩膀,并让克里斯汀靠向她。没过多久,她就听到了克里斯汀熟睡的均匀呼吸声……

第四章

霜冻依旧。马厩里的马匹都是又冷又饿，嗷嗷叫唤。但主人们已经尽力给它们留出口粮。

这一年的圣诞节期间格外冷落，走亲戚的人很少，大家都待在自己家里头。

圣诞节这一天，天气愈发寒冷；似乎每天都比前一天更冷。这样寒冷的冬天已经多年未见。而且也没有新的雪落下，就连山上也没有，圣克莱门特节下的雪现在已被冻得跟石头一样硬。阳光照亮清朗的天空，现在白昼一天比一天亮。晚上，北极光在北边的山脊上头闪耀，但这耀眼的光也没能让天气发生变化。每隔一段时间，天空就会乌云密布，之后洒下一点干雪；然后便又是清朗的天空和刺骨的寒冷。冰桥下面的蓄水层间或发出一些响动。

每天早上克里斯汀都想，她忍受不了了；她没有办法熬过这一天，因为每天都像是她和父亲的决斗。而且现在这种时刻，她和父亲这样子针锋相对更加说不过去；村子里的人和牲畜也正经历共同的磨难。不过到了晚上，她发现每天还是这样子熬了过来。

并非父亲不友善。她和父亲也没再谈过那些事情，只是克里斯汀感觉父亲虽然不说，但他却是决计不会改变主意的。

而且，克里斯汀是那样地想念她的厄莱德。因为她知道父亲除她的事情外还承受着许多其他的压力，这让她更加痛苦；要是以前，父亲一定会跟她讲讲心里的苦闷。乔拉恩加德提前做好了应付天灾的准备，这是不争的事实；不过即便这样，他们还是每时每刻都能体会到坏收成带来的影响。往年的冬天，拉夫拉恩斯多数时间是在训练他的小马驹；可这一年，所有马驹在秋天的时候就被卖到了南方。拉夫拉恩斯很喜欢在院子里训练他那些瘦小、毛发粗糙的两岁小马驹；克里斯汀和她的两个妹妹今年也格外怀念父亲训练小马驹时欢乐的叫喊。前一年丰收之后，乔拉恩加德的储物间、谷仓和大大小小的箱子里还有些存粮；不过每天都会有许多人找乔拉恩加德寻求帮助，大家要么是用钱买要么是当做礼物接受，倒也没有谁想白拿。

一天傍晚，一个穿着皮草的老人冒冰前来。拉夫拉恩斯同他在院子里说话，哈尔夫丹则从伙房里拿了些东西给老人吃。农场里没有人认识那个老人，大家纷纷猜测他可能是住在山里面；也许拉夫拉恩斯曾造访过他。但克里斯汀的父亲此后并未提及老人的这次造访，哈尔夫丹也是三缄其口。

又是一个傍晚，一个与拉夫拉恩斯·比杰加尔弗森有多年渊源的朋友来访。拉夫拉恩斯去到储物间同他见面。不过回来之后，他说："所有人都想寻求我的帮助。可是我自己家的人却偏偏都和我作对。包括你，我的妻子。"

拉格恩弗里德于是拿克里斯汀开骂。

"你听见你父亲对我说的话了吗？我没有和你作对，拉夫拉恩斯。克里斯汀，你自己很清楚秋天时罗尔德斯塔德发生了什么；厄莱德和另一个来自哈根的亲戚一道穿过山谷——而那个被他引诱的不幸女人自己抹了脖子。"

克里斯汀表情木然,她厉声回道:"我知道,不管他怎么做,你都会怪罪于他。"

"哦,上帝,"拉格恩弗里德嚷起来,她的双手因为激动而绞在一起。"看看你变成了什么样!难道这种事情都不能改变你的想法吗?"

"不能,"克里斯汀说,"我没有改变想法。"

拉夫拉恩斯同阿尔夫希尔德坐在一张长椅上,他抬起头。

"克里斯汀,我的想法也没变。"他不紧不慢地说。

不过克里斯汀自己知道,她的内心已经有了变化——虽然心意没有改变,但她对未来的期望变了。她也听到了一些与厄莱德旅途相关的事情。事情进行得很顺利。不知道是由于伤口受了寒还是其他的原因,厄莱德胸上的刀伤出现了感染。他在罗尔德斯塔德的招待所躺了很长时间,幸好有黑尔·比杰恩在旁照料。不过也幸好厄莱德受了伤,这样子跟别人解释起来可信度也就高了。

厄莱德恢复得差不多的时候,他便把艾琳的尸体装进棺材,一路护送到了奥斯陆。最后,在西拉·乔恩的干预下,他在尼克拉斯教堂的墓地为艾琳找了一个位置。之后,他便离开了挪威。

克里斯汀想去朝圣救赎自己,可她却没有目的地。她必须要留在这儿,等待,担心,默默承受与父母对抗带来的痛苦。与厄莱德相识以来的种种记忆都笼罩在一种古怪而凄凉的冬日光束中。克里斯汀想起厄莱德的激情——爱和悲伤——她突然觉得,要是以前她能以同样的果断和迅疾抓住她想要的东西,那之后的一切可能会容易许多。有时,她甚至觉得厄莱德可能会放弃她。克里斯汀一直隐隐担心她和厄莱德的事情太过艰难,以至于厄莱德丧失信心。不过无论怎样她都不会放弃厄莱德——除非他收回自己所有的承诺。

冬天的生活继续。克里斯汀不再欺骗自己,她必须承认现在他们面临一个最严峻的现实——阿尔夫希尔德活不了多久了。在为妹妹伤心的同时,克里斯汀惊恐地意识到,她的灵魂已经偏离正道被罪恶摧毁。因为当她看着奄奄一息的妹妹和悲痛得无以复加的父母时，她的脑中只有一件事：如果阿尔夫希尔德死了，我要如何面对父亲，如何去坦陈这一切，如何请求他的原谅？

大斋节临近。人们纷纷宰杀剩下的家禽牲畜备用，以免它们自己死掉。因为只能吃鱼和一点点谷物粮食，很多人都病倒了。西拉·埃里克将牛奶的禁令解除，不过此时已经没有人喝得上牛奶。

阿尔夫希尔德已经下了不了床。她孤零零地躺在姐姐的床上，晚上的时候家人会在旁边照看。有时克里斯汀和她的父亲会一同陪在阿尔夫希尔德的身边。就是在这样的一个夜晚，拉夫拉恩斯对女儿说："你还记得埃德温修士对阿尔夫希尔德的命运是怎么说的吗？当时我想到了这一点。可是我没有在意。"

陪床的那些夜里，拉夫拉恩斯时不时地会讲一些她们小时候的事情。克里斯汀脸色苍白地就坐在那儿，内心万分痛苦，她知道父亲说这些话其实是在请求她。

一天，拉夫拉恩斯跟科尔贝恩去北边的森林寻找熊窝。他们带回来一只母熊，拉夫拉恩斯还抱了一只活着的小熊崽。克里斯汀把小熊给阿尔夫希尔德看时，阿尔夫希尔德露出了微笑。不过拉格恩弗里德说现在不是捕熊的季节，接下来要拿这两只熊怎么办呢？

"我会把它们捆起来，用绳子系着放在我女儿的卧室。"拉夫拉恩斯大笑着说。

不过他们没能找到小熊崽需要的那种牛奶，所以几天之后，拉夫拉恩斯便把那只小熊宰了。

阳光渐渐强烈起来，偶尔正午时分，屋檐的冰被晒得融化而滴下水来。山雀扒在木头墙上，在有阳光的一边蹦来蹦去；它们在木头缝隙间寻找还未醒来的飞虫，鸟喙啄虫的声音经常在木墙上回响。草场另一边结冻的雪还在闪着银光。

终于，一天傍晚，月亮前头聚集起大片乌云。乔拉恩加德的人清晨醒来发现，天空飘起了大雪。

就在那一天，阿尔夫希尔德已然无力回天。

乔拉恩加德的所有人都聚在屋子里头，西拉·埃里克也赶了过来。屋子里点着许多蜡烛。那天傍晚，阿尔夫希尔德平静地死在了母亲的怀里。

拉格恩弗里德的反应出乎所有人的意料，她没有哭天抢地，只是和拉夫拉恩斯一样默默垂泪。屋子里所有的人都在哭。克里斯汀走到父亲身边，父亲伸手揽住了她的肩。拉夫拉恩斯察觉到克里斯汀整个人都在颤抖，于是他搂得更紧了。不过克里斯汀觉得，她和父亲之间的距离比妹妹的死别更遥远。

克里斯汀不知道自己是怎么撑过来的，她甚至都不大记得自己一直撑着的原因。她的脸上仿佛没有表情，心里是木然的一种痛；不过她总算撑了过来没让自己倒下。

圣托马斯的圣坛前面的地板上架起了几块木板，阿尔夫希尔德·拉夫拉恩斯戴特的坟墓就选在那下面。

阿尔夫希尔德躺在麦秆棺材的日子里，外面一直静静地下着大雪；她入土之后，雪依然在下；那场大雪足足下了一个月。

那些等待春天救赎的人仿佛永远都等不到尽头。白昼一天比一天长，阳光闪耀的时候整个山谷都笼罩在冰雪融化的雾气中。不过冰霜仍未退尽，那热度也发挥不了多大威力。晚上结冰结得十分厉害；人们躺在床上都能听见冰面上咔嚓咔嚓的巨大声响；有时山林中也会传来不小的动静，那是嚎叫的狼群和狐狸下到村子来了——这本是仲冬才有的情景。人们想护住自己的牲畜，可最后还是死了很多。没有人知道这一切什么时候会结束。

克里斯汀就在这样一个雪水叮咚、银装素裹的日子出了门。面向太阳而飘的雪花是中空的，所以她踩上去时那娇柔的雪花边缘会闪出一圈银光。不过只要是太阳没有照见的地方，霜雪就依然坚硬。

克里斯汀朝教堂走去。她不知道自己为什么要去那儿，不过她就是想去。父亲也在教堂。克里斯汀只知道，是几个玩得好的农民在那儿搞了一个会议。

爬上山坡，克里斯汀刚好遇上正打算离开教堂的农民们。西拉·埃里克也在其中。他们都是走路，脚上套着厚厚的皮毛，彼此交谈点头；克里斯汀同他们打招呼，但对方只是板着脸象征性地回了下。

克里斯汀暗自想，以前村子里的人都对她那么友好亲切，可现在这一切变得好遥远。大家肯定都知道她是一个不孝的女儿。也许他们还知道更多有关她的事情。他们现在很可能相信有关她和阿恩、本特恩的流言不是空穴来风。可能她已经被大家戳破脊梁骨。克里斯汀抬起下巴，继续朝教堂的方向赶路。

教堂的门虚掩着。里面还是很冷，不过一间昏暗的棕色屋子让她感觉到阵阵暖意；屋子上头有高高的烟囱，似乎要把黑暗撑起来。圣坛上没有燃着蜡烛，不过阳光透过打开的门照进来，在画像上投下微微的光。

克里斯汀看到父亲跪在靠近圣托马斯圣坛的地方，他的头抵着交叠的双手，而披风也被手卡在胸前的位置。

克里斯汀感到一阵害羞同时又有些沮丧，她踮起脚尖走到教堂的回廊。扶着两根小小的拱形廊柱，克里斯汀看到乔拉恩加德就在自己的脚下，淡蓝色的薄雾笼罩在她家的上空。阳光下，河流携闪着白光的流水和浮冰从村子穿行而过，河岸旁已经开花的赤杨林是金棕色的一片，教堂四周的云杉林也现出了春天的绿色，小鸟则在林子附近叽叽喳喳地叫个不停。哦，是的，每晚落日之后她都能听到小鸟的歌唱。

克里斯汀感觉心中有一种渴望似乎要冲破所有束缚，这种渴望深藏在她的身体，融进了她的血液。内心开始变得不安，仿佛这种渴望也是在经历冬眠之后悠悠醒来。

拉夫拉恩斯·比杰加尔弗森从房间走出，并顺手关上了身后的门。他走到离女儿不远的地方站定，隔着一根拱形廊柱望向她。克里斯汀发现，这个冬天父亲苍老了好多。她觉得自己现在没有办法开口讲这些，可话还是脱口而出。

"母亲那天说的是真的吗?你跟她说……如果换成阿恩·哥德森,你就不会这么激烈地反对?"

"是的。"拉夫拉恩斯头也不抬地答道。

"阿恩活着的时候,你从来没有这么说过。"克里斯汀说。

"也没有人提过这件事啊。我其实看得出阿恩喜欢你,可他什么都没说……而且他还年轻……我也从来没有察觉到你对他是那样的心思。你总不能要我主动提出把自己的女儿嫁给一个穷光蛋吧。"拉夫拉恩斯说着笑了笑。"不过我喜欢那个孩子,"他柔声说,"如果我看到你是和他相爱……"

父女两人都站在原地没有动,眼睛直直地望着前方。过了一会儿,克里斯汀感觉父亲在看她。她努力想做出淡然的样子,但她知道自己的脸一定是苍白如纸。接着,拉夫拉恩斯走到克里斯汀身旁,双手环着她的肩紧紧地抱住了她。他让克里斯汀头往后仰,注视她的脸庞,然后把她的头按在自己的肩上。

"上帝啊,我的小克里斯汀,你就这么不开心吗?"

"我觉得自己会郁结而死,父亲。"克里斯汀靠在拉夫拉恩斯的胸前说。

然后,克里斯汀哭了起来。不过她哭是因为父亲的爱抚和眼神让她看到他已经被痛苦耗尽了力量,他不会再坚持反对。她赢了。

午夜,克里斯汀从睡梦中醒来,看到父亲正抚弄着自己的肩膀。

"起来吧,"他轻声说,"你听见了吗?"

克里斯汀凝神细听,她听见了房子角落的歌唱——那分明是南风深沉且带着湿气的声音。房顶上的雪水倾泻而下,而雨落在柔软的融化的雪上几乎听不见声响。

克里斯汀套上裙子跟随父亲走到屋外。两人一起伫立在明亮的五月夜色中。温暖的风和雨扑向他们。天空布满雨云;森林里传来哗哗啦啦的响动,房子里许多人吹起了口哨,他们还听到山上积雪滑落的巨大声响。

克里斯汀握住父亲的手。父亲特意把她叫醒，就是为了让她看到这派景象。父亲以前经常这样子做，那时一切都还没有变化。而现在，父亲又这样子做了。

待到两人回到屋里重新躺下，拉夫拉恩斯说："前几天来的那个陌生人捎了一封穆南·巴德森写的信给我。他今年夏天想来这儿看望他的母亲，还问能否和我聊聊。"

"那么父亲，你是怎么回应的呢？"克里斯汀小声问。

"我现在还不能告诉你，"拉夫拉恩斯回答说，"不过我会跟他聊，而且我也一定会待他以礼，我的女儿。"

克里斯汀爬上床睡到拉恩伯格身旁，拉夫拉恩斯则走到睡着的妻子身旁躺下。他躺在床上，想着要是突然暴发山洪，那乔拉恩加德最容易受到冲击。似乎有人预言过——有一天，河流会冲垮这座庄园。

 第五章

春天突然就来了。冰霜解冻之后没几天，暴雨冲击之下的村庄便成了棕黑色的一片。雨水冲刷山坡，水涨得老高的河仿佛一铅灰色的湖泊躺在山谷的底部；河的两旁有被水淹没的小林子和土地。水涨到了乔拉恩加德的地里头。不过暴雨造成的毁损还没有人们担心的那么严重。

这一年的春耕开始得很晚，所有人都是一边播种一边向上帝祈祷，希望收割之前千万不要再降下冰霜。也许是上帝听见了大家的祈祷，此后果然没有再降冰霜，这也让大家的负担减轻了一些。6月的天气变得十分喜人，所有人都希望这一年能将上一年的霉头扫光。

干草收割后的一天傍晚，四个男人骑马奔至乔拉恩加德。来的是两位绅士和他们的随从：穆南·巴德森先生和巴德·皮特森先生。

拉格恩弗里德和拉夫拉恩斯命人在阁楼里摆好桌子，另外在储物间上头的阁楼里把床铺好。不过拉夫拉恩斯让两位绅士先休整一天，第二天再忙正事。

用餐时多半是穆南先生在说话，他大多数话都是冲克里斯汀说的，仿佛两人是多年的老熟识。克里斯汀察觉到父亲对此并不高兴。穆南先生身材魁梧，长着一张大红脸——是一个动作粗鲁笨拙、长相丑陋的男人。不过撇开外貌不谈，伏露·阿希尔德的儿子仍然是国王身边举重若轻的人物，他聪明理智、能力过人，在政务上无疑有不小的影响力。穆南住在母亲祖传的斯科格黑恩庄园。他很富有，娶的妻子也是有钱人家的女儿。他的妻子伏露·卡特恩长相奇丑而且很少开口讲话，不过穆南说起她的时候总给人感觉她是世上最睿智的女人。于是有人讥讽地把伏露·卡特恩叫做"拥有甜美声音的机智女人"。两个人似乎是相敬如宾、感情深厚，虽然穆南先生结婚前后都传出了很多不忠的丑闻。

巴德·皮特森先生是一个长相英俊、气度不凡的老人，虽然他也长得胖而且脚跛得厉害。他的头发和胡须有些花白，不过至少也是金白参半。自从马格纳斯·哈空森国王逝世之后，他便过起了不为人打扰的安静生活，一心打理他在诺德茂的大片土地。第二个妻子过世之后他便成了鳏夫，不过他有许多孩子，据说个个都是英俊潇洒、举止优雅。

第二天，拉夫拉恩斯和客人去到阁楼谈话。拉夫拉恩斯让妻子一同跟着，不过她拒绝了。

"这件事必须由你一个人做主，"拉格恩弗里德说，"你知道的，要是这件事情不解决，我们的女儿将一直生活在巨大的痛苦之中；不过我觉得这门亲事还有许多问题。"

穆南先生拿出厄莱德·尼库拉森写的一封信。厄莱德在信上说，只要拉夫拉恩斯同意让克里斯汀同他订婚，拉夫拉恩斯可以提出任何条件。厄莱德愿意由公正的人对他的财产进行评估，并把他名下财产的三分之一过给克里斯汀当做礼金；克里斯汀的嫁妆以及继承的财产也全部归她自己。另外，他还提出让克里斯汀全权打理她那一部分的财产，包括从娘家带过来的嫁妆和厄莱德划过去的财物。如果要是拉夫拉恩斯对财产的分配还有其他意见，他也愿意遵从照办。不过克里斯汀的家人必须答应他一个条件：如果有一天克里斯汀家人获得了他和克里斯汀孩子的监护权，无论如何也不能把他和艾琳·奥姆斯戴特的两个孩子的财产收回。大家必须讲明的一点是，在同克里斯汀·拉夫拉恩斯戴特结婚之前这一部分财产就已经划归出去，而且具有法律效力。最后，厄莱德提出在哈萨比的庄园里风风光光地举行一场婚礼。

拉夫拉恩斯看完信后说："这是很诱人的条件。看得出你的亲戚厄莱德非常希望同我达成一致意见。我也明白，他这已经是第二次请穆南先生代为出面来找我——一个除了这个村子就什么都不是的人；还有巴德先生这样有身份的人不辞辛苦地替他上门求亲。不过关于厄莱德的提议我现在必须要告诉你们，我的女儿并不能自己打理家产，而且我只会把她嫁给我认为能真正带给她幸福的人。我不知道克里斯汀有没有能力自己承担这样的责任，不过我觉得这样对她并不是一件好事。她性格平和温顺。我反对这门亲事的原因之一就是，厄莱德在不少地方都显得轻率鲁莽。如果她是一个坚强勇敢的女人，那事情可能就会不一样了。"

穆南先生听到这儿大笑起来："我亲爱的拉夫拉恩斯呀，你是说这个姑娘不够坚强吗？"

巴德先生也微笑着说："在我看来，你的女儿似乎并不缺乏意志。两年来不管你的意愿如何，她还是坚持要跟厄莱德在一起——单凭这一点就可以想见。"

拉夫拉恩斯说："这一点我很清楚，不过我并不是乱讲。跟我对抗的这段时间，她过得很艰难；除非是能驾驭住她的男人，不然她嫁过去肯定过不了多长的快乐日子。"

"碰鬼了，"穆南先生说，"那你的女儿肯定和我知道的那些女人十分不同，因为我从来没有碰见过一个不愿支配自己和丈夫的女人。"

拉夫拉恩斯耸耸肩，没有作声。

巴德·皮特森接着说："拉夫拉恩斯·比杰加尔弗森，我知道，由于先前跟着厄莱德的艾琳落得那样一个结局，你对这门亲事也就心有忌惮。不过你现在应该知道事实的真相,其实是因为那个女人同厄莱德手下的一个人有私情。厄莱德在跟她穿过这片山谷时知道了这件事;他提出让艾琳嫁给那个男人,还愿意给她一笔丰厚的嫁妆。"

"你说的是真的吗?"拉夫拉恩斯问,"不过即便是这样,也不会改变我的看法。想也想得到,一个奔着地主去的女人最后却要嫁给底下做事的人,她如何能不痛苦呢?"

这时,穆南·巴德森插了进来:"我明白,拉夫拉恩斯·比杰加尔弗森,你之所以这么强烈反对我表弟和你女儿的这门亲事,是因为他跟司佳德·萨克萨尔瓦森妻子的事。这件事的确不光彩。不过我以上帝的名义说,伙计,你应该明白一件事——当时他还是一个年轻的小伙子,却同那样一个年轻美丽的少妇生活在同一屋檐下,而且那个女人的丈夫还是一个冷漠无用的老男人;如此长达半年时间,他们如何能不擦枪走火呢?除非厄莱德是一个真正的圣人,不然把持不住也属正常呀。不可否认的是,厄莱德确实没多少修士僧侣的修养,但我想要是你真把女儿嫁给一个修士,她也不见得会感激你吧。厄莱德也确实做过傻事,后面把事情搞得越来越糟糕。不过我们这些亲戚都在努力帮他浪子回头。那个女人已经死了,厄莱德也尽了自己的能力将她好好安葬。就连奥斯陆的大主教都亲自赦免了他的罪恶,现在他已经回家,并且受过什未林的圣血清洗。奥斯陆的大主教和那些献出珍贵血水的人都已经宽恕他,你真的打算要比他们还严苛吗?

"我亲爱的拉夫拉恩斯,纯洁的生活固然值得欣赏,但你也知道除非有上帝的特别庇佑,不然普通人很难做到一点错都不犯。就拿圣奥莱福来说,你应当记得圣人自己也是在生命的尽头才最终获得一颗纯洁的心。成圣之前,奥莱福必须要先创造出能干的少年国王马格纳斯——他击退了北方异教徒的进攻——这显然是上帝的意志。奥莱福国王的这个儿子并非王后所生,但他却坐上了天堂最高的圣人位置。是的,我知道你肯定会觉得我不应该这么说……"

巴德先生也插嘴道:"拉夫拉恩斯·比杰加尔弗森,厄莱德第一次来找我说他爱上了一个已经订婚的女子的时候,我比你更反感这件事。

可当我明白这两个年轻人是如此深深相爱的时候,我觉得再把他们拆开将是一种罪过。哈空国王举办圣诞宴那天,厄莱德和我一起。那儿也是他们认识的地方,你的女儿一看到厄莱德就晕了过去,仿佛死了一样地躺了很长时间——当时我看到我的继子厄莱德恨不得失去自己的生命,也不愿失去她。"

拉夫拉恩斯沉默一晌之后才说话。

"是的,当我们在南方的爱情故事里听到这种事情时,总是觉得很美。可我们不是生活在在南方的布莱特兰德,所以你不可能因为一个男人让你的女儿当众晕倒在地就认他做女婿。"

另两个人没有说话,拉夫拉恩斯又道:"两位好人,我觉得如果厄莱德·尼库拉森的财产和名誉没有受到那么大损失的话,你们也就没必要再坐在这儿热诚地请求我这样一个地位不高的人将女儿嫁给他。不过我也不是说,克里斯汀嫁到哈萨比就会为她增多少荣光,虽然你们是全挪威最优良的血统。那个厄莱德已经把自己的脸都丢尽了,所以要娶一个门当户对人家的小姐或保全他们家族的名声恐怕也不太可能。"

说完,拉夫拉恩斯突然站起身,来来回回地在屋子里走动。

穆南先生也跳起来。"不,拉夫拉恩斯,如果真要说到自己给自己丢脸的话,那你应该知道你实在是太骄傲了——"

巴德先生打断了他的话。他过去跟拉夫拉恩斯说:"拉夫拉恩斯,你确实很骄傲。你就像我们过去听过的那些地主一样,他们拒绝国王给的封号,只是因为不想听到别人说他们拥有了不属于他们的东西。我必须告诉你,这些财富和光荣是厄莱德生来就拥有的,即便是现在替我的继子跟上等人家去求亲我也丝毫不觉得会受到轻蔑;我只是不愿意看到这两个年轻人伤心。"说着他的手搭上拉夫拉恩斯的肩膀,"特别是,他们两个若结为连理的话,也是对他们灵魂的一种救赎。"

拉夫拉恩斯甩掉巴德的手。表情也变得十分冷漠。"先生,我不知道你在说什么。"

另两个人面面相觑。然后巴德先生说:"厄莱德告诉我,他们两个已经跟对方许下最为庄重的誓言。也许你觉得自己有权将她放逐,因为她没有经过你的同意就把自己许给了别人。可你不能放逐厄莱德。而且我觉得这件事的阻碍就是你那高傲的心——还有你对罪过的痛恨。可这在我看来,你似乎想让自己比上帝更严厉,拉夫拉恩斯·比杰加尔弗森!"

拉夫拉恩斯的声音有些颤动:"巴德先生,你说的可能没错。可我反对这门亲事的主要原因是,我觉得厄莱德是一个不可靠的男人,我不想把自己的女儿交到他手上。"

"我可以替我的继子担保,"巴德低沉着声音说,"他真的很爱克里斯汀,如果你把克里斯汀嫁给他,我相信他一定会做一个无可挑剔的好女婿。"

拉夫拉恩斯沉默了一阵。

然后巴德先生又拉着他的手请求道:"看在上帝的分上,拉夫拉恩斯·比杰加尔弗森,你就同意了吧!"

拉夫拉恩斯也握住巴德先生的手。"看在上帝的分上。"

然后,拉夫拉恩斯将妻子和女儿叫到阁楼上,拉夫拉恩斯把自己的决定告诉了她们。巴德先生有礼貌地同拉格恩弗里德和克里斯汀打招呼。穆南先生则热情地握住拉格恩弗里德的手同她寒暄;不过跟克里斯汀打招呼的时候,他是按照外国的方式亲吻她的脸颊,而且他吻得很慢。克里斯汀察觉到穆南亲吻她脸颊的时候,父亲正一动不动地盯着她。

"你觉得你的新亲戚穆南先生怎么样?"那天晚上拉夫拉恩斯和克里斯汀独处时,他带些嘲笑地问。

克里斯汀哀求似的看了父亲一样。拉夫拉恩斯用手抚摸了几下克里斯汀的脸,之后便没再说话。

躺下之后,穆南先生对巴德先生说:"我真想看看拉夫拉恩斯·比杰加尔弗森知道她宝贝女儿真相之后的样子。亏得你和我还这样子低声下气地求他把女儿嫁给厄莱德,殊不知他的女儿跟厄莱德已经在布拉恩希尔德的旅馆里住了多少次呢。"

"别说了,"巴德先生说,"厄莱德将克里斯汀引到那样的地方真的是大错特错。千万别让拉夫拉恩斯听到,大家相安无事最好。"

最后商议决定,订婚仪式在同年秋天举行。拉夫拉恩斯说他无力办订婚大宴,因为前一年村子里的收成太差;不过他会在乔拉恩加德风风光光地举行一个盛大婚礼。至于订婚和结婚相隔一年的问题,拉夫拉恩斯则还是拿前一年的不景气当借口。

第六章

订婚仪式因为各种缘由一推再推。直到新年,两人才正式订婚;不过拉夫拉恩斯同意如期举行婚礼。按照原来的计划,两人在米迦勒节过后立即举行婚礼。

所以,克里斯汀还是以厄莱德未婚妻的身份住在乔拉恩加德。克里斯汀和母亲一道置办嫁妆,虽然已经备下不少,但她们还是想多添几床新亚麻被和几套亚麻衣服;因为拉夫拉恩斯觉得把自己的女儿嫁到哈萨比去当女主人,自然要舍得本钱。

可克里斯汀惊讶地发现,她并没有因此而觉得更高兴。虽然乔拉恩加德活动很多,可她找不到真正让她快乐的事情。

父母都十分想念阿尔夫希尔德——她看得出。不过克里斯汀隐隐觉得,父母这么沉默严肃,似乎还有其他原因。父母对她确实很好,可每当谈到她的未婚夫，克里斯汀都感觉他们十分勉强。他们这样做是为了让她高兴，而不是真的想谈厄莱德。现在他们已经对厄莱德有了一些了解，可这并没有让他们对她执意选择的这位夫婿有更多的好感。订婚仪式期间，厄莱德也在乔拉恩加德作短暂停留；他同样显得很是沉默含蓄——不过除了沉默，他似乎也没有其他的选择，克里斯汀心想。因为厄莱德知道她的父亲只是勉强才同意他的求亲。

即便是她和厄莱德，也很少单独交谈。众目睽睽之下，两人坐在一起都感觉尴尬和古怪；他们没有多少事情可以拿出来谈，因为很多事情都只是他们两个人的秘密。克里斯汀的内心有些不安——虽然这种不安算不上强，但它一直存在——也许结婚之后两人的日子并不会好过，因为他们一开始太过亲密，而此后又分开了那么长的时间。

不过她试图把这种想法丢到脑后。圣神降临周期间，厄莱德应该回来乔拉恩加德小住一段时日。厄莱德曾问拉夫拉恩斯和拉格恩弗里德是否介意他到时来访；拉夫拉恩斯犹豫了一会儿还是说他欢迎自己的女婿到访，并请厄莱德放心。

圣神降临周期间，他们应该可以一块儿散步，然后回忆过去的时光；两个人因为要各自承担和解决问题分离了很久，到时这块阴影一定也会散去——克里斯汀心想。

复活节期间，西蒙·安德鲁森和他的妻子也待在弗摩。克里斯汀在教堂里看见了他们。西蒙的妻子站得离她很近。

她肯定比西蒙大很多，克里斯汀心想——可能有30岁。伏露·哈尔弗里德娇小玲珑，不过她有一张漂亮可爱的脸蛋儿。伏露·哈尔弗里德头巾下面的头发是淡棕的颜色，显得格外温柔；一双灰色的大眼睛里间或闪出金色的光，里面满是柔情。她的脸有着美丽的线条，看起来纯洁无瑕；不过肤色是淡灰色，张嘴说话的时候明显可以看出她的牙长得不好。伏露·哈尔弗里德看起来一副小鸟依人的样子，听说她是有病缠身。克里斯汀还听说她小产过好几次。她忍不住猜想西蒙对她的妻子是怎样的感觉。

乔拉恩加德庄园和弗摩庄园的人在教堂里彼此打过几次招呼，虽然他们并未交谈。不过第三天西蒙再到教堂时,他的妻子并未跟在身旁。于是,他走到拉夫拉恩斯身边,两个人聊了一会儿。克里斯汀听到他们提到了阿尔夫希尔德。之后,西蒙又跟拉格恩弗里德攀谈。只听站在母亲身旁的拉恩伯格大声嚷道:"我记得你,我知道你是谁。"

西蒙抱起小拉恩伯格转了一圈。"你还记得我,真是太好了,拉恩伯格。"不过他只是隔着很远的距离跟克里斯汀简单打了声招呼。之后父母也没再提起这次会面。

不过克里斯汀想了很多。看到结婚后的西蒙,她感觉很奇怪。许多以前的事情再次浮现在她的眼前:她想起了当初对厄莱德盲目而百依百顺的爱。可现在这份爱似乎变得有些不同。她想知道西蒙是否有将他们两个分手的经过和他妻子讲。不过克里斯汀其实也明白,西蒙不会这么做,"看在我父亲的面子上他也不会。"她有些自嘲地想。现在还未结婚并且还跟父母住在家里让她感觉很别扭。不过无论怎么说她和厄莱德已经订婚;西蒙应该会看到他们两个最终取得了这场爱情战争的胜利。不管厄莱德以后怎么样,在此之前他对她是忠诚的,而且事实证明她的决定不是轻率也非轻佻。

早春的一个黄昏,拉格恩弗里德想带个信给南方的老加恩希尔德——就是那个会缝毛皮的寡妇。那天的黄昏特别美丽,克里斯汀问可不可以让她去。因为庄园里做事的男人们都很忙,所以最后拉格恩弗里德同意让克里斯汀去送信。

其时太阳已经落下,白色的霜雾飘向金绿色的天空。马蹄踏碎冰面,每走一步克里斯汀都能听到咔嚓咔嚓的声响。伴着夕阳,路旁的草丛里还传出欢快的鸟叫,柔和婉转,充满春天的气息。

克里斯汀放空自己的大脑,轻快地一路奔驰;她什么都不想,一心感受独自出行的美好。她一边奔驰,一边注视着前方的新月,那月亮刚要降到山谷另一边的山脊下面。就在这时马突然转向快速奔驰起来,克里斯汀差一点从马上摔了下来。

克里斯汀看到路旁蜷缩着一个黑色的身影。一开始她很害怕。那种在路上单独和人相遇的恐惧从来都没有远离她。不过克里斯汀对自己说，那可能是某个生病的流浪汉，所以当她重新控制住身下的马时，她转过身一边往回奔驰一边大叫："那儿有人吗？"

只见那团黑影动了动，然后传来一个声音："克里斯汀·拉夫拉恩斯戴特，是你吧？"

"埃德温修士？"克里斯汀轻声问。她有点怀疑这只是自己的幻想或某个人跟她恶作剧。不过她还是朝那个身影走去，是埃德温没错，不过他已经没办法自己站起来。

"我亲爱的修士，怎么这个时节你还在这儿游荡呢？"她讶异地问。

"今晚在这儿遇见你真是要感谢上帝。"修士说。克里斯汀注意到他的全身都在颤抖。"我正要到北边去找你，不过今晚我走不动了。我几乎以为上帝是要我在这条路上长眠，这条我一直在走的路。不过我想得到赦免和最后的仪式。而且，我想再见你一面，我的孩子。"

克里斯汀扶埃德温上马，一只手撑住埃德温的身子，另一只手牵着缰绳。克里斯汀的双足渐渐被冰雪弄湿，疼痛则让埃德温不住地轻声呻吟。

埃德温告诉克里斯汀，他从圣诞节起便一直待在依雅布，当地一些富有的农民答应碰上天灾时就出钱帮他们修缮教堂。不过他的工作进展十分缓慢；整个冬天他都是病恹恹的。他的胃出了毛病，造成他不时咯血而且无法进食。他知道自己活不长了，所以就想赶回教堂——他想死在那儿，死在众位修士兄弟中间。不过他还是下定决心要最后一次穿过山谷到北方来，所以他就跟一个来自哈玛的修士一起上路，那个修士是要到罗尔德斯塔德修道院担任新的常驻神父。所以到福罗恩止，他便只能一个人赶路。

"我听说你订婚了，"埃德温说，"跟那个男人……所以，我很想见你一面。如果上次在教堂便是我们最后一面的话我会很伤心。克里斯汀，你走离了原本平坦安宁的路，这件事一直都像块巨石压在我心上。"

克里斯汀亲吻埃德温的手，然后说："我不明白，修士，我究竟是做了什么才让你愿意对我这么好。"

埃德温修士小声回答:"克里斯汀,我经常想,要是我们能经常见面的话,你可能就成了我的圣女。"

"你是说,你会引我走向修道院的生活?"克里斯汀问。顿了一会儿之后她说,"西拉·埃里克跟我说,如果我不能让父亲同意把我嫁给厄莱德,那我就必须要进修道院以苦行赎罪。"

"我经常祈祷,祈祷你会爱上修道院的生活,"埃德温修士说,"不过自从你上次跟我聊过之后,我希望你能带着花环拥抱上帝,克里斯汀。"

到乔拉恩加德之后,其他人把埃德温修士背到床上。他被安排在一间老旧的冬屋里面,里面有火炉,大家都尽量想让他舒服一些。埃德温的病已经很重,西拉·埃里克也前来照料。不过神父说老埃德温是患了癌症,已经没多少日子可活。埃德温修士自己是想等恢复一些体力之后,就踏上回修道院的路。西拉·埃里克跟其他人说这基本上不可能。

自从埃德温修士来了之后,乔拉恩加德的所有人都感到一种巨大的平和和喜悦。人们整天在火炉房里进进出出,晚上也有许多人愿意守着老埃德温。人们围在老埃德温身边,每当西拉·埃里克为奄奄一息的老人诵读圣书时,他们就会想办法坐在一旁聆听;大家还跟埃德温修士讨论与精神心灵相关的事情。虽然埃德温很多话都说得模糊,但大家还是觉得自己的灵魂仿佛从中获得了力量和安慰,因为所有人都可以看到埃德温修士心中满是对上帝的爱。

不过埃德温还是想听一些其他的事情;他询问村子里的新鲜事儿,并让拉夫拉恩斯跟他讲灾年的事情。有些人在困境中成了魔鬼的门徒,寻求基督徒必须拒绝的那种帮助。从山谷的西边往山里走一小段路,便可以看见一块形似人类私处的白色巨石,有人到这儿用野猪和猫献祭。西拉·埃里克有一天晚上带了几个最虔诚勇敢的农民去到那儿把石头砸平。拉夫拉恩斯也是其中一员,他说当时所有人的身上都溅上了血,四周都是动物的尸骨。在黑达尔,人们还让一个老妇人坐在一块被埋进土中的石头外边,并连续三周每周四晚上对着石头念古老的咒语。

一天晚上,屋子里只剩下克里斯汀和埃德温修士两个人。

约莫午夜时分,埃德温醒了过来,而且看上去十分痛苦。他让克里斯汀给他读圣母玛利亚的奇迹,那本书是西拉·埃里克留给他的。

克里斯汀不习惯大声朗读,不过她还是在床梯上坐下,并把蜡烛移近。她将书摊开在膝上,用心为埃德温朗读。

过了一会儿,克里斯汀发现躺在病床上的埃德温牙齿紧紧闭着,一双消瘦的手也因为疼痛攥成了拳头。

"你一定很痛苦,亲爱的修士。"克里斯汀难过地说。

"现在看来是这样的。不过我知道这是因为上帝想把我再次变成孩子,他正在打磨我呢。

"还记得小时候——当时我4岁——我从家里跑出来,跑进了森林。我迷了路,在那儿待了很多个日夜。找到我的时候,母亲把我一把抱起,然后在我后颈咬了一口。我当时以为这是因为她生我的气,可后来我知道不是这样子的。

"现在我想回家了,我想离开这片森林。我看到那儿写着:'将所有事情放下,跟我来。'不过这个世界上还有太多我放不下的东西。"

"你,修士?"克里斯汀吃惊地问,"大家都说,你的生活是简朴纯粹的典范。"

修士哧哧笑起来。

"啊,我年轻的孩子,你肯定是以为这个世界上除了感官诱惑、财富和权力之外,就没有其他东西让人迷恋。我要告诉你,这些只是旅程中微不足道的事物——不过,我,我喜欢这些路本身。我不是喜欢这个世界上的小事物,我是喜欢它的全部。上帝让我年轻时对帕瓦提修女和塞利巴西怀有同等的爱,这也是我可以和这些俗人修女安然相处的原因。所以我到处流浪,希望能走遍这世间所有的路。我的心、我的思想也在流浪——我经常担心自己的思想走上歧路。不过现在这一切都结束了,小克里斯汀。现在我只想回家,把所有的想法都放到一边;专心聆听守护者关于信仰的教诲，并思考我的罪过和上帝的宽恕。"

过了一阵，埃德温再次入睡。克里斯汀在火炉旁坐下照看炉火。临近天亮，她刚要打瞌睡便听见埃德温修士突然跟她说："克里斯汀，我很高兴，你和厄莱德·尼库拉森之间有了好的结局。"

克里斯汀一听这话，眼泪唰唰地掉了下来。

"我们已经做了这么多错事。我给父亲造成了如此大的伤痛，这其实是最折磨我的。他对现在这个结局还是不满意。不过他不知道……如果他知道了全部真相，他一定会收回对我所有的爱。"

"克里斯汀，"埃德温修士柔声说，"孩子，这就是你永远不能告诉他真相、不能再让他伤心的原因，难道你不明白吗？他从来没有要求你忏悔。其实无论犯下什么错，都不会改变你父亲对你的感情。"

休养了几天，埃德温修士感觉好多了，他便想即刻出发去南方。因为埃德温心意已决，拉夫拉恩斯便在两匹马之间挂起一副担架，一直把埃德温送到里德斯泰德。之后，埃德温修士又换了新的人马护送，就这样一路到了哈玛。埃德温最后是死在多米尼卡恩修士的修道院里，他的遗体也葬入了该修道院的教堂。之后赤脚修士要求修道院将埃德温的遗体交给他们，因为村子里的许多人都把埃德温看做圣人，并尊称他为圣伊文。这样一来，两个修道院便就埃德温的遗体开始了漫长的争论。

克里斯汀是许久之后才听到这个消息。和埃德温分别时，她已是十分难过。克里斯汀觉得只有埃德温了解她的全部——他了解被捧在父亲手心那个傻傻的克里斯汀，也知道和厄莱德幽会的那个克里斯汀。她觉得，埃德温就像一颗扣子，把她爱的所有人和事扣在一起。现在的克里斯汀已是今时不同往日——同少女时代的她一刀两断。

 第七章

拉格恩弗里德一边试罐子里啤酒的温度一边说:"我觉得现在够凉了,可以往里放酵母。"

克里斯汀坐在酿酒房的门边纺纱,她正等着啤酒冷却下来。听见母亲的话后,克里斯汀便把绣针放到门边,在摊开的毯子上撒上未溶解的酵母,同时测量比例。

"先把门关上,"拉格恩弗里德说,"这样就不会受影响。克里斯汀,你怎么迷迷糊糊的呀。"拉格恩弗里德有些生气地补充道。

克里斯汀慢慢将酵母倒进酿酒桶中,拉格恩弗里德则从一边搅拌。

格尔希尔德被称为酿酒之神,进来帮忙的奥丁问起格尔希尔德和酿酒之间的故事。克里斯汀想起那是一个英雄冒险故事,在她很小的时候拉夫拉恩斯便跟她讲过。

她和酿酒之间的故事……克里斯汀感觉自己被热气和黑暗中飘出来的香甜气息熏得有些晕乎。

院子外面,拉恩伯格正和一群孩子边跳边唱:

　　老鹰栖坐在最高的厅上,
　　弯起它那金色的爪子……

克里斯汀跟着母亲走到狭窄的过道上,过道里放着许多空的麦芽酒桶和各种器具。过道有一条门通到酿酒房的后墙和大麦场之间的一块空地。那儿有一群小猪正推挤着争夺刚扔下去的温热饲料。

克里斯汀用手遮挡正午刺眼的阳光,母亲看着抢食的小猪说:"我们至少得养18头驯鹿。"

"需要这么多吗?"克里斯汀心不在焉地问。

"是的,我们每天都得有猪肉,"拉格恩弗里德回答,"而且用来招待阁楼宾客的家禽也得多。你要知道,到这儿参加婚礼的宾客将近有两百人,还不算他们的随从和孩子,另外那些穷人也得打发一些东西呀。虽然你和厄莱德第五天就会离开,但有一些宾客至少会留满一周——这是肯定的。

"克里斯汀,你在这儿看着麦芽酒,"拉格恩弗里德说,"我现在得去给你父亲和收干草的工人做晚饭。"

克里斯汀又拿起自己的纺车在后门口坐下。她把羊毛和卷线压在手臂下面,双手握着纺锤。

阳光下,篱笆上方大麦穗尖闪出银色的光芒。和着河水的喧嚣奔腾,她不是还能听到草场镰刀割动的声音;偶尔还有铁碰上石头的撞击声。她的父亲和仆人们在热火朝天地忙着割草。她的婚礼需要做很多准备。

饲料的味道混着猪猡的气息……她突然又有了想吐的感觉。正午的热气让她格外虚弱无力。克里斯汀脸色苍白、身体僵硬地坐在那儿,等自己恢复过来;她不想再次出现反胃的情况。

克里斯汀以前从来没有过这样的感觉。她安慰自己事情还不确定——她可能是弄错了——但这仍然于事无补。她和酒桶之间……

18只驯鹿。将近两百个婚礼宾客。要是被人知道她结婚时已经怀孕，她肯定又会成为笑柄。

哦，不！克里斯汀把纺线丢到一边然后跳了起来。她的额头抵着酿酒房的墙壁，对着茂盛的荨麻丛呕吐。荨麻丛里有许多棕色的毛虫，那些毛虫让她更觉恶心。

克里斯汀擦了擦自己满是汗的太阳穴。哦，不，这真的已经够了。

她和厄莱德的婚礼将在圣米迦勒节过后的第二个星期天举行，而婚庆长达五天。婚礼时间离现在还有两个月。到时候母亲和村子里其他的女人都可以亲眼见证。她们在这些事情上总是展现出智慧；她们总是能在克里斯汀还没反应过来的时候就判断出一个女人肚里的胎儿是几个月大小。这真是糟糕，克里斯汀想到这儿脸色苍白……她不耐烦地用手擦了擦脸颊，因为不用看她都能感觉到脸颊的憔悴无血色。

以前，她经常想这一天肯定会发生。她对此并不是特别恐惧。不过时过境迁，当时不恐惧是因为她和厄莱德没有办法光明正大地成婚。不管怎么看，这都将被认为是一件丢脸的事，也是一种罪过。不过若这是两个不愿被强行分开的年轻人，那所有人都会铭记而且对他们表示同情。她也就不用感到羞耻。不过这种事情若发生在已经订婚的人身上，那所有人都只会无情地嘲弄取笑。她知道这件事的确可笑。他们在这儿酿麦芽酒、葡萄酒，杀猪宰羊，为一场众人关注的婚礼忙上忙下——而作为新娘的她仅仅是闻着食物的味道便感到头晕，还偷偷跑到了屋子后面流着冷汗呕吐。

厄莱德，克里斯汀想着想着愤怒地咬紧了牙关。他原本可以避免这一切。她本来是不愿意的。他应当记得之前所有事都悬而未决的时候，记得当时的她只能抓住他的爱；那时她总是高兴地让厄莱德如愿。这一次他真的不应该碰自己，克里斯汀本试图拒绝，因为她自己也觉得在父亲当着众亲戚的面将她的手交给厄莱德之后还偷偷地做这种事的确是不合适。可厄莱德还是半强迫式地占有了她的身子，因为他同时也有温柔的爱抚,所以克里斯汀最后是半推半就地从了。

克里斯汀走进屋里看了看麦芽酒的情况,然后又回到原地倚着篱笆。各种农作物在微风中摇曳,闪出金黄色的光。她从没见过长势这么茂盛的作物。克里斯汀抬头眺望远方的河流,耳边传来父亲叫喊的声音;她没听出父亲喊的话,只是听见工人们开心的大笑。

要是她现在跑去告诉父亲自己怀孕了,会是怎样呢?要是能省掉这一切麻烦,不要教堂婚礼也不要举行盛大婚宴只是让她悄悄地同厄莱德结婚该多好啊——现在的问题是,她不能让大家看出婚宴上的她便已经怀了孩子。

到时厄莱德肯定也和她一样会遭到耻笑,甚至被耻笑得更多。毕竟,他已经不是一个少不谙事的年轻小伙。是他想要一个婚礼,是他想看克里斯汀披上婚纱戴上金色的头冠;这都是他想要的,可他同时又想私下里占有她。克里斯汀默许了这一切。以后她还是不会拒绝厄莱德的这种要求。

最后,厄莱德肯定会明白没有人能同时拥有这两样。他曾说过,克里斯汀嫁过去的第一年,他要在哈萨比庄园举行一个盛大的基督庆祝活动——到时他要让所有的亲朋好友和十里八乡的人看看,他厄莱德娶了一个多么漂亮的媳妇。克里斯汀听他这么说,只是言不由衷地微笑。今年的圣诞节可不适合做这件事呀。

她的分娩时间大约是在圣格雷戈尔日前后。每次想到圣格雷戈尔日前后就要生下孩子,她的脑中就有特别多的念头在打转。克里斯汀有点害怕;她还记得母亲生阿尔夫希尔德的时候整整叫喊了两天。阿尔弗斯沃尔德有两个年轻女人都是难产而死;劳普特思嘉德的司佳德的前两任妻子也是生孩子时死掉的。她的祖母也是这样。

不过恐惧还是其次。过去的这些年里每当意识到自己还未怀孕生子,她就会想这也许是上天对她和厄莱德的惩罚。之前的恐惧变成某日徒劳的等待;希望是徒劳的,而恐惧也是大可不必的。最后有一天,他们会被人从祖传的庄园抬出,从此消失在这个世界上。反正厄莱德的弟弟是一个神父,厄莱德的孩子也不会继承他的财产。矮个子穆南和他的儿子会取代他们，而厄莱德将从此在家谱中除名。

克里斯汀用手紧紧按着子宫。这里面有厄莱德名正言顺的孩子，这个孩子将她和这个世界剥离开来。无论肚子里的孩子会带给她什么命运，这都是事实。克里斯汀还记得她那夭折的哥哥弟弟，也记得父母提起他们时悲伤的面容；她记得父母为阿尔夫希尔德的离去而绝望。她想起自己带给父母的伤痛，想起父亲那沧桑的脸，而她带给父母的伤痛还未结束。

还没有结束，没有。克里斯汀靠着篱笆躺下，头枕在手臂上；另一只手按着子宫。即便这会给她带来新的伤痛，即便她要因此丢掉性命，她也要给厄莱德生一个儿子。她不想有一天属于他们的庄园空空如也，而里面的一切全都归到他人名下。

有人从前屋出来。啊，麦芽酒！克里斯汀的心一沉。我早应该去看看情况呀。她直起身子——只见厄莱德从里面出来，他走到了有阳光的地方，脸上是高兴的微笑。

"原来你在这里。"厄莱德说。"你都不愿抬脚过来一下？"他打趣地问。然后自己走过来抱住了克里斯汀。

"亲爱的，你怎么来了？"克里斯汀惊讶地问。

他一定是刚下马，肩上还披着披风，剑也别在身子一侧。厄莱德风尘仆仆，胡子也没有刮。他穿一件红色的短外套，外套两边的开口几乎开到了手臂。两个人穿过酿酒房和院子；厄莱德的衣服飘了起来，从大腿直至腰部都清晰可见。这很奇怪，她以前从来没有注意到厄莱德走路竟然有些歪。以前她只看到厄莱德有一双又长又细的腿、细细的脚踝和好看的脚。

厄莱德这一路是浩浩荡荡一大群：五个随从，额外还有四匹马。厄莱德跟拉格恩弗里德说，他这一次是来帮克里斯汀搬东西的。如果在哈萨比能用到她用习惯的东西，是不是很好呢？而且婚礼要等到深秋才举行，到时候恐怕更难运东西。而且海运的话，东西损毁的概率是不是更小呢？尼达赫尔姆的男修道院院长愿意帮我们用劳伦提斯教堂的船把东西运过去；船预计在圣母升天日前后从维奥伊起航。这也是他此次要穿过拉姆斯达尔把东西运到海岬的原因。

厄莱德坐在厨房的门口，一边喝麦芽酒一边说话；拉格恩弗里德和拉恩伯格，则把拉夫拉恩斯前一天弄回来的一群野鸭子赶回窝。家里只剩下拉格恩弗里德母女俩；女工们都去草场割草去了。厄莱德看起来十分高兴；他觉得用船把东西拖过去实在是明智之举。

拉格恩弗里德走了，克里斯汀则忙着料理那群野鸭。透过打开的门，克里斯汀瞥到厄莱德的人正躺在院子里的阴凉处轮着喝麦芽酒。厄莱德在凳子上坐下，有说有笑。阳光下他的乌黑头发格外闪亮，不过克里斯汀看到黑发之间冒出了几根白丝。毕竟，他马上就要32岁了，不过他看起来就像一个精力充沛的年轻小伙子。克里斯汀不打算把自己面临的这个大麻烦告诉厄莱德；迟早有一天他自己会发现的。她的心里涌起一种柔情，但心底多少还有些气恼，这就好像是一条波光粼粼的河漫过石头一样。

她爱他超过一切；她的心里满满的都是对厄莱德的爱，虽然她总是会看到和记起其他的一些事情。要是让身穿漂亮红外套、脚蹬银马刺鞋、腰带缀金的厄莱德去地里干农活，会是什么样呢？虽然母亲已经让拉恩伯格去河边告诉父亲家里有客人到，但克里斯汀并没有看到父亲现身。

厄莱德走到克里斯汀身旁，手搭在她的肩上。

"你相信吗？"厄莱德容光焕发，"所有这些都是为我们的婚礼在准备。你会不会觉得有些奇怪？"

克里斯汀吻了一下厄莱德，然后将他推到一旁。她在那群鸟的食盆里倒进吃的，并让厄莱德不要挡她的路。不，她不会告诉他自己怀孕的事。

拉夫拉恩斯直到晚饭时间才跟收干草的工人一块儿回来。他的打扮跟其他做事的人没什么两样，都穿着及膝长的未染色家纺布上衣和长裤。唯一不同的是，拉夫拉恩斯的上衣是皮质领肩，左肩停着一只老鹰。他牵着拉恩伯格的手走进来。

拉夫拉恩斯跟女婿打招呼，并请厄莱德原谅他没有早一点回来。他们必须要尽快干完农场里的活，因为干草季和收割季期间他还要去一趟城里。可是，当厄莱德在晚餐桌上说明自己此次的来意时，拉夫拉恩斯却变得十分生气。

他说没有马车或驮马根本不可能做成这件事。厄莱德回答说，他自己另外带了四匹马过来。拉夫拉恩斯觉得东西至少有三驾马车的数量。另外，那些衣服也得由人在乔拉恩加德的克里斯汀保管。而且婚礼期间还要用到那些亚麻被子和床单，因为有那么多的宾客需要安置。

"那就算了，"厄莱德说，"等到秋天，总有办法把东西运过去。"不过修道院院长提出克里斯汀的东西或许能用修道院的船运过去时，他真的好开心，他觉得这个主意很不错。不过修道院院长也提醒过他，还有众多亲戚要考虑。"他们现在都记着这回事。"厄莱德微笑着说。丈人的拒绝似乎一点都没有影响到厄莱德的心情。

最后的决定是厄莱德去借一辆马车，先运一部分克里斯汀到新家后急需用到的东西过去。

第二天，大家都忙着收拾东西打包行李。拉格恩弗里德觉得大大小小的织布机都可以先搬过去；现在除了筹备婚礼，她也没时间再织布。于是，母女俩一起把织布机上的织布取下来。那是一块未染色的手工料子，用最上等、最柔软的羊毛织成；克里斯汀还用染成黑色的羊毛盘了图案。克里斯汀和母亲把布匹卷起放进皮箱。克里斯汀觉得这块料子很适合做襁褓衣，穿上红色或蓝色的丝带肯定漂亮极了。

阿恩给她做的那个衣箱也打算一道运过去。克里斯汀把箱子里厄莱德送她的东西全部拿了出来。她给母亲看一条带红色花纹的蓝色天鹅绒披风，那是打算结婚那天穿的。母亲把衣服转过来转过去地感觉布料的质地，同时也看皮毛的收边。

"这条披风一定很贵，"拉格恩弗里德说，"厄莱德什么时候送给你这条披风的？"

"在诺奈赛特修道院的时候他送给我的。"克里斯汀告诉母亲。

克里斯汀的嫁妆箱也打包好了，打小母亲就不断往里面添东西。箱子两边雕有奔跑的鹿和栖息在丛间的鸟。拉格恩弗里德把克里斯汀的嫁衣收进她自己的一个箱子里。嫁衣还没有完工；去年一整个冬天都是在做嫁衣。嫁衣是用鲜红的丝缎做成，剪裁合体修身。克里斯汀觉得，现在的她穿这件衣服肯定胸前会很紧。

临近黄昏，所有的东西都已装上马车。厄莱德打算第二天早上出发。

他靠着大门同克里斯汀一同站着，眼睛望向乌云密布的北方天空。山的那边传来阵阵雷声，不过南边的草场河流都还沐浴在阳光之下。

"你还记得在格达鲁德林子里的那个暴雨天吗？"厄莱德一边把玩克里斯汀的手指，一边问。

克里斯汀点头，努力想给厄莱德一个微笑。空气沉滞闷热；克里斯汀觉得头疼，汗如雨下。

拉夫拉恩斯也走到大门口，同他们谈论天气。暴雨对村子构不成威胁，但只有上帝知道它会不会给山上的牛马带去麻烦。

山上教堂的后面漆黑如夜。一道闪电照亮了教堂外面草场上的三匹马。拉夫拉恩斯认为那马不是村子里的——看起来更像是来自多弗勒，他在雷声中大吼，说要过去看看里面有没有他的马。

又是一道闪电划破黑空。轰隆隆的雷声将所有声音吞噬。马儿朝山下跑去。三匹马顺利穿过草地。

闪电越来越多；天空似乎被劈成了两半，突然一道巨大的白色闪电朝他们劈来。三个人双眼紧闭靠在一起，他们很快便闻到一阵石头烧焦的味道——接着又是一通炸雷在耳边炸响。

"圣奥莱福，帮帮我们。"拉夫拉恩斯小声念着。

"看那棵桦树，快看那棵桦树！"厄莱德大叫。只见一棵巨大的桦树左右摇晃，几根大树枝被劈断掉到地上，树干上留有一道长长的口子。

"我看它是烧起来了。上帝呀！教堂的屋顶着火了！"拉夫拉恩斯大叫。

三个人在原地注视。不……哦，真的！红色的火焰已经蹿上了木瓦。

拉夫拉恩斯和厄莱德连忙跑着穿过院子。拉夫拉恩斯打开所有的门,对里面的人叫嚷。所有人都冲了出来。

"拿上斧子,拿上斧子——伐木用的斧子,"拉夫拉恩斯大叫,"还有镐头!"接着他又奔向马厩。过了一会儿,拉夫拉恩斯牵着加尔德斯韦恩出现在人群中。他跳上还没有卸下马鞍的马,朝北边奔驰而去,手上拿着一把大阔斧。厄莱德紧随其后,其他男人也纷纷跟了上去。有的人骑马,有的人因为控制不住受惊的马匹只得放弃转而用跑的。他们的身后是拉格恩弗里德和一群拿着盆和桶的女人。

似乎没有人在意暴风雨。电闪雷鸣之中,他们看到四面八方的人潮水一样涌来。西拉·埃里克已经冲上了山,身后跟着他的随从。过桥的马蹄声震耳欲聋,几个农场帮手迅速从桥上奔了过去。所有人都是脸色苍白、神情惊恐地看着燃烧的教堂。

这时,从东南边刮来一阵微风。北墙的火更加蔓延开来;西边的入口已经堵住了,不过南门和拱点还没有烧到。

克里斯汀和乔拉恩加德的女人们进到教堂南边的院子,大门已经塌陷。

巨大的红色火焰将教堂北边的树林照得通明,用来放马的地方也是亮如白昼。火势太大、温度太高,没有人敢靠近。火光中,只有教堂的十字架仍然矗立。火中的十字架仿佛有了生命。

除大火的喧腾声之外,南墙那边还传来了斧头砍击木板的声音。一些人在回廊里挥舞斧头;还有一些则试图把整个回廊都推倒。有人对乔拉恩加德的女人们大喊,说是拉夫拉恩斯和其他几个人跟着西拉·埃里克到教堂里面去了。他们必须要在墙上打出一个出口——屋顶的木瓦上到处都是火舌。一旦风改变方向或完全停下来,那火焰就会吞噬整座教堂。

任何想扑灭火的想法都是徒劳的,因为此时跑到山下的河里打水救火根本来不及;不过在拉格恩弗里德的指挥下,女人们排成长龙从路旁的一条小溪中取水救火。水虽然不多,但至少可以浇火南墙的火,也可以让正经受炙烤的男人们凉快一下。许多女人都是边传水边哭,她们一方面是怕进到教堂里面的男人出事,另一方面也是为教堂被烧而难过。

克里斯汀站在队伍的最前面,她负责把桶里的水泼到火上。她屏住呼吸紧盯着教堂,要知道她的父亲和厄莱德都在里面。

拱廊的梁柱被劈断,同掉下来的拱廊顶木瓦堆在一起。男人们用尽全力砍墙上的木板;还有几个男的抬起木头撞墙。

厄莱德和他的一个跟班从唱诗班的南边小门出来;两个人抬着圣物安置所的一个大箱子,埃里克聆听忏悔时一般都是坐在那个箱子上。厄莱德和跟班把箱子抬进院子。

厄莱德好似大声说了什么,但克里斯汀没有听清;只见他再次跑上拱廊。厄莱德往前冲的时候好似猫一样敏捷。他把外衣脱掉,身上只穿了汗衫、短裤和长筒袜。

其他人大嚷起来——圣物安置所和唱诗班也烧起来了。现在中殿到南门的路被火切断;两个出口都被堵住。墙上的几块木板出现了裂缝,厄莱德抡起斧头朝裂开的木板猛砸。终于,墙被砸出了一个小洞,但其他人都在一旁大喊要他们注意——屋顶如果坍塌,就会把他们都压在教堂里面。这一边木瓦屋顶的火势也大了起来,温度高得让人无法承受。

厄莱德钻过墙上的洞,接着把西拉·埃里克也拉了出来。神父用长袍把圣坛上的圣物卷起,带了出来。

跟着又钻出来一个小伙子,他一只手捂着脸,另一只手拿着高高的游行十字架。拉夫拉恩斯在小伙子的后面。浓烟熏得他双眼紧闭,他的手里还抱着重重的耶稣受难像,走得颤颤巍巍;耶稣受难像比他要高出许多。

外头的人连忙奔过去接应,把他们扶到院子里头。西拉·埃里克被绊倒在地,圣物从长袍里掉出来。银色的匣子摔开之后蹦出来一个圣主像。神父慌忙把圣主像拾起,在衣服上擦干净,一边亲吻圣像一边呜咽。他不停亲吻圣像的头部,因为里面放着圣奥莱福的头发和指甲。

拉夫拉恩斯·比杰加尔弗森仍抱着耶稣受难像站在原地。他的手臂刚好穿过十字架的交叉部分,头靠在耶稣的肩上。看上去好像是造物主转过圣洁而哀戚的脸安慰他。

教堂北边的屋顶也开始一点点坍塌。一根烧着的房梁撞响了教堂院子大门附近低塔的大钟。大钟的声音深沉而哀怨,渐而变成一声长叹,最后融入大火的噼啪声中。

整个过程都没有人注意天气。虽然这是分秒间便能完成的事情,但所有人的心思都被大火牵住。此刻,山谷南面已不是电闪雷鸣的景象。大雨已经下了一阵,这会儿更加大了,风也渐渐停了下来。

可突然间,好像是地面蹿出了火。伴随着一声尖叫,大火顷刻将教堂吞噬。

所有人都慌忙奔逃,避开那灼人的火热。厄莱德突然出现在克里斯汀身边,他催促克里斯汀快点下山。厄莱德的身上散发出一股呛鼻的浓烟味,这让克里斯汀抚摸他的头和脸时还保持了一拳左右的距离。

大火喧嚣之下,两人完全听不清对方的话。不过她看到厄莱德眉毛被烧焦了一块,脸上有烧伤,衣服也被烧到了。厄莱德笑着推她往前面跑。

所有人都跟在痛哭流涕的老神父和抱耶稣受难像的拉夫拉恩斯的后面。

走到院子的边缘,拉夫拉恩斯让十字架靠树立着,然后在被火烧毁的大门口无力地坐下。西拉·埃里克已经在那儿坐着了;他朝燃烧中的教堂张开双臂。

"永别,永别了,奥莱福的教堂。上帝保佑你,我的奥莱福教堂。我在里面花的每一分钟,唱的每一首赞歌,做的每一次弥撒都会让上帝更加保佑你。奥莱福的教堂,晚安,晚安。"

教区的人都跟着他放声大哭了起来。大雨浇在身上,人们拥抱在一起,没有人动过离开的念头。大雨似乎并未降低化为焦炭的木棒的温度;木块和冒烟的木瓦到处乱飞。没过一会儿,塔楼也蹿上了火星,熊熊燃烧起来。

拉夫拉恩斯一只手掩脸,另一只手把十字架抱在怀中,克里斯汀注意到父亲的整个袖子都是血。血从肩膀一直流到手指。克里斯汀连忙跑过去看他的手臂。

"不碍事。只是有东西砸到了我的肩膀。"他说着抬眼望了望上面。他的脸煞白一片,就连嘴唇都变成了白色。"阿尔夫希尔德。"他望着地狱痛苦地低吟。

西拉·埃里克听到他的消息,连忙把他背到肩上。

"拉夫拉恩斯,这样做也不能唤醒你死去的孩子啊。她一定会在大火中安息,"他说,"和今晚来的所有人一样,她不会失去灵魂的家园。"

克里斯汀把脸靠在厄莱德的胸前。她愣愣地站在那儿,厄莱德用双手搂住她。然后,她听到父亲说要找母亲来。

有人惊恐地说,有一个女人出现了分娩阵痛;所以大家就把她背到神父的住所,拉格恩弗里德也跟着过去了。

克里斯汀猛然想起一件事儿:她不应该看的。村子南边有个男人一出生便有半张脸满是红斑。人们说这是因为他的母亲怀他时看了一场大火。亲爱的圣母玛利亚,她默默祈祷,千万不要让我未出生的孩子变成那样啊!

第二天,村子里的人教堂所在的山坡上召开大会,商量如何重建教堂。

克里斯汀去参加大会之前,先到罗蒙德加德找了西拉·埃里克。她问神父,这算不算一个预兆。也许这是上帝的旨意,是想要她告诉父亲自己不配穿上洁白的婚纱,告诉父亲她和厄莱德最好是低调成婚。

但西拉·埃里克听完后狂怒,眼睛里都在冒火。

"你以为上帝会因为你糟践自己而烧掉那样一个漂亮的教堂?收起你的骄傲吧,不要再在你母亲和拉夫拉恩斯的伤口上撒盐了,他们现在好不容易才缓过来一点儿。如果你不在婚礼当天光明正大地戴上头冠,那事情可真就糟糕了,而且你跟厄莱德都需要这场仪式。每个人都有自己的罪过,这也是我们会有厄运的原因。努力让你的生活好起来吧,你和厄莱德两个要尽力帮我们重建教堂。"

克里斯汀暗想,她还没告诉他自己怀孕的事呢——不过她决定顺其自然。

克里斯汀跟众人一起去到集会现场。拉夫拉恩斯的手上绑着悬带，厄莱德脸上也有多处烧伤。乍看上去他的脸很是吓人，但他只是笑。厄莱德脸上的烧伤倒不是很严重，他说希望自己婚礼那一天脸上的伤能恢复就好。厄莱德站在拉夫拉恩斯身后，他答应要捐四马克银子给教堂；另外经过拉夫拉恩斯同意之后，他还代表未婚妻把克里斯汀名下等价于一马克的财产捐了出来。

由于脸上有伤，厄莱德不得不在乔拉恩加德休养一个星期。克里斯汀察觉到，经过大火之夜以后，父亲对厄莱德这个女婿好像有了一些好感；两个人似乎相处得十分愉快。她心想，如果父亲喜欢厄莱德·尼库拉森，那真相大白那一天，他可能没有想象中那么生气呢？

第八章

这一年对于北方所有村庄都是好年头。干草长势茂盛,而且顺利收割。所有人都从山地牧场带回肥肥的家禽和大量黄油奶酪——而且这一年,他们也没遭到食肉动物的袭击。家家户户的谷物都堆得老高,记忆里这样的好年头屈指可数。庄稼成熟,风调雨顺。圣巴萨罗姆节和玛丽节期间最有可能发生霜冻,但这一年只是下了点小雨,天气多为暖和的阴天。收割季过后,阳光依然明媚,晚上则升起薄雾。米迦勒节过后,大多数粮食都搬进了村子。

乔拉恩加德的人既要抢收粮食,还要筹备婚礼。过去的两个月中,克里斯汀每天都是从早忙到晚,除了活计她都没有时间想其他事情。她看到自己的乳房大了,原本粉红的小乳头也变成了棕色;而且乳房变得格外柔软，以至于每天早上冒寒起床都好像受伤一样。不过干一会儿活身子热起来之后，那种疼痛也就消退了；然后她脑海中便只剩下接下来要做的事情。直起身子伸腰休息的时候，她察觉到自己的子宫变沉了。不过外表上看她还是苗条修长。克里斯汀双手在匀称挺翘的屁股上擦了擦。不，她现在不想为这件事担心。可有时她会突然想到这，想到一两个月之后她就能感觉到子宫里面的生命。而那个时候她应该已经到哈萨比了。也许厄莱德会很高兴。她闭上眼睛咬了咬自己的订婚戒指——厄莱德在高高的阁楼上大声响亮地说出订婚誓言，苍白的脸显得十分激动。他说：

"上帝和在场所有人做证，我，厄莱德·尼库拉森发誓按照上帝之礼迎娶克里斯汀。你将成为我的妻子，我将成为你的丈夫，一辈子不离不弃，相亲相爱，恪守上帝的告诫和所有规则。"

克里斯汀这个屋子进那个屋子出，忙得不可开交，好不容易她才停下歇息。今年山里的浆果也是特别的多；看来会有一个多雪的冬天。一捆捆的谷物在地里堆成垛，沐浴在阳光下。但愿这种好天气能持续到婚礼期间。

拉夫拉恩斯坚持认为他的女儿应该在教堂举行婚礼仪式。最后商定婚礼在桑达布的小教堂举行。星期六，送亲的队伍将翻过山头去到瓦吉。众人在桑达布和邻近人家歇宿一夜，第二天做过婚礼弥撒之后再返回乔拉恩加德。星期天晚祷结束之后，婚礼庆祝活动开始，拉夫拉恩斯将正式把克里斯汀交到厄莱德手上。午夜过后，新郎和新娘将被送入他们的新房。

星期五的午后，克里斯汀站在阁楼的回廊里看见一行从北边来的人，他们骑马经过山上被火烧掉的教堂。那是厄莱德和他的伴郎们。克里斯汀努力把厄莱德和其他人区分开来。两人现在还不能见面，只有等到第二天早上她披上嫁衣之后才可以和厄莱德相见。

在转弯进入乔拉恩加德的地方，几个妇人退出大队伍。男人们则继续朝他们歇宿的劳嘉布鲁前进。

克里斯汀下楼迎接客人。洗完澡之后她觉得好累,头皮疼得厉害;因为母亲用强碱液给她洗的头,说是能让第二天的头发光泽闪亮。

伏露·阿希尔德·高台斯戴特下马之后同拉夫拉恩斯拥抱。克里斯汀觉得她保养得真好,看起来还是那么年轻敏捷。她的儿媳卡特恩看起来比她还老。卡特恩那么丑,穆南又不忠诚,可人们还总是说他们夫妻感情很好,这可真是奇怪呀。巴德·皮特森先生的两个女儿也过来了,其中一个结了婚,另一个还未出嫁。她们说不上漂亮也算不上丑,看起来是善良可信的那种人,不过在生人面前似乎有些拘束。拉夫拉恩斯感谢宾客们长途跋涉前来参加婚礼。

"厄莱德小的时候,是由我们父亲抚养的。"巴德的大女儿说,然后她走上前同克里斯汀打招呼。

接着,两个年轻男人风风火火地走进院子。他们从马上跃下之后大笑着朝克里斯汀走来,克里斯汀见状连忙冲进屋子里面躲着。那是唐德·格杰斯林的两个小儿子,都是英俊潇洒、前途无量的小伙。他们从桑达布带来了新娘头冠。唐德和她妻子要等星期天做过弥撒之后才过来乔拉恩加德。

克里斯汀奔到了火炉房,伏露·阿希尔德也跟着走了进去。她的手搭上克里斯汀的双肩,然后在她脸上印下一个吻。

"我很高兴能看到这一天。"伏露·阿希尔德说。

伏露·阿希尔德发现克里斯汀的手干瘦如柴,人也瘦了很多,不过腹部却有些突起。克里斯汀的脸也比之前更瘦削娇嫩;在厚湿头发的掩映下,她的太阳穴好似也凹了进去。双颊不再是圆圆的,原本白嫩的肤色也有些黯淡。不过克里斯汀的眼睛变得更大更黑了。

伏露·阿希尔德再次给了她一个吻。

"克里斯汀,我知道你受苦了。"她说,"我给你一样东西,今晚上喝完之后你就能好好地休息,明天保你神清气爽。"

克里斯汀的双唇颤动起来。

"嘘,"伏露·阿希尔德轻拍着她的手说,"我期待看到你穿上最美的嫁衣——明天你将艳惊全场。"

拉夫拉恩斯骑马到劳嘉布鲁陪那儿的宾客吃饭。

众人大赞食物丰盛可口，他们说即便是最富有的修道院做出的星期五大餐也没这么好。席上有黑麦面粉粥、蒸豆和白面包。鱼选用的是鳟鱼，有活水鱼和腌制两种，另外还有干的大比目鱼。

酒过三巡之后，宾客们的情绪更加高涨，同新郎开的玩笑也越发粗俗起来。厄莱德的伴郎都比他年轻，而他的同龄朋友们早就结了婚。所以众人开玩笑说，他都一把年纪了才第一次上新娘的床。厄莱德有一些年龄较长的亲戚还算清醒，他们担心这样说下去可能会说出不该说的事。巴德先生观察拉夫拉恩斯的反应。坐在主位上的拉夫拉恩斯喝得很醉，不过畅饮好似并没有让他开怀；他的脸越来越绷紧，眼神也冷漠起来。不过坐在岳父右侧的厄莱德却高兴地同众人逗乐玩笑；他红光满面，眼睛炯炯有神。

突然拉夫拉恩斯大吼："女婿呀，我在想那驾马车，今年夏天你跟我借马车的时候你都对它做了些什么？"

"马车？"厄莱德不解。

"今年夏天你跟我借了一驾马车，你不记得了吗？上帝知道那可真是一驾好马车。我从来没有见过比它更好的，因为我是亲眼看着它在这儿做成的。你信誓旦旦地要我放心。可那么多下人都能证明你答应把马车归还给我，可你却食言了。"

一些宾客叫喊说这点事不值一提，但拉夫拉恩斯一拍桌子，说他一定会弄清楚这件事。

"哦，它可能还在海岬的农场里，因为我们是从那儿上的船，"厄莱德轻巧地说，"我没想到你会把它看得这么重。岳父，你看啊，我们载着东西翻山越岭好不容易到了目的地，手下的人都不愿再次长途跋涉把马车送回尼达罗斯。所以我是想等……"

"不，你说这些话，我恨不得让魔鬼抓了你去，"拉夫拉恩斯打断他，"你家里雇的都是些什么人？去哪儿是由你还是由你的下人决定？"

厄莱德耸了耸肩。

"我的家里确实有一些事情不合规矩,这是事实。克里斯汀和我出发后,我就会派人把马车送回来,我亲爱的岳父。"厄莱德微笑着说,同时伸出自己的手,"现在克里斯汀要成为我家的女主人了,所有事情都跟以前不一样,所以我也会改头换面的。马车的事情实在是不好意思。不过我答应你,从此以后我会妥善处理所有事情,让你满意。"

"亲爱的拉夫拉恩斯,"巴德·皮特森说,"为这等小事,何必生气呢……"

"小事还是大事……"拉夫拉恩斯说着突然顿住了,转过来同厄莱德握手。

没过多久拉夫拉恩斯就离开了,劳嘉布鲁的宾客们也都各自歇息。

星期六上午,家里的女人都在老阁楼里忙活。有些是给新娘铺床,有些则帮着新娘穿衣打扮。

拉格恩弗里德之所以选择这个阁楼当做新房是因为它的面积最小——储物间上面的新阁楼可以安置更多宾客。而且这个阁楼也是克里斯汀小时候住的,后来是拉夫拉恩斯修了新的阁楼,他们才换了地方。不过自打拉夫拉恩斯重建之后,老阁楼无疑也是庄园里最漂亮的建筑之一。刚搬到乔拉恩加德时,这个阁楼是一片破败,不过现在阁楼的里里外外都用最精美的木刻装饰;而且阁楼不大,所以更适合用各种挂毯、织品和毛皮装饰。

婚床已经准备就绪,枕头是丝面的,漂亮的毯子挂在四周当做床幔;皮毛和羊毛毯上面盖着丝质的床单。拉格恩弗里德和几个女人正忙着把挂毯挂到墙上和在长椅上摆垫子。

克里斯汀坐在一张扶手椅上。她身穿大红色的嫁衣,胸前别着一枚大胸针,黄色的丝袖上配有金色的臂章。一条镀银的腰带在腰部缠了三圈,脖子上挂了好几条项链,最上面一条是父亲给她的十字架金项链。她的手搭在膝上,手上戴满了戒指。

克里斯汀有一头厚厚的金棕色头发,此刻,伏露·阿希尔德就站在她的椅子后面替她梳头。

"明天是你披着头发的最后一天，以后你就得像所有结婚的女子一样把头发绾起来了。"伏露·阿希尔德微笑着说道。然后她用红色和绿色的丝带把克里斯汀的头缠住，这样头冠就能支撑起来。众人把新娘子团团围住。

拉格恩弗里德和斯科格的嘉里德从桌子上把杰斯林家的新娘头冠拿了过来。头冠是全镀金的，上面有十字架和三叶草的装饰，中间是一颗宝石。

她们把头冠戴到克里斯汀头上。拉格恩弗里德做这些的时候，脸色苍白，双手不住抖动。

克里斯汀缓缓站起身。天哪，这些金银头饰戴着好重。然后伏露·阿希尔德牵起她的手领着她走到一个大水盆面前，伴娘则打开门好让阳光照亮整间屋子。

"克里斯汀，看看你自己。"伏露·阿希尔德说，克里斯汀于是弯腰俯看水盆中的自己。她看到水中现出一张白色的脸，因为隔得近，所以连头上的金色头冠也是清晰可见。倒影周围有许多深浅不一的阴影——这种感觉好似以前有过——突然克里斯汀一阵眩晕。她抓着水盆的边缘，险些摔倒。伏露·阿希尔德连忙使劲掐她的指甲，她才清醒过来。

桥头传来喧闹的号声。院子里的人大叫，新郎一行已经来了。于是女人们领着克里斯汀走到回廊。

院子里挤满了人和马，个个都是盛装打扮；阳光下好似一切都在闪闪发亮。克里斯汀的视线越过众人看向山谷。村子仍然笼罩在薄薄的蓝雾中，上头是灰色的山坡和黑色的森林；天空万里无云，一派阳光明媚的景象。

克里斯汀先前都没注意到，现在树上的叶子都已掉光，光秃秃的树林现出银灰的颜色。只有河边的云杉林还有一些残绿，桦树的枝头挂着几片黄色的树叶。除了花楸树仍是红棕色叶子衬着血红浆果的繁盛模样，其他的树基本凋零。在这样一个天朗气清的秋日，浅灰色树叶铺成的地毯散发出辛辣的气息。

若不是花楸树,可能人们都会联想起春日时光——除了寂静,因为这是秋日特有的一种寂静。每当号声停下,村子里便只能听见收割过后的休耕地里传来的铃铛声,铃铛挂在正吃草的牛身上。

河水静悄悄地流过浅滩和沙洲,即便碰上大石也只是平缓流过。溪流也不再冲击山坡;这是一个缺水的秋季。地里似乎有一圈湿气,但这只是秋天特有的一种湿气——无论天气多么炎热或天空多么晴朗,这种湿气始终存在。

院子里的人群分出一条道,好让新郎的队伍通过。年轻的伴郎走在最前面。回廊上的女人们一阵兴奋。

伏露·阿希尔德站在新娘旁边。

"撑住,克里斯汀,"她说,"要不了多久,你就会顺利成为厄莱德的妻子。"

克里斯汀无助地点头。她可以感觉到自己的脸是有多么苍白。

"从来没有哪个新娘子会有我这么脸色苍白吧。"她嗫嚅道。

"你是最漂亮的新娘,"阿希尔德回答说,"还有厄莱德——世上很难再找出比你们俩更好看的一对了。"

厄莱德骑马奔到回廊下面。他矫捷地从马上跃下,丝毫不受繁复的新郎服影响。克里斯汀觉得厄莱德是那样的英俊,以至于她整个身体因为激动而微微发疼。

厄莱德身着一件带黑白图案的淡棕色丝质短外套,长袖,两边有开衩;腰间系一根金色的腰带,左边佩一把缀金的剑;肩上披的天鹅绒披风是深蓝色的,头戴黑色的法国款丝质帽——帽子两边有两根长长的饰带,其中一根从左肩斜到胸前然后同另一根饰带相接。

厄莱德同他的新娘致意,然后走到克里斯汀的马前;拉夫拉恩斯爬楼梯时他的手正搭在马鞍上。眼前的盛况让克里斯汀一阵眩晕,她的感觉很奇怪;穿一件绿色天鹅绒长袖外套的父亲看过去好似陌生人。而身着红色丝裙的母亲看上去脸色有些发白。拉格恩弗里德走过来把披风披在女儿身上。

拉夫拉恩斯牵起克里斯汀的手引她走到厄莱德身边，厄莱德把新娘扶上马，紧接着自己也跨上了马。两人在阁楼前并排骑在马上，而仪仗队此时刚好通过庄园的大门：走在最前面的是神父西拉·埃里克和阿尔弗斯沃尔德的西拉·托莫德，还有拉夫拉恩斯的一个朋友。后面跟着的是伴郎和年轻姑娘们，两两结伴而行。接下来便到了厄莱德和克里斯汀出发行进的时间。新娘的父母、亲戚、朋友和各路宾客紧随其后，一行人浩浩荡荡地上了路。道路两旁有许多花楸树、云杉和秋天最后一批盛开的洋甘菊花。道路两旁站了许多看热闹的人。

星期天黄昏时分，婚庆队伍返回乔拉恩加德。新房前头的院子里生了一堆红色的篝火，映衬着晚霞显得格外漂亮。伴着乐师和小提琴手们的唱歌弹奏，人群都朝着红色的篝火涌来。

厄莱德在阁楼回廊前面扶克里斯汀下马时，她险些昏厥过去。

"翻山时我好冷，"克里斯汀轻声说，"我好累。"然后她在原地愣站了一会儿；上楼时她的每一步都在摇晃。

冻僵了的婚礼宾客们一到阁楼便都暖了过来。蜡烛的温度让整个房间变得十分暖和；桌子上摆着热气腾腾的食物，葡萄酒、蜂蜜酒和麦芽酒也是应有尽有。克里斯汀的耳朵里尽是人们的谈话声和吃东西的声响。

她坐在那儿，始终没有办法暖过来。没过一会儿她的双颊开始发烫，可双脚依然冰凉冰凉，那寒冷深入骨髓。她和厄莱德坐在高位上，可头上沉沉的头饰让她不得不倚向旁边。

每次伴郎向她敬酒时，她都会看到他们脸上的酡红，这证明先前冒寒赶路的冷意已经完全驱散。那酡红，好似夏天灼烧的印迹。

前一天晚上在桑达布的餐桌上当她感觉到比杰恩·加纳森看她和厄莱德空洞的眼神时——眼睛一眨不眨、一动不动——顿时一种恐惧流遍她的全身。黑尔·比杰恩穿的是骑士的服装；他看起来就像是一个通过巫术还魂过来的死人。

那天晚上,她和伏露·阿希尔德睡一张床,因为她是新娘这边关系最亲密的女客。

"克里斯汀,你怎么了?"伏露·阿希尔德有些不耐烦地问,"你现在一定要撑住,不要这么意志消沉。"

"我在想为了这一天,我曾伤害过的那些人。"克里斯汀颤抖着说。

圣奥莱福,我请求你的宽恕,但愿你能怜悯我的儿子。请你保护他,到时我会光脚带着他走路到你的教堂以表虔诚谢意。只要你能帮我,我会把我的金色头冠献给你,阿门。

克里斯汀目无表情,她努力想让自己平静下来,可她的身子却不住地抖动。

现在克里斯汀和厄莱德坐在这高位上,她感觉周围的一切都好似幻象。

阁楼上有乐师演奏竖琴和小提琴,屋里屋外都是欢乐的歌声。每次下人们推门进来,屋子里的人都能清晰看到外头的红光。

所有人都围站在桌子旁;克里斯汀则是站在父亲和厄莱德中间。父亲大声宣布,现在他正式把女儿克里斯汀许配给厄莱德·尼库拉森。厄莱德谢过岳父和所有大驾光临他和克里斯汀婚礼的亲朋好友。

然后大家要克里斯汀坐下,厄莱德接着把结婚礼物放在她的膝上。西拉·埃里克和穆南·巴德森先生把东西拆开,然后大声念出他们的财产清单。伴郎们手握矛剑站在一旁,每当有礼物或钱袋放上桌时便重击地上的箭杆以示庆贺。

桌面和支架也被移开。厄莱德领着克里斯汀走到一旁,两个人跳起舞来。克里斯汀想:我们的伴娘和伴郎实在是太年轻了。与我们一同长大的人都已经不在这个地方,怎么可能再回到这儿呢?

"克里斯汀,你看起来很古怪,"跳舞时厄莱德悄声对克里斯汀说,"克里斯汀,我很担心你,你不高兴吗?"

两个人到各个屋子同客人致意。所有的屋子都是烛火通明,人们喝酒、唱歌、跳舞不亦乐乎。克里斯汀感觉家里的一切都变得如此陌生,她甚至都分不清今夕何夕;所有的人和事似乎都分裂了。

秋天的夜晚很是凉爽。院子里也有拉小提琴的人,人们围着篝火唱啊跳啊。他们大喊说新娘和新郎也必须跟他们一起跳,所以克里斯汀和厄莱德也在露重的院子里跳起了舞。凉意让她清醒了一些。

黑暗中一团雾气在河流的上方飘浮,而映着灿烂星空的山林看起来却是一片漆黑。

厄莱德趁人不注意将克里斯汀拉到回廊,然后一把将克里斯汀压到身下。

"我还没跟你说,你好漂亮,实在是太漂亮、太可爱了。你的脸就和火焰一样红。"厄莱德贴着克里斯汀的脸说,"克里斯汀,你究竟是怎么了?"

"我只是累了,我好累。"克里斯汀轻声回答。

"我们很快就该进屋睡觉了。"克里斯汀说着看向天空。从北贯穿到南的银河系在上空环绕。"除了那一次在斯科格共眠之外,我们从来没有整晚在一起过……"

过了一会儿,西拉·埃里克在院子里大喊12点已经过了,于是女人们都过来引克里斯汀就寝。累极了的克里斯汀没有力气反抗,而且按照礼数她也必须这样做。她任由伏露·阿希尔德和斯科格的嘉里德将她带出阁楼。伴郎手拿着点燃的蜡烛和出鞘的剑站在楼梯下面;他们围成一个圈将女人们围住,并护送克里斯汀穿过院子上到老阁楼。

女人们将她的嫁衣一件件脱下放到一边。克里斯汀注意到床脚放着一件蓝紫色的天鹅绒裙子,那是为明天准备的;裙子的上面还有一块有着精致褶皱的雪白长亚麻布。婚后女子须戴头巾,厄莱德于是将这块亚麻布送给她当做头巾。明天她就要把自己的头发绾成髻并戴上这块头巾。这一切看起来让人觉得很安心。

最后,她赤脚站在自己的婚床前,身上只穿一件及踝的金黄丝质睡衣。头冠再次戴到了她的头上;这头冠是要等两个人独处时由新郎取下。

拉格恩弗里德揽过克里斯汀的肩,并亲吻她的脸颊;拉格恩弗里德的脸和手格外冰凉,随时都可能呜咽出声。然后她掀起床单一角,让克里斯汀坐下。克里斯汀顺从地靠着竖放的丝面枕头坐下;由于戴着头冠,她不得不微微偏下脑袋。伏露·阿希尔德把床单拉到克里斯汀的腰处,让她将手放在被单上,然后帮她散开头发以遮住胸部和细瘦裸露的手臂。

接着男人们拥着新郎进了阁楼。穆南·巴德森将厄莱德的金色腰带和佩剑解下;把腰带和佩剑挂到床头时,他低声跟克里斯汀说了什么。克里斯汀并不明白他说的是什么,不过她还是尽量微笑。

伴郎帮着脱下厄莱德的丝质衣服和又长又重的外套。厄莱德在高背椅上坐下,大家又帮着他解开马刺和靴子。

整个过程中,克里斯汀只抬眼看过一次,刚好和厄莱德眼神相遇。

之后众人跟克里斯汀和厄莱德道过晚安,陆续离开阁楼。拉夫拉恩斯·比杰加尔弗森走在最后,新房的门也是他最后关上的。

厄莱德站起身将身上的内衣裤脱下之后扔到长椅上。他走到床前,取下克里斯汀头上的头冠和丝带,然后把东西放上桌子。紧接着,厄莱德爬上床并在克里斯汀身旁坐下。他一边把克里斯汀的头按向自己滚烫裸露的胸前,一边沿着头冠上红色丝带留下的印迹亲吻克里斯汀的额头。

克里斯汀抱住厄莱德,大声抽泣起来。她此时感觉如此甜蜜,所有的恐惧和奇怪景象都消失不见——终于,两个人可以享受独处时光。厄莱德抬起克里斯汀的下巴并注视着她的脸庞,然后快速且有些粗鲁地用手抚过她的脸和身子,仿佛是在撕扯什么。

"忘了吧,"他激动地在克里斯汀耳旁说,"我的克里斯汀,把一切都忘了吧——你只要记得你是我的妻子我是你的丈夫这件事。"

厄莱德熄灭房中的最后一根蜡烛,黑暗中他在克里斯汀身旁躺下;他也在呜咽。

"我不敢相信,这些年我一直都不相信,有生之年我们还能有这一天。"

院子外面的喧闹也渐渐地消停了下来。白天骑马赶路晚上大吃大喝的宾客们也都累了,按照礼节他们还是在庄园四处走了走,不过其中很多人都开溜找自己睡觉的地方去了。

拉格恩弗里德陪同最尊贵的客人到就寝的房间,并祝他们晚安。拉夫拉恩斯本应该和她一起做这件事的,可现在却人都找不见。

当她最后找到丈夫并把他带回房间睡觉时,漆黑的院子里只剩下一群年轻的下人。她之前就已经意识到越到后面,丈夫的醉意就越深。

她在庄园里四处寻找拉夫拉恩斯的身影,最后是直接被俯面躺在洗澡房后面草地上的丈夫绊了一下,这才找到的他。

虽然四周漆黑一片,可她还是认出了丈夫——是的,是他。她以为拉夫拉恩斯是在睡觉,所以就拍了拍他的肩,试图把他从冰凉的地上拉起来。可拉夫拉恩斯并不是在睡觉——至少不完全是。

"你想怎么样?"拉夫拉恩斯粗噶着声音问道。

"你不能跟这儿待着。"拉格恩弗里德回答。说着她用一只手扶住丈夫,因为他连站都站不稳;另一只手则帮他把天鹅绒衣服拍干净。"我们得休息了,拉夫拉恩斯。"然后拉格恩弗里德搀扶着步履蹒跚的拉夫拉恩斯从庄园后面绕回去。

"拉格恩弗里德,你当初戴着头冠坐在婚床上的时候都没有抬头看。"拉夫拉恩斯说,"我们的女儿没你那么含蓄,她看着自己的新郎时,眼睛里并没有羞怯。"

"她已经等了他三年半,"拉格恩弗里德平静地说,"所以,她自然是敢抬头的。"

"不,鬼才信他们是真的在等!"拉夫拉恩斯大吼,拉格恩弗里德赶紧让她小声点。

两个人站在厕所和篱笆之间的小道上。拉夫拉恩斯一拳砸上旁边的木墙。

"你们这些木头,我是故意让你们在这儿受耻辱和嘲笑的。我把你们做成厕所木板,让脏污把你们吞噬。我把你们放在这儿,是因为你们把我漂亮的小女儿压伤了。可事实上我应该把你们做成阁楼的顶梁柱才对,我应该给你们刻上精美的木雕图案,因为你们把我的小阿尔夫希尔德压伤了,她才能以纯洁无瑕之身离开这个世界,才能免受这些耻辱和悲伤。"

拉夫拉恩斯一步一颠地扶着篱笆走,可没走几步他就崩溃了,手撑着头,不受控制地大哭起来,中间还夹杂着吼叫声。

拉格恩弗里德抱住她的肩。

"拉夫拉恩斯,拉夫拉恩斯。"可她没有办法给他一点安慰。她只是喃喃地叫着,"我的丈夫。"

"哦,我真是不应该把她嫁给那个男人。上帝帮帮我——其实我一直都知道——他夺走了克里斯汀的贞操。可我不愿相信,不,我不能相信克里斯汀竟会做出这样的事。可我知道这就是事实。就算这样,那个让克里斯汀和他自己受辱的软弱小子还是配不上我们的女儿。就算他诱骗克里斯汀不止一次,我也真是不应该把克里斯汀嫁给他啊,现在他就能更肆无忌惮地摧毁克里斯汀的人生和幸福了。"

"可除此之外,又还能怎么做呢?"拉格恩弗里德说,"你应该明白,她已经是他的人了。"

"是啊,就算我不多此一举,她也是他的人了,"拉夫拉恩斯说,"我的克里斯汀,她可真是嫁了一个好丈夫啊。"说着他猛地一推篱笆。拉夫拉恩斯又号啕了一阵。拉格恩弗里德原本以为他已经清醒了一些,不过现在看来酒劲还是没过去。

拉夫拉恩斯醉得这么厉害心情这么绝望,拉格恩弗里德知道她是不能把他带到原本打算睡的火炉房了——那儿住满了客人。她环望四周,看到附近有一个他们用来保存干草的小屋。她走过去往里瞅了瞅;里面没人。于是她把丈夫带进去,然后把身后的门关上。

拉格恩弗里德把干草拢到一起,然后把两个人的披风摊在上面。拉夫拉恩斯还是在哭,有时他会说点什么,但拉格恩弗里德完全听不懂。收拾妥当之后,拉格恩弗里德让丈夫把头靠到她的膝上。

"我亲爱的丈夫，既然他们两个那么相爱，也许事情没有我们想的这样糟糕呢……"

看起来略微清醒了点的拉夫拉恩斯喘着粗气答道："难道你不明白吗？厄莱德现在完全控制住了她；可这个男人永远都不会克制自己。她会发现，以后只能听厄莱德的话——如果真是这样的话，那她肯定会过得特别痛苦，唉，我的孩子。

"我不明白上帝为什么给我制造这么多伤痛。我已经竭尽全力地按照他的意志行事。拉格恩弗里德，为什么他要一个一个地把我们的孩子带走？开始是我们的儿子，然后是小阿尔夫希尔德，现在我又不得不把最疼爱的一个女儿嫁给一个不可信的轻佻男人。现在我们只剩下最小的拉恩伯格了。可在拉恩伯格的路明朗之前，我还是高兴不起来。"

拉格恩弗里德抖得像寒风中的一片树叶。她搂住丈夫的肩。

"躺下吧，"她请求道，"我们睡觉。"拉夫拉恩斯就这样枕着妻子的胳膊躺了好一会儿，不时地叹气，最后终于睡着。

拉格恩弗里德醒来时，屋子外面仍然是漆黑一片；她诧异自己竟然真的睡了过去。拉格恩弗里德甩了甩手。她看到拉夫拉恩斯坐在旁边，双手抱膝。

"你已经醒了啊？"拉格恩弗里德吃惊地问，"是因为冷吗？"

"不是，"他声音粗嘎地回答，"不过我睡不着了。"

"你是在想克里斯汀的事吗？"拉格恩弗里德问。"拉夫拉恩斯，也许事情真的会比我们想象中的好。"她再次说。

"是的，我是在想克里斯汀的事。"拉夫拉恩斯说，"好吧，好吧，至少她嫁的是一个她爱的男人。而你跟我都不是，我可怜的拉格恩弗里德。"

拉格恩弗里德听到这句话，立刻干号起来。她在丈夫身旁躺下。拉夫拉恩斯则把手搭在她的肩头。

"可我做不到，"他痛苦地说，"不，我没有……按照你要的方式对待你——我们年轻的时候。我不是那种男人……"

过了一会儿，拉格恩弗里德流着眼泪说道："拉夫拉恩斯，可这些年来我们还是生活在一起呀。"

"所以我也相信。"拉夫拉恩斯神情黯然地回答。

拉夫拉恩斯始终心神不宁。新人对视时灼热的眼神和他们脸上的红晕——拉夫拉恩斯觉得这是厚颜无耻的表现。更让他刺痛的是，新娘偏偏是他的女儿。可他还是没有移开视线，他想不管不顾地把心底一直不愿承认的事情捅破——其实拉格恩弗里德找他的时候，他隐瞒了一点事情。

他不能，拉夫拉恩斯打断自己……天哪，他结婚时还是个毛头小伙子；同拉格恩弗里德结婚并非他的本意。拉格恩弗里德比他年纪大，而且他也不怎么喜欢她。所以他不想从拉格恩弗里德这儿学会如何去爱。一想到这件事他就觉得耻辱——拉格恩弗里德想让他爱她，可他却不想要拉格恩弗里德的那种爱。虽然他没有要求，可拉格恩弗里德却给了他一切。

他确实算得上一个好丈夫；这一点他自己也相信。他给她全部的尊重，凡事都寻求她的意见，对她也十分忠诚；而且他们生了六个孩子。他只是想这么简简单单地同她生活在一起，无须袒露心迹。

他从来没有爱过任何人。那卡尔的妻子伊恩加恩呢？想到那个女人，拉夫拉恩斯的脸红了。每次从山谷穿过，他都会去拜访他们。他从来都没有单独和那个女人说过话，一次也没有。可每次看到她——即便只是想到她——他都感觉有一种白雪消融、万物复苏的春天气息扑面而来。他现在意识到，也许他也……他也爱过某个人。

不过他结婚太早，而且他是一个小心谨慎的人。后来他发现自己在野外的时候状态最好——动物们自由奔跑的山峰高原。它们十分谨慎，小心观察每一个偷偷靠近的陌生人。

不过每年都会有一次，森林里的动物们会忘掉这种警觉。那就是它们追着雌性动物求爱的时候。不过，他已经尽了自己做丈夫的责任，而她给的一切也不是他要求的。

可那些小家伙们……它们曾给绝望中的他带来温暖，那是他这一生最深刻、最甜蜜的欢愉。一个个是那么可爱……

结婚，在没有跟他商量的情况下，事情也就这样了。至于朋友，他有很多朋友，也可以说一个朋友都没有。战争……战争是好玩的，只是现在已经不再有战争；他的盔甲还挂在阁楼里，很少使用。他成了一个农民。不过他有女儿；他这一辈子做过的最让自己高兴的事情，就是为那些个可爱的小生命做的事情。他还记得两岁的小克里斯汀骑在他肩上的样子，亚麻色的柔软头发扫过他的脸颊。记得带小克里斯汀骑马时，她会紧紧拉着他的腰带，圆圆的额头抵在他的肩上。

而现在她有了那样灼热的眼神，她嫁给了自己想要的男人。昏暗的灯光下，她靠着丝面枕头坐在床上。烛光下的她金光闪闪——金色的头冠，金色的睡衣，还有金色的头发披在金色的手臂上。她的眼睛里不再满是羞涩。

拉夫拉恩斯呜咽起来。

他的心仿佛在灼烧——为他从未得到过的那些东西。也为旁边的妻子，为从未得到过他真正的爱的妻子。

拉夫拉恩斯突然对拉格恩弗里德涌起一阵同情，黑暗中，他牵起拉格恩弗里德的手。

"是的，我以为我们会在一起过得很好，"他说，"我以为你是为我们的孩子伤心。我以为你是天性忧郁。可我从来没有想过，你难过是因为我不是一个好丈夫，我没有给你足够多的爱。"

拉格恩弗里德激动地颤抖起来。

"你一直都是个好丈夫，拉夫拉恩斯。"

"嗯……"拉夫拉恩斯下巴抵着膝盖，"如果你当初也和我们的女儿一样选择自己爱的人，可能你会过得更好一些。"

拉格恩弗里德跳起来，尖声叫道："你知道！你怎么知道的？你知道多久了？"

"我不知道你在说什么。"拉夫拉恩斯顿了一会儿说道，他的声音沮丧得古怪。

"我在说，跟你结婚时我就已经不是处子之身。"拉格恩弗里德回道,她一字一句说得很清晰,以至于让人感到一种深深的绝望。

又过了一会儿,拉夫拉恩斯用和先前一样的语气说:"直到现在,我才知道这件事。"

拉格恩弗里德瘫在干草上面,身体因为抽泣而剧烈抖动。她抬起头,晨光透过墙上的小洞射进来。借着微弱的光,她看到丈夫双手抱膝坐在那儿,仿佛石化了一样。

"拉夫拉恩斯——跟我说点什么。"她轻声道。

"你想要我说什么?"他问,身体还是没有动。

"哦,我不知道。你应该骂我——打我……"

"那也已经太迟了。"拉夫拉恩斯回答说。他的脸上掠过一丝嘲弄的笑。

拉格恩弗里德再次号啕大哭。"不,我不觉得我是欺骗你,我更加觉得这是在欺骗我自己、背叛我自己。没有人问过我的意见。他们把我嫁给你……结婚之前,我只见过你三次。我以为你只是一个小男孩,白白嫩嫩……那么年轻、那么稚嫩。"

"是的,你说得没错,"拉夫拉恩斯说,"所以我是觉得,你这样一个女人,应该更害怕……欺骗一个这么年轻的男人……"

"后来我也是这么想了,"拉格恩弗里德说,她还是不停地掉眼泪,"在我了解你之后,我恨不得让自己的灵魂受鞭笞20次,以求对你无愧。"

拉夫拉恩斯沉默,仍然一动不动。

拉格恩弗里德继续说:"你就没什么想问我的吗?"

"又有什么好问的呢?是我们在斐济恩斯布莱卡碰上的出殡的男人吧?当时我们是带阿尔夫希尔德去尼达罗斯。"

"是的,"拉格恩弗里德说,"我们退到一旁的草丛里。我眼睁睁看着那些神父、修道士和全副武装的男人抬着他的棺材从我身旁经过。听人说,他死得很光荣。当时我祈祷,但愿他也能带走我的罪过和悲伤。"

"是的,显然是这样的。"拉夫拉恩斯说,语气仍然带有一丝讥讽。

"你并不是什么都知道,"拉格恩弗里德说,声音冷漠而绝望,"你还记得我们结婚后的第一个冬天,他来斯科格拜访我们吗?"

"记得。"拉夫拉恩斯说。

"当时比杰加尔弗挣扎在死亡边缘……哦,没有人怜悯我。当时他喝得烂醉,强行占有了我的身体……后来又跟我说他从来没有爱过我,他不想要我,他要我忘记这一切。我的父亲一直被蒙在鼓里;他不是有意欺骗你——你一定要相信这一点。但是我的弟弟唐德……他和我的感情很好,我便把这件事告诉了他。他试图威胁那个男人跟我结婚——可他只是个孩子,所以他没能打赢。后来他建议我最好瞒着这件事并跟你结婚……"

拉格恩弗里德沉默了一阵。

"他到斯科格来的时候……离那件事发生已经一年,我原本已经释怀了一些。可他却偏偏跑过来。他说后悔对我做那样的事,如果我没有结婚的话他就会娶我,还说他喜欢我。他离开以后……我不敢出门;是罪过让我不敢出门,而不是因为孩子。到那时……那时我才真正爱上了你!"说完拉格恩弗里德放声大哭,痛苦万分。拉夫拉恩斯转过头面对着她。

"比杰加尔弗出生的时候,"拉格恩弗里德继续说,"哦,我觉得我爱他超过爱自己的生命。他躺在那儿,命悬一线;当时我就想,如果他死了,我一定也会跟着他一起死。可我没能让上帝保住那个孩子的命。"

拉夫拉恩斯静坐了好长一段时间,然后他问:"是因为孩子的父亲不是我吗?"

"我不知道孩子是不是你的。"拉格恩弗里德有些蒙了。

很长一段时间,两个人都没有说话,就那样坐着,仿佛死了一样。

最后是拉夫拉恩斯打破沉默,他情绪激动地说:"哦,拉格恩弗里德,你现在为什么要告诉我这些?"

"哦,我不知道。"她用力地绞着自己的手,连关节都听得见响声。"这样你就能报复我,把我赶出你的庄园……"

"你觉得这有用吗？"拉夫拉恩斯颤抖着声音说道，"我们的女儿呢？克里斯汀和小女儿，是不是也不是我亲生的？"

拉格恩弗里德好久都没吱声。

"我还记得你是怎样评断厄莱德·尼库拉森的，"她嗫嚅道，"所以你现在要对我做一个评断了？"

这句话让拉夫拉恩斯的身体一震。

"你现在……我们已经……在一起生活了27年。这和一个陌生的男人怎么能相比。我知道你也承受了巨大的痛苦。"

拉格恩弗里德闻言泣不成声。她想牵住拉夫拉恩斯的手。可拉夫拉恩斯没有动，仿佛死了一样。拉格恩弗里德哭得越来越大声，但她的丈夫还是没有反应，只是愣愣地盯着外面透进来的光。最后，她瘫在干草上，好似眼泪都已经流干。拉夫拉恩斯抚了抚她的手臂，这一弄，她的眼泪再次决堤。

"你还记得吗？"拉格恩弗里德抽泣着说，"我们在斯科格住的时候，曾有一个男人拜访我们？他知道许多的古老故事。你还记得他讲的那个故事吗？说有个死掉的男人从地狱回来，给儿子讲他看到的传奇。他说地狱深处喧嚣无比，不忠诚的妻子全都变成了带血的石头……"

拉夫拉恩斯没有说话。

"这些年来，我的脑中始终记着这些话，"拉格恩弗里德说，"每天我都感觉自己的心在滴血，因为我觉得自己对不起你。"

拉夫拉恩斯不知道怎么回应。他觉得心里好空，就像心肺都被掏出来一样。不过他还是用手摸了摸妻子的头，沉重又无力，"我的拉格恩弗里德，东西长出来之前，地还是要挖的"。

拉格恩弗里德想亲吻丈夫的手，可他却突然抽开。拉夫拉恩斯注视妻子，然后拿起她的手放到自己的膝上，他那冰冷的脸就靠在妻子的手上。两个人这样坐了好久好久，没有动，也没有说话。